歌舞伎町ララバイ

染井為人

双葉社

歌舞伎町ララバイ

ブックデザイン　鈴木成一デザイン室
カバー写真撮影　平林 賢

第一部

七瀬

二〇一九年十月七日

日本一の歓楽街、新宿歌舞伎町――。

世間はこの街をおっかないところだというが、七瀬《ななせ》はちっともそうは思わない。七瀬にとって歌舞伎町は安息の地だ。

この街は生まれも、人種も、性別も、過去も問わないでいてくれる。どんな者でも分け隔てなく迎え入れてくれる。

なによりこの猥雑《わいざつ》さがありがたかった。雑念を掻き消してくれるからだ。生まれてきた意味などといったくだらない考えに囚われなくて済む。それはまちがって生まれてきてしまった者にとって幸せなことだ。

「あー最高。死にてえ」

三つ年上、十八歳のユタカが、ビルの上からひょっこりと顔を覗かせるゴジラヘッドに向けて叫んだ。

新宿駅を背にして歌舞伎町の中心からやや左、旧コマ劇場の跡地に建てられた新宿東宝ビル

——通称ゴジラビルの横にある広場が七瀬たちのホームだ。

ここ最近、七瀬たちはトー横キッズだとか、ネオホームレスなどと呼ばれている。もっとも、そんなふうに呼ぶのはダサい大人たちで、当人たちは自分らが何者であるかなど考えたことはない。

ただ、たむろしているだけ。ほかに居場所がないだけ。

「うぃー」

ユタカたちの集団が奇声を上げながら踊り出した。その目はギンギンに見開かれていて、口元からは涎《よだれ》が垂れている。彼らは今日も今日とてキマっているようだ。

オーバードーズ——風邪薬などを過剰摂取し、意識を朦朧《もうろう》とさせ、多幸感を得る行為をそう呼ぶ。

七瀬も人に勧められて試してみたが、ただ気分が悪くなっただけだった。どうやら体質によって陶酔《とうすい》を得られる者と得られない者がいるらしい。

「あー誰でもいいからぶっ殺してぇー」

またユタカが天を仰いで叫んだ。彼はハイになると時折こうした物騒な発言をする。だが、本当は小心者なのではないかと七瀬は疑っている。

あれは先週だったか、コワモテの男に「ガキ共、さっきからやかましいぞ」と凄《すご》まれたとき、彼は脱兎《だっと》の如く駆け出し、仲間を置いて消え去った。本当の本当に死にたかったり、誰かを殺したいのなら、実行に移してみればいいのだ。

その点に限っていえば、自分の方が肝が据わっていると七瀬は思う。

もっとも七瀬に自殺願望はない。殺人衝動に駆られることもない。ただ、今日で人生が終わりを迎えても構わないと考えている。

たとえば医者から、近い未来に死が訪れると宣告されたとする。そうしたら自分は静かにそれを受け入れるだろう。むしろ長生きすると告げられた方が気が滅入ってしまいそうだ。

七瀬はユタカたちから少し離れた地べたに座り込み、紙煙草を吹かしていた。銘柄はハイライトだ。煙草の方は体質に合っていたようで、最近吸い始めたばかりだが、すでに手放せないものになっている。少し気だるくなれるところがお気に入りだ。

「なあちゃんはやっぱり今日も可愛い」

そう言ってとなりに座り込んできたのはプリン頭の十九歳、愛莉衣《らぶりい》だった。あだ名ではなく、本名がこれなのだ。

彼女は七瀬よりも四つも歳上で、来月で二十歳になるのだが、お姉さんという感じはまるでしない。むしろ手の焼ける妹といった存在だ。だから自然と敬語を使わなくなった。

「うちもなあちゃんみたいなお顔に生まれたかった」

愛莉衣が七瀬の頰を両手で包み込んで言った。彼女は会うたびに必ずこの台詞《せりふ》を言う。

「あーはやくお金を貯めて顔面改造したい」

これもいつもの台詞だ。

「じゃあ、みんなにお金返してもらったら?」

七瀬は紫煙《しえん》を燻《くゆ》らせて言い、ユタカたちの方をチラッと見た。

愛莉衣は仲間たち——とくにユタカのグループ——に、千円、二千円とちょくちょく金を貸しているのだ。彼女は基本的に断れない性格なので、それを見透かしたユタカたちから毎度せびられてしまうのだ。

「今、合計でいくら貸してるの？」

「人によるけど」

「だから全部でいくら？」

「うーん……全部だと、二十万とか、三十万とか」

「とかって」

「だって覚えてないんだもん」

七瀬は鼻から紫煙を吐き出した。

「ちゃんと記録をつけておいた方がいいと思うよ」

七瀬は基本的に他人に構おうとしないが、なぜか愛莉衣にはこうしたおせっかいを焼きたくなる。

半年前、七瀬が生まれ育った群馬を離れ、初めて歌舞伎町を訪れた際、「どこから来たの？」と声を掛け、諸々の手引きをしてくれたのは愛莉衣だった。同世代のグループの中に自然と溶け込めたのも彼女がいたからだ。

それともう一つ、彼女には身分証も頻繁に借りていた。じゃないと十五歳の七瀬はカプセルホテルはおろか、ネットカフェすら利用できない。

「愛莉衣さ、みんなからATMなんて言われてムカつかないわけ？」

「えー。別にムカつかないよー。だって愛のあるイジリじゃん」

呆れてため息をついた。愛莉衣はこれまで七瀬が出会ったことのないタイプの人間だ。だらしなくて、おめでたくて、人懐っこくて、情け深い。過去を振り返っても、こういう人間が身近にいたことはなかった。

「昨日彼からもね、どこの誰にいくら貸したか、いつまでに返済させるのか、しっかり決めてメモっとかなきゃダメだぞって叱られた。だからおまえはカケが溜まって月末に苦しむんだぞって」

それ彼じゃないじゃん、と言おうとしてやめた。

愛莉衣は若くして〝ホス狂い〟の女だった。彼女は稼いだ金の大半を推しのホストに貢いでしまう。そして残ったなけなしの小銭を仲間たちに吸い取られてしまう。金など貯まるはずがないのだ。

もし愛莉衣がホスト通いをやめて、人に金を貸すのをやめたら、かなり贅沢な生活ができることだろう。正確な金額は知らないが、少なく見積もっても、彼女は月に七十万円は稼いでいるはずだ。

ビルの隙間から差していた西日が翳《かげ》りを見せ、街のあちこちにネオンが灯り出した頃、十人ほどだろうか、ピンクのジャンパーを羽織《はお》った大人たちがこちらのテリトリーに入ってきた。

「あ、ＰＹＰの人たちだ」と、愛莉衣が顔を綻ばせる。

彼らは、恵まれない若者を救済し、悪い大人たちから守ることを目的に活動している一般社団法人Protect Young People——その頭文字を取ってＰＹＰ——と呼ばれている。

彼らが歌舞伎町に現れるようになったのは三ヶ月くらい前からで、以来、週に二回ほどのペースでやってきては、路上生活をしている少年少女に声を掛け、食べ物を提供したり、寝床を用意したり、悩みごとの相談に乗ったりしていた。また、そうした活動を自分たちで撮影し、ＳＮＳなどに載せて、世間に協賛金を募ったりもしていた。

「世の中にああいう優しい大人っているんだね」

愛莉衣が同意を求めてきたが、七瀬は頷けなかった。

多くの少年少女は彼らのことを好意的に見ているようだが、七瀬はそうではなかった。これといって嫌う理由はないものの、なんとなく彼らの同情的な眼差しが苦手だった。だから七瀬が施しを受けたのは、ＰＹＰが初めて歌舞伎町に現れた日の一回きりで、以来、彼らが寄って来ると姿を隠すようにしている。

「あたし、ちょっとブラッとしてくる」七瀬は煙草を足で踏んで消し、腰を上げた。

すると愛莉衣も七瀬に倣《なら》って立ち上がった。

「別にあたしに付き合わなくていいよ。ご飯もらってくればいいじゃん」

「ううん。今はお腹空いてないからいい。それに、そろそろお仕事しないと」

二人並んで大久保公園の方に向かって歩き出す。

「ねえ、愛莉衣」七瀬は前を見たまま声をかけた。「気をつけなよ」

「何に?」

「妊娠」

愛莉衣は堕胎《だたい》の経験が二度ある。どちらも誰が相手かはわからないらしい。

「それと性病。またもらっちゃうよ」

彼女は先月、クラミジアに罹患《りかん》し、苦しんでいたのだ。

愛莉衣はNGなし、オールOKの女だった。要するに中出しにアナルファック、なんでもさせてしまうのだ。だからこそ単価が高く、稼ぎがいいのだが。

ちなみに、彼女が客の男とセックスをする場所はレンタルルームやネットカフェ、公衆トイレや野外なんてこともあるらしい。

「ゴムくらいつけさせなよ」

「大丈夫。今はちゃんとピル飲んでるから」

「性病はピル意味ないじゃん」

「え、そうなの?」

「そうだよ。当たり前じゃん」

「そうなんだ。じゃあわかった。なあちゃんの言う通り、ちゃんとする」

「ううん。その顔はまったくわかってないし、ちゃんとしない」七瀬は肩をすくめた。「ま、どうでもいいけど。最後に困るのは愛莉衣であたしじゃないし」

「ねー。やだー。見捨てないでー」愛莉衣が甘ったるい声を出して腕を絡めてくる。「なあちゃんに見捨てられたら、うち生きてけなーい」

「十五歳にすがらないでよ」

「年齢は関係ないもん。なあちゃんはうちの親友」

「はいはい」

と受け流し、七瀬は今にも沈んでいきそうな西日に目を細めた。もうすぐ歌舞伎町が本番を迎える。

「ねえ、なあちゃんはもうパパ活しないの？」

実のところ七瀬もついこの間まで同じことをしていた。もちろん愛莉衣のようななんでもアリの女ではなかったのだが。

「うん。もうやらない」

「どうして？　ほかに収入源を見つけたから？」

七瀬が頷くと、愛莉衣は意味深な目を寄越してきた。

「なに？　なんか言いたそうじゃん」

「別に」

「言いなよ。親友なんでしょ」

そう迫ると、愛莉衣はやや逡巡した素振りを見せてから、「今なあちゃんがやってる仕事だけど、あれ、あんまり、よくないと思う」と、遠慮気味に言った。

「なんで？」

「なんでも」

「だからなんで？」

「だって……とにかく、なあちゃんにああいう仕事は合ってない気がする」

カチンときた。なぜか無性に腹が立った。

「大きなお世話」七瀬は愛莉衣の顔を見据え、冷たく言い放った。「前々から言おうと思ってたけど、変なとこで真面目ぶるのなんなの？　マジでキモいから」

七瀬は語気荒く言うや、愛莉衣の腕を振り解き、彼女を置き去りにして歩き出した。「なあちゃん」と背中に声が掛かったが、振り返らなかった。

大久保病院を横切り、大久保公園の通りに出た。この通り沿いにはパパ活目的の立ちんぼの少女たちが数メートル間隔で立っていた。愛莉衣も今からあの中に加わるのだ。

そんな少女らの周辺には多数の男たちが群がっていた。みな、品定めをするような目つきで少女たちを眺めている。その多くは四、五十代のおっさんたちで、中には七十歳をゆうに過ぎていそうなジジイの姿もある。

もう見慣れた光景だった。なにより七瀬自身、ついこの間まであの女たちのうちの一人だったのだ。

あそこから抜け出せたのは幸運だった。ずっと平気なフリをしていたが、やはり気持ち悪いおっさん共に抱かれている時間は苦痛でしかなかった。遅漏《ちろう》だった客に我慢がならず、金を返すからここで終わりにしてほしいと告げたこともある。

男に組み敷かれているとき、過去の悍《おぞ》ましい記憶がフラッシュバックする。それは強く鮮明に脳裡《のうり》に映し出されるときもあるし、曖昧模糊《あいまいもこ》としたときもある。ただ、一度たりとも思い出さなかったことはない。

七瀬が処女を失ったのは九歳のときで、相手は実の父親だった。以来、父は度々、娘を犯した。幼き七瀬はそれを娘に対する愛情であると信じていた。いや、無理やり自分に信じ込ませていた。

母は父のそうした行為を知りながら、見て見ぬフリをした。どうして娘を守ろうとしなかったのか、母に訊ねたことがないので本当のところはわからないが、おそらく事実を認めたくなかったのだろう。

母は現実逃避をして、空想にすがる人だった。だから怪しげな宗教に入信し、執心してしまったのだ。

父のそうした行為が終わったのは、七瀬が十三歳になり、初めての彼氏ができたときだった。七瀬が彼氏に対し、父親から性的虐待を受けていると打ち明けたところ、血気盛んな彼は仲間と共に金属バットを持って七瀬の自宅に乗り込み、父をその場でリンチしたのだ。

顔をボコボコに腫らし、流血しながら命乞いをする父を見て、七瀬はなぜか複雑な感情に囚われた。今でもあの感情の正体がなんだったのか謎なのだが、少なくとも胸がすくような思いでなかったことはたしかだ。

ただ、彼氏がそうした行動に出てくれたこと自体は素直にうれしかった。七瀬は生まれて初めて味方を得たような気がした。

彼は隣町の中学校に通う一つ年上の不良で、悪いことをたくさんしていたが、七瀬には優しかった。だからこそ、会うたびに求められるセックスにもすべて応じることにしていた。

だが、あるとき、いつものように彼氏の自宅に呼び出されると、そこには彼の不良仲間が大勢で待ち構えていた。そして代わるがわる犯された。

以後、こんなことが頻繁にあった。いつしか七瀬は地元で有名なさせ子になっていた。

あの女はタダでやらせてくれるらしいぞ――。こんな噂によって、七瀬は男たちからは求められつづけ、女たちからは狙われつづけた。

憎悪を向けられる謂《いわ》れなどないが、とにかく女たちは七瀬が憎くて仕方ないようだった。そうした女たちの手によって刻まれたカッターの傷跡は、今も内腿にしっかりと残っている。

こうして七瀬は地元に居られなくなり、中学を卒業と同時に家を出た。本当に卒業式を終えたその日に、着のみ着のまま、電車に飛び乗ったのだ。

向かう先は決めていなかった。ただ、気がついたら新宿駅の東口に立っていた。それまで新宿はおろか、東京にすら足を踏み入れたことがないというのに、どういうわけかこの街を選んでいた。

もしかしたらネットなどの情報で、歌舞伎町が来るもの拒まずの街だという刷り込みがなされていたからなのかもしれない。

いずれにせよ、この大歓楽街に来たことは正解だった。ぐるぐると目まぐるしく回るこの街の中にいると、心が麻痺して何も感じなくなる。過去も未来も、いろんなことがどうでもよくなる。区役所通りに入り、風林会館の方へ向かって歩いていくと、これから出勤するであろうキャバ嬢とすれ違った。彼女はスマホを耳に当て、「お願ーい。遊びに来てェ」と猫撫で声で営業電話をしていた。

七瀬はパパ活に嫌気が差した二ヶ月ほど前、愛莉衣の身分証を持参して、キャバクラの面接を受けたことがある。だが、他人の身分証だとすぐに見破られ、あっけなく落とされてしまった。「今の時代に十五歳を働かせてくれるキャバはないと思うよ」と、面接を担当した男は苦笑していた。この街にも意外とお堅いところがあるのだと知らされた出来事だった。

つづいて、男たちによる「えいえいおー」の掛け声が聞こえてきた。きっとホストたちが気合いを入れているのだろう。

このように歌舞伎町の二丁目からは毎晩いろんな声が聞こえてくる。笑い声、泣き声、怒声、嬌声、様々な種類の声があちこちから上がっていた。

歌舞伎町は花道通りを境に、新宿側の一丁目と、新大久保側の二丁目に、真っ二つに分かれていた。前者には主に飲食店が並び、後者にはそれに加えて水商売の店がひしめき合っていた。ゆえに、二丁目には裏社会の人間が跋扈《ばっこ》している。そのため、一丁目は安全で、二丁目は危険なエリアとされていた。

風林会館を過ぎたところで、「お、七瀬じゃねえか」と、親しげに声を掛けてきたのはジャージ姿にサンダル履きの颯太《そうた》だった。

彼は三つ年上の十八歳で、歌舞伎町に拠点を構える任俠《にんきよう》団体・内藤組の構成員――といえば聞こえはいいが、実際は盃《さかずき》も交わしていない、部屋住みの行儀見習いだった。要するに試用期間中の身で、一番下っ端だ。もっとも、本人だけは一端《いつぱし》の任俠のつもりでいる。

「そんなおめかししてどこ行くんだ」

七瀬は無視して通り過ぎようとした。すると案の定、颯太が横に並んできた。

「おいコラ。シカトしてんじゃねえよ」

「今どきおめかしなんて言う人としゃべりたくない」

颯太は若いくせに、古風な言葉を使いたがる。たぶん、それがかっこいいと思っているのだ。

「じゃあメイクばっちりでどこ行くんだ?」

「なんであんたに教えないといけないの」

颯太が舌打ちする。「相変わらず可愛くねえ女だな。調子こいてるとテゴメにしちまうぞ」

「あ、矢島《やじま》さん」

七瀬が遠くを指さして、彼が恐れている兄貴分の名前を口に出した。

直後、颯太が目の色を変え、弾かれたように姿勢を正した。

「ウソー。あたし、矢島さんの顔なんて知らないし」

颯太が目を剝き、歯軋《ぎし》りした。

「このアマ、極道をからかいやがって」

七瀬はあははと笑った。

颯太と親しくなったのは二ヶ月前、きっかけはラーメンだった。七瀬は歌舞伎町にやってきて以来、とあるラーメン屋がお気に入りで、ちょくちょく通っていたのだが、そこで頻繁に見かける少年がいた。彼は剃り込みの入ったパンチパーマと、それに似つかわしくない童顔の持ち主で、これが颯太だった。

そんな颯太と、ある日、七瀬はカウンター席でとなりになった。そこで七瀬が出されたラーメンに酢を垂らすと、「あ、おれと一緒じゃん。ちょっと入れると美味いんだよな」と、彼は馴れ馴れしく声を掛けてきた。

これを皮切りに、彼は自分のことをあれこれと語った。

颯太は茨城の出身で、地元の暴走族で特攻隊長をしていて、少年院に二回入ったことがあると自慢げに言い、「で、今はこっちよ」と、人差し指で頬を切った。その仕草がおぼこい容姿の少年に、あまりに似つかわしくなくて、七瀬は笑いを堪えきれず、吹き出してしまった。そしてこれに怒った颯太がまたおかしくて、七瀬は腹を抱えて笑い転げた。あまりに笑いが止まらないので、箸が進まず、ラーメンの麺が伸びてしまったほどだ。

七瀬が新宿区役所の辻を右折しようとすると、颯太が眉間に皺を寄せ、「おい、あんまりそっちの通りに近づくな」と、制止してきた。

「なんで?」

「黒人だよ」

七瀬が小首を傾げる。

「おまえは知らねえと思うけど、あいつら、誰彼見境なくコカインを売りつけてくんだよ。おまえみたいなガキにもな」

「へえ。怖《こわ》」

と、口にしたものの、東通りやさくら通りをうろついてる黒人連中がコカインを売り捌《さば》いていることなど、颯太に言われるまでもなくみんな知っている。

もっといえば、それが彼らの副業であることも知っていた。彼らの本業はキャッチだ。もっとも、案内される店は漏れなくぼったくりのフィリピンパブである。

ちなみに、彼らのメインターゲットは日本人ではなく、外国人観光客だった。その手口はえげつなく、中にはドリンクスパイキングをはたらく者もいるという噂だ。ドリンクスパイキングとは、客の飲み物に薬物を混ぜ、昏睡させた上で金品や所持品を奪う行為である。

「だから気ィつけろ。おまえみたいな世間知らずの小娘なんて、あっという間にヤク漬けにされちまうかんな。最悪、どこかの国に連れ去られて売られちまうぞ」

世間知らず、たしかにそうだろう。だからこそ歌舞伎町に染まるのが早かったのかもしれない。

「うちの組じゃ、あいつらをこのままのさばらしといていいのかって、兄貴衆たちが鼻息を荒くしてっからよ、そのうち戦争になるかもしんねえぞ」

「別に放っておけばいいじゃん」

「馬鹿野郎。天下の歌舞伎町で外人共に好き勝手させておいたら、地元ヤクザの沽券《こけん》に関わるだろう」

「じゃあやっつけたら」

「簡単に言うな。いきなりドンパチが始まっちまったらどうすんだ」

「別にいいじゃん。始まっても」

「これだからお子ちゃまは」颯太が呆れたようにかぶりを振る。「暴走族の抗争とはワケがちげえんだぞ。大人がコトを構えるには段階ってもんが――」

「ビビってるんだ」

「殺すぞ。おれはいつでもどこでもやってやるさ。これまで売られた喧嘩《けんか》を買わなかったことは一度もねえんだ。けど、こうして組織に入った以上、上からの命令がない限り――」

顔を赤くした颯太の話を右から左に聞き流し、適当なタイミングで「またね」と言って別れた。

彼が離れていくのを確認してから、七瀬は東通りに足を踏み入れた。

そこには肌の黒い男たちがたくさんいた。その中から顔見知りのガーナ人、コディを探す。いた。ビルの壁に背中をもたせて、仲間たちと談笑している。彼は大柄な黒人たちの中でも頭一つ抜けているので、見つけるのは容易《たやす》い。前に身長を訊ねたら二メートル四センチだと言っていた。

コディも七瀬に気づいたようで、仲間の輪を離れ、こちらに歩み寄ってきた。

「ナナセ。キョウモカワイイデスネ。ゴキゲンイカガデスカ」

「ありがと。元気」

七瀬は手短に答え、鞄から封筒を取り出し、コディに差し出した。封筒を受け取ったコディは周囲をサッと確認してから、指で開いて中身を確認する。そして納得したように頷いたあと、手のひらの半分ほどのサイズのチャック付きビニールパックを三つ手渡してきた。

中には白い粉が入っている。七瀬はそれをすぐさま鞄の中に押し込んだ。

「イッパイヤッタラキケン。チョットズツ、チョットズツ、ツカッテクダサイ」

「あたしはやらない。これはただのお遣い。前にも言ったでしょ」

「ソウデスカ。ナニヨリデス。コレカラモテヲダサナイヨウニ」

意外な言葉を発したコディの顔をまじまじと見る。真っ黒な顔とは対照的な、真っ白な白目。きっと闇の中で見る彼は、この白目しか確認できないのだろう。

「コディって変なことを言うんだね」

「ドウシテデスカ」

「だって、いっぱい売れた方がいいじゃん。商売なんだから。そうでしょ？」

そう訊ねると、コディは白目と同様の白い歯を覗かせ、「キヲツケテ」と言い、踵《きびす》を返して仲間たちのもとに戻った。

次に目指したのは、新宿ゴールデン街の中にある寂れたスナックだ。ただ、区役所通りを使うと、また颯太と出くわしそうだったので、ぐるっと迂回をして靖国通りの方から入ることにした。

そうしてゴールデン街の中に足を踏み入れた。おそらく世界中を探しても、ここほど飲食店がすし詰めになっているエリアはないと思う。聞いた話によると、わずか五十メートル四方のこの敷地に、三百近い飲食店が詰まっているらしい。これで商売が成り立つのだからわけがわからない。

　目的のスナック『きらり』の扉の前に立った。ドアノブには《準備中》の札がぶら下がっている。この店がオープンするのは零時を過ぎてからだ。

　古びた木製の扉をコン、コンと叩く。その数秒後、扉の向こうから「山」と、しゃがれた声が発せられた。これに対し、七瀬は「海」と答えた。

　すると、ガチャと施錠が解除される音が聞こえ、扉が開いた。その先から顔を覗かせたのは、彫刻刀で彫ったような深い皺が刻まれた老婆のサチだ。年齢は知らないが、八十は軽く越えているはずだ。

　店内は猫の額のようなスペースしかなく、そこにカウンターテーブルと、五つのスツールがあるのみだった。カウンターの内側に、二階に繋がる階段があるが、その先にあるのはサチが寝泊まりする部屋だった。この老婆は急勾配の階段を平気で上り下りする。

　カウンター席の真ん中に座った七瀬は、「さっちゃん、買ってきたよ」と、さっそくコディから受け取ったビニールパックを差し出した。

　サチは「ありがたいねえ」と、相好《そうごう》を崩して受け取ったあと、口から卵を産むようにして入れ歯を外し、カウンターの上に置いた。次に、慣れた手つきで人差し指の先を舐め、その指をチャックの開いたビニールパックの中に突っ込んだ。そして、人差し指に白い粉をたっぷりとつけ、それを再び口元へ導き、丹念に歯茎《はぐき》に擦り込んでいった。

若い頃は鼻から吸引していたらしいが、年老いてむせるようになり、それじゃあもったいないからという理由で、今の方法に変えたらしい。ちなみに効果は、「どっちもおんなじ」だそうだ。目を閉じたサチが一言、「ああ、生き返る」と、しみじみと漏らした。この台詞を聞くのは四度目だ。

「そんなにいいなら、あたしもやってみようかな」

「よしな。金が掛かって仕方ないよ」

「危険だからじゃなくて？」

「コカインは安全さ」

コディは危険と言い、サチは安全と言う。たぶん、どっちも本当なのだと思う。きっと風邪薬のオーバードーズと一緒で、使う人の体質によるのだろう。

「だいいち、ついこの間まで、ヒロポンだってそこらでふつうに売ってたんだから」

「ヒロポンって何？」

「覚醒剤さ。今日はちょっと身体がだるいからヒロポン一発いっとくかって、みんな気軽に使用してたものさ。値段だって酒よりも安かったしね」

「ふうん。でも、ついこの間っていつ？」

「あれは……七十年くらい前か」

「全然ついこの間じゃないじゃん」

「細かいことはいいの。七瀬、今日もトマトジュース飲んでくかい？」

「うん。塩もちょうだい」

先月、七瀬は人生で初めて、トマトジュースというものを飲んだ。以来、ここを訪れるたびにトマトジュースを飲むのが恒例になっていた。

一回目は不味《まず》いと思った。二回目は悪くないと思った。三回目は美味しいと思った。そして今回で四回目——より美味しいと思った。ただ、自分で買ったり、ほかで飲むことはないだろうとも思った。この赤く、どろっとした液体は、この店だけで飲むべきもののような気がする。

「どうだい。美味《うま》いかい」

七瀬が頷いてみせると、サチも目を細めて、二度頷いた。

七瀬は、サチの白内障で白く濁ったこの瞳が好きだった。その双眸《そうぼう》から放たれる眼差しは、人や社会に対する深いあきらめが滲んでいる感じがして、七瀬の気持ちを落ち着かせてくれる。

そんなサチと七瀬が出会ったのは、一ヶ月くらい前のことだ。

深夜、七瀬が歌舞伎町をあてもなく徘徊していたところ、酔っ払った若い男たちが前を歩く一人の老婆に向けて、空のペットボトルを放った。ペットボトルは老婆の頭に命中し、男たちは高笑いをした。

正義感など持ち合わせていないが、端で見ていて、七瀬はどういうわけか無性に腹が立った。だからだろうか、無意識に路上に転がったペットボトルを拾い上げ、男たちに向けて投げ返していた。

これによって男たちから取り囲まれ、「殺すぞ」と髪を摑まれたが、七瀬は「殺してみろよ」と言い返した。

口論の末、男たちから頰にビンタ二発と尻にローキックを食らったところで、仲裁に入ったのは被害者の老婆だった。

「後生だから堪忍してやってくれ。堪忍してやってくれ」

老婆が手を合わせ、必死に懇願したことで、男たちは路上に唾を吐いて去って行った。

老婆は離れていく男たちの背中に向けて、思いきりあっかんべーをしていた。その姿がいじらしく、妙に可愛らしくて、七瀬の怒りはすーっと引いていった。

老婆は七瀬に礼の言葉――欲してもいなかったが――を口にしなかった。かわりに七瀬の顔をまじまじと覗き込み、「ああ、強い女の目だ。あんたはしぶとく生きるよ」と、意味不明なことを言った。

「あたしの名前はサチ。あだ名はさっちゃん。あんたは?」

「七瀬」

「七瀬、お腹空いてるだろう。うちにおいで。焼きうどんを食べさせてあげる」

別に腹など空いていなかったのだが、腕を取られてしまい、半ば強引にゴールデン街の中にある小汚いスナックに連れ込まれた。それが『きらり』だった。

サチは七瀬の嫌いなタイプの大人ではなかった。訊かれるがまま、これまでの生い立ちと、歌舞伎町に辿り着くまでの経緯を語った七瀬に対し、彼女は驚くことも、同情することもなく、

「まあ、そんなところだろうね」と、乾いた感想を口にした。

それが七瀬には心地よかった。したり顔で道徳を説いてくる大人がこの世で一番嫌いなのだ。

サチ曰《いわ》く、年端も行かない少女が歌舞伎町を訪れ、棲み着いてしまうのは、それ相応の事情があるのだという。

「この街は大昔からそうさ。ここは居場所を失った人たちの駆け込み寺なのよ。いつの時代もね」

嘘か本当か知らないが、サチは歌舞伎町が誕生したときから、ここで暮らしているらしい。

そんな自分のことを、「生き字引のクソババア」と卑下した彼女は、歌舞伎町について様々なことを教えてくれた。

この街の旧名は角筈《つのはず》といい、昔はただの寂《さび》れた住宅地だったそうだ。それが今のような歓楽街に変貌したきっかけは太平洋戦争だという。空襲による被害で街が焦土と化してしまったことで、変わらざるをえなかったのだそうだ。

発起人は当時町会長を務めていた鈴木喜兵衛《きへい》という男で、彼は終戦の日に玉音《ぎょくおん》放送を拝聴しつつ、我が国の生きる道は観光しかないと考え、復興を誓った。

鈴木はさっそく、角筈から歌舞伎町へと町名を変え、劇場や映画館など様々な娯楽施設を誘致した。

また、アイディアマンだった彼は、街の中にたくさんのT字路を組み込み、あえて人が歩きづらいように設計したという。これは街を訪れた人々に、突き当たりを曲がった際の光景や、新たな店との出会いを楽しんでもらうためなのだそうだ。

たしかに歌舞伎町は道がやたらと入り組んでいて、ちょっとした迷路のような作りになっており、七瀬もやってきた当初は自分がどこを歩いているのかわからず、よく立ち往生したものだ。

「あれよあれよという間にいろんな建物が立ってさ、そこにお店がたくさん入って、人がどんどん押し寄せてきてね、もう毎日がどんちゃん騒ぎよ。ただ、そうなると揉め事も起きるでしょう。そういうときのためのヤクザ屋さんだったんだけど、石原慎太郎にみーんな追い出されちまってねえ。それ以来、表向きは安全な街になったんだけど、怖い男たちがいなくなったもんだから半端者が幅を利かすようになっちまってさ、逆に秩序が乱れたんじゃないかってあたしなんかは思うよ。だいたい浄化なんてしないでいいのよ。放っときゃいいの。綺麗にされちまったら生きづらくなる人間だっているんだもの」

サチの話は朝方までつづいたが、不思議と七瀬は眠たくならなかった。けっしてこの街の歴史に興味があったわけではないが、ずっと聞いていられた。飲み慣れないトマトジュースをちびちびと舐めながら。

やがてコップが空になった頃、帰ろうとした七瀬の手をサチは摑んだ。そして目を鈍く光らせ、これから定期的にお遣いを頼まれてくれないかと、そんな申し出をしてきた。

「はい、今回のお駄賃と、次の分のお金」

サチが裸の一万円札と封筒を七瀬の前のカウンターに滑らせてきた。封筒の中身を確認すると、次回の購入資金の三万円が入っていた。一パック一万円なので、購入できるのは三パックまでだ。

「さっちゃんさ、なんでまとめて買わないの？」

「こまめにお遣いを頼まれちゃ面倒かい？」

「ううん。あたしはどっちでもいい。毎日ヒマだし」

七瀬はそう言って、指で摘んだ塩をさらさらと赤い液体に振り落としていく。

「そうかい。じゃあこれからもよろしく頼むよ」

もしかしたら、サチは自分にちょくちょく会いたいのかもしれない。たぶんそうだろう。そういえば初めて出会ったとき、「あんたはあたしの若い頃に似てる」などと言っていた。

「さっちゃんてさ、子どもいるの？」

七瀬はそんな質問をしてみた。

「いるよ。息子が一人」

「へえ。何してる人？」

「戸籍売買の仲介人」

「戸籍？」

「世の中にはさ、過去の自分を捨てて、別の人間に生まれ変わりたい者がいるのさ」

まあいるだろうなと思った。七瀬自身、別人になりたいと望んだことが何度あったろうか。結局、いくら望もうともなれるわけがないのだから考えるだけ無駄だと思い、いつしかそんなことも願わなくなったが、どうやら不可能じゃなかったらしい。

「世の中にはそういうワケありの人に手を差し伸べる仕事があんのさ」

「でもそれって裏稼業だよね」

「そらそうさ」

「だよね」

七瀬は少し思案を巡らせた。

「ねえ、今度さっちゃんの息子さん、あたしに紹介してよ」

「いいけど、どうしてだい？　言っとくけど還暦を過ぎたオヤジだよ」

「別に年齢はどうだっていいんだけど」七瀬は肩を揺すって笑った。「身分証を作ってもらえないかなって」

「身分証？　保険証とかかい」

「そうそう」

サチが目を細める。

「ああ、年齢を誤魔化したいわけか」

「そ。ネカフェやカプセル泊まるのに、いちいち友達に借りんの面倒なんだもん。十五歳ってめちゃくちゃ不便なんだよ」

「なるほどね。わかった。近いうち店に顔出すはずだから、そのときに頼んどくよ」

「ありがと」

七瀬は礼を告げて、トマトジュースを飲み干した。つづいてスマホを取り出して、時刻を確認する。ここには壁掛けの時計があるのだが、ずっと針が止まっているのだ。

「さっちゃん、あたしそろそろ行くね」

「あいよ。またおいで」

店をあとにして、薄暗く、細い路地を人とすれ違いながら進んだ。十代の少女がゴールデン街を歩いているのが珍しいのか、みな好奇の目を向けてくる。

その後、七瀬はセントラルロードをうろついた。サチから一万円をもらったものの、少々懐がさみしいので稼ぐことにしたのだ。

ここらの通りを歩いていれば若い女は必ずナンパをされる。そしてこれが今の七瀬のメインの収入源だった。

「ねえ、今一人？　ご飯奢らせてよ」

さっそく声を掛けてきたのは遊び人風の若い男だった。

「いいけど、あたし十五だよ」

七瀬が正直に年齢を告げると、男は顔をしかめた。

やっぱりスカウトだった。歌舞伎町にはこのように、ふつうのナンパに見せかけて、女を引っ掛けようとするモグリのスカウトがいるのだ。しかし、彼らはこちらの年齢を伝えるとすぐに引き下がった。十五歳の小娘など使い道がないからだ。

つづいて声を掛けてきたのは、二十代前半と思しき男性二人組だった。共に安っぽいスーツを着ており、こいつらはスカウトではないと察した。

どちらもひょろっとしていて、喧嘩が弱そうな風貌は合格だった。それでいて、隠しきれないスケベな目もいい。

彼らの目的は先ほどのスカウトなどとは違い、夜の街をうろついているような、頭が悪そうで、すぐにヤラせてくれる若い女と遊びたいという純粋なもので、そういう男を七瀬も求めている。

「えー、どうしよっかなあ」

七瀬は彼らの誘いにすぐには乗らず、あえて焦らした。

「もうご飯食べちゃったし」

「じゃあ、酒だけでも。ところで名前はなんて言うの？」

「ミキ」

偽名はいつもこれで通している。

「ミキちゃんか。おれはケン、こいつはタケル。な、行こうぜ」

「ま、このあと予定もないし、いっか」

七瀬が承諾すると、二人は頬を緩めた。

「けど、あたしまだ十八なんだよね」

カモにはこのように年齢も偽っている。

「十八？　うわあマジか……」

二人は白々しい芝居を披露してくれた。

七瀬はメイクをしていると大人っぽく見られることが多いが、さすがに二十歳を超えているようには見えない。つまり、男たちは七瀬が十代であることをわかって声を掛けてきたのだ。

「あたしが知ってる店で、年齢確認されないとこあるけど、そこ行く?」七瀬が上目遣いでそう切り出すと、「お、いいじゃん、いいじゃん」と、彼らは二つ返事で食いついてきた。

これで半分、仕事は終わったようなものだ。七瀬は二人を促して歩き出した。

怪しいネオンがぎらつく二丁目のエリアに足を踏み入れた。そこで空気が一変する。一丁目と二丁目では、滞留している空気の質が異なるのだ。これは歌舞伎町の人間なら、全員がわかってくれることだろう。

「あんまこっちの方には来ねえなあ」ケンが周囲を見回して言う。「ミキちゃんはよく来るの?」

「うん。たまに」

「どういうときに?」

「こうやって男の人に奢ってもらうとき。こっちなら泊まるところもすぐだし、いろいろと都合がいいじゃん」

男たちが期待するような台詞を吐いた。彼らのゴールは七瀬との3Pなのだ。

この仕事を始めてすぐ、七瀬は要領を摑んだ。セックスが目的の男共を手玉に取るのは、路上で昼寝をするよりも容易かった。

もっとも、以前の自分には到底できない芸当だっただろう。おそらく成長したというより、変わったのだ。この街に来てから、自分は明らかに変わった。

腕を組んだ男女とすれ違った。二人の年齢は親子ほど離れているのでパパ活だろう。歌舞伎町では当たり前の光景なので、誰も気に留めない。

「ねえ、うちらも腕組んじゃう？」

七瀬は二人の顔を交互に見て訊いた。

「おう、組もうぜ、組もうぜ」

七瀬が二人の間に入り、腕を絡ませ、三人横並びで歩いた。身体が密着したことで、二人が香水をつけているのに気づいた。どちらも七瀬の気に食わない、爽やかな匂いだった。

七瀬は自分の五感の中では、嗅覚がもっとも鋭敏だと思っている。

だから初めて歌舞伎町に立った日、まず驚いたのはその匂いだった。街全体から発せられている、饐《す》えたような、濁った匂い。それは大自然に囲まれた群馬では嗅いだことのない、心地よい都会の香りだった。

ほどなくして目的地に到着した。「ここの三階」と、七瀬が雑居ビルの真ん中辺りを指さす。縦に並んだ看板の一つに、『Bar Ranunculus』の文字がライトアップされて浮かび上がっている。

「ラナンキュラス？」ケンが看板に目を細めて言った。「どういう意味なんだ？」

「さあ、知らね」とタケル。

「花の名前なんだってさ」七瀬が教えた。

「へえ。古くからやってんの？」

「ううん。まだ新しいみたい」

「そうなんだ。ちなみにさ、高級店とかじゃないよね？」

「ふつーだよ。あたし一人でも来れるくらいだし」

「そっか。ならよかった」

三人で雑居ビルの中に入り、薄暗く、狭い階段を上がっていく。

先週、一緒にこの店を訪れた男は、この階段から転げ落ちて怪我をした。逃走しようとして、慌てて階段を駆け下りたため、足を滑らせたのだ。

三階に上がり、七瀬がドアを引き込んで開けた。ＢＧＭのジャズが耳に飛び込んでくる。

「いらっしゃいませ」

カウンターの中のバーテンダーが低い声で言い、軽く頭を下げた。

「ほら、いい感じでしょ」

「うん。でも、あんまり新しい感じはしないな」

それはここが前も、その前もバーで、調度品も含め、当時のものを完全に居抜きで使っているからだ。

前のオーナーは、前の前のオーナーから借金のカタとして店を奪い取り、今のオーナーは同じ理由で、前のオーナーから店を奪い取ったらしい。きっとこれが二丁目の正しい循環なのだろう。

七瀬を挟む形で三人並んでカウンターに座り、飲み物を注文した。二人はビール、七瀬はギムレットを頼んだ。ほかに客はいない。

「ギムレットって何？」

「ジンベースのカクテル。一回飲んだらハマっちゃったんだ。結構イケるんだよ」

本当は別の理由があった。ギムレットは量が少ないので、杯を重ねられるのだ。

「どうぞ」

バーテンダーが慣れた手つきで酒を作り、三人の前にグラスを差し出した。

出会いに乾杯し、酒を舐めた。バーテンダーが気を遣ってくれたのだろう、ライムジュースの割合が多めで、アルコールはほんの気持ち程度しか入っていなかった。

もっとも、七瀬は酒に強い体質で、いくら飲んでも酔わなかった。だからこれまで酩酊《めいてい》したことは一度もない。

グラスを傾けながら、男たちの話に相槌《あいづち》を打つ。酒が入った彼らは実に饒舌《じょうぜつ》だった。くだらない話をうんざりするほど披露してくれた。

彼らはこちらから勧めるまでもなく、ハイペースでおかわりをしてくれた。それに合わせて、七瀬も杯を重ねた。

一時間ほど経った頃、「よし、そろそろ次行こうか」とケンが切り出してきた。

「次って？」

「わかってるくせに」これはタケルが言った。「横になって、休めるところさ」

七瀬があっさり了承すると、二人の目が光った。

会計を申し出ると、バーテンダーが無機質な顔で、会計票をスッとカウンターに滑らせてきた。

ケンがそれを手に取り、目を落とす——そこで表情が固まった。それから彼は何度か目を瞬かせ、「なんだ、これ」とつぶやいた。

「どうした？」と、横から会計票を覗き込んだタケルもまた、目を丸くさせる。

そこには二十七万六千円と記載があった。

「あの、なんなんスか、これ」

ケンがバーテンダーに会計票を突きつけた。

バーテンダーが薄い笑みを浮かべて、小首を傾げる。

「これ、まちがってますよね？」

「いいえ。明細をしっかりとご確認いただけますか」

「ビールが一杯七千円って……だいたいこのチャージ料の十五万ってなんですか」

「当店ではチャージ料としてお一人様、五万円をちょうだいしております。お客様は三名様でいらっしゃってますから、十五万円でございます」

「ふざけんなよ」タケルがイキり立って言った。「ありえないだろ」

「ありえない？　なぜでしょうか」

「なぜって……こんなの払えるわけねえだろうが」

「それは困ってしまいますねえ。お客様はお酒を飲まれたのですから」

バーテンダーはそう告げると、笑みを消してカウンターに両手をつき、身を乗り出した。

「お支払いいただきますよ。きっちりね」

二人は表情を強張らせて生唾を飲んでいる。そんな男たちをよそに、七瀬は煙草を咥え、火を点けた。

「無理です……」ケンが唇を震わせて言った。「そんなお金持ってません」

「カード決済で結構ですが」

「それも無理です」

「では、お連れの女性にお支払いいただきましょうか」

バーテンダーが七瀬に水を向けた。

「あたしだって無理。お二人さんよろしく」

七瀬は前を見たまま言い、ふーっと紫煙を吐き出した。

そんな七瀬の横顔を、二人は呆然と見つめている。

「……お、おまえ、まさかおれらをハメたのか」

七瀬は無視した。するとタケルが肩を鷲掴みにしてきた。

「ちょっとお客さん。女性に乱暴なことはよしましょうよ」

「おい、なんとか言えよ」

「もうつまんないから、帰ろっかな」

「ふざけんなっ」

「だからお客さん。相手は女性ですよ」バーテンダーがカウンターから出てきて、タケルの肩に手を回した。「さあ、お支払いをお願いします。男らしく、潔くね」

七瀬は灰皿に煙草を押しつけて消し、スツールから腰を上げて、振り返ることなく店を出た。

ビルの階段を下りて行くと、「どうも、ご苦労さん」と、下から声が上がった。オーナーの浜口竜也《はまぐちたつや》と、連れの男二人が階段を上がってきていた。ゴネる客を脅すため、彼らは毎度このタイミングで店にやってくる。バーテンダーがこっそりスマホを使って呼び出しているのだ。

「今回は二十七万も売り上げたんだってね。さすがだなあ。こんな十五歳は日本中、いや世界中を探しても七瀬ちゃんだけ」

浜口がセラミックで真っ白になった歯を光らせて言った。相変わらずノリが軽い男だ。腹が中年のように弛《たる》んでいるが、まだ二十代後半らしい。

「正確には二十七万六千円ですけどね」

「ほうほう。となるとだ、七瀬ちゃんの取り分はいくらになるんだろうな」

「八万二千八百円です」

売上の三十%が七瀬の取り分だ。

「わお。計算も早い」浜口がおどけたように言う。「じゃあ、今度報酬を取りにおいで」

「それなんですけど、今もらえませんか。ちょっと金欠で」

「ああ、そう。いいよ、いいよ」浜口がセカンドバッグを広げ、札束を取り出し、指で素早く弾いた。「はい。ちょっとおまけ。ほかの女の子には内緒ね」

九万円くれた。

「七瀬ちゃん、この前も言ったけどさ、もっと気合いを入れてやってみない？　この仕事はやればやったぶんだけ稼げるんだしさ。毎晩スケベな客を捕まえてきてちょうだいよ」

七瀬は基本的に、金が底をついたときにしか稼働しないのだ。

「ね、七瀬ちゃん。おれたちと一緒にがんばっちゃおうぜ」

七瀬は涼しげな笑みを浮かべて受け流し、階段を下りて行った。

路上まで出て、数メートルほど歩いたところで、七瀬はふと立ち止まり、後方を振り返った。

ライトアップされた『Bar Ranunculus』の看板に目を細める。

今頃、ケンとタケルは浜口たちに取り囲まれ、脅されていることだろう。彼らは金を払うまで絶対に外には出られない。

——なあちゃんにああいう仕事は合ってない気がする。

ふいに、愛莉衣から言われた言葉が蘇った。

七瀬は洟《はな》をすすり、身を翻《ひるがえ》して再び歩き出した。

男の誘いに乗ったフリをして、ぼったくり店に連れて行く行為をガールキャッチという。

七瀬がこのガールキャッチを始めたのは、約一ヶ月前だった。きっかけは愛莉衣と街を歩いているときにスカウトを受けたことだ。愛莉衣は「そういうのは怖いから」という理由ですぐに断ったが、七瀬はその場で話に乗った。

罪悪感など微塵《みじん》も湧かなかった。これまで性処理の道具として、散々男共に弄《もてあそ》ばれてきたのだ。むしろ自分には世の男を貶《おとし》める権利があると思った。

いざ始めてみると、仕事は拍子抜けするほど楽だった。口を開けて待つ魚群に釣り糸を垂らす

なる。
いくつかの辻を曲がり、花道通りを使ってゴジラビルを目指した。時刻はそろそろ二十二時に
なかった。案外、自分は器用で機転が利く女なのだろう。
もちろん中には疑い深い男がいたこともある。ただ、そうした男たちの警戒心を解くのも造作
のだから、しくじるわけがない。

トー横広場には、ふだんより多くの少年少女が集っていた。みな路上に座り込み、わいわいと談笑している。そんな彼らを道行く人々が奇異の目で眺めていた。

いくつかの島に分かれていたので、七瀬は女二人、男一人のもっとも小さな島に加わり、車座になった。

彼らはアミ、モカ、ショウといい、三人とも七瀬の一つ年上の十六歳だ。とはいえ、彼らはまだ歌舞伎町にやってきて日が浅いため、トー横キッズとしては七瀬の方が先輩だった。

「今日は愛莉衣ちゃんは？」

アミから訊かれた。

埼玉の所沢出身の彼女は、学校でのいじめが原因で不登校になり、自宅に半年ほど引きこもった末、二ヶ月前に歌舞伎町にやってきた。親が娘をなんとか社会復帰させようと、あれこれ手を焼いてくるのがうっとうしかったらしい。

「さあ」と、七瀬が肩をすくめる。「どうせまたホストでしょ」

「うちらもさー、もう少し大人になったらホストクラブとか行くようになるのかなあ」

これは神奈川の川崎からやってきたモカが言った。

彼女は幼い頃に両親が離婚し、父親に引き取られ、長らく父子家庭で育ったのだが、その父親が再婚をしたことで家を飛び出したと聞いている。継母と反りが合わなかったそうだ。歌舞伎町にやってきたのは先月のことだった。

「どうだろうねー。ちょっと行ってみたいけどねー」

「ねー。一度くらいイケメンに囲まれてみたいよねー」

そんな他愛ない話から始まったおしゃべりだったが、ショウが「実は今日、ママがぼくのことを探しにここに来たんだ」という告白をしてから空気が変わった。

「ぼくは慌てて隠れたし、そこにいた仲間たちは状況を察して、ぼくのことは見かけたことがないってママに話してくれたから、あきらめて帰ったみたいなんだけど」

ショウが歌舞伎町にやってきたのは、わずか一週間前だ。彼は都立N高等学校に通う二年生だった。その高校は「都内で五本の指に入る賢いところ」と誰かが言っていた。

勉強に疲れ果てた、というのがショウの家出の理由だった。彼の母親は典型的な教育ママで、息子の成績が少しでも下がると激しいヒステリーを起こしたという。ショウは部活に入ることも禁じられ、学校から帰ってきたらすぐに机に向かうことを強制されていたらしい。休日は朝から晩まで、机を離れることを許されなかったそうだ。

「どうしてここにいることがバレちゃったんだろ」ショウが肩を落としてボヤいた。

GPSによって位置情報が親に知られてしまうため、彼は家を出て以来、一度もスマホの電源を入れていなかったという。

「親の勘だよ、きっと」とアミが言い、「うちもそうだと思う。母親ってそーゆーとこ妙に鋭いから」とモカがつづいた。

「でもママは、『息子は必ずここにいるはずなの』って、仲間たちに訴えてたみたいなんだよね」

「じゃあ当てずっぽうとかじゃなくて、確信してたってこと？」

「うん。だからなんでなんだろって」

「キャッシュカードじゃない？」七瀬が口を挟んだ。「ショウ、昨日近くのコンビニから金下ろしてたでしょ。たぶんそこから足がついたんだよ」

「あ」と、ショウが口を半開きにする。「それだ」

七瀬は鼻を鳴らした。この少年は本当に賢いのだろうか。

「どうしよう。きっとママは明日もここに来ると思う」

「大丈夫だよ。うちらまたみんなで口裏合わして、知りませんって言ってあげるから」

「そうそう。うちら仲間じゃん——ね、七瀬」

七瀬は煙草に火を点けた。「でも、いつかはそれもバレそうな気がするけどね」

「……ぼくもそんな気がする」

「もうはっきりと宣言しちゃったら？　これ以上ぼくに関わらないでくれって」

「そんなので引き下がらないでしょ」とアミ。

「そうだよ。だって親だもん」とモカ。

「だから親子の縁を切っちゃえばいいじゃん。ぼくは学校を辞めて、二度と家にも帰りません。これからは自分一人で生きていきますって言ってさ」

七瀬としては至って真面目に助言したつもりだったのだが、三人は顔を見合わせ、苦笑いを浮かべた。

言わなきゃよかった、と七瀬は後悔した。

基本的に彼らと自分とでは心構えがちがうのだろう。それは覚悟でも決意でもなく、あきらめだ。まっとうな人生に対するあきらめ。

言うなれば、彼らはプチ家出をしただけ。

自分は家を捨て、家族を捨て、過去を葬った。

この三人に限らず、ここにいる少年少女たちは口を揃えて、「先のことなんてどうでもいい。今が楽しければそれでいい」と言う。

七瀬もここに来たばかりの頃、その意見に大いに共感し、彼らを同志だと思った。

ただ、この街で暮らして一ヶ月が経ち、二ヶ月が経った頃、自分と彼らとでは、その言葉に対する思いの強さが微妙にちがうことに気がついた。半年が過ぎた今ではまるでちがうと思っている。

彼らは未来をどうでもいいと言うわりに、その胸に漠然とした不安を抱えていた。

七瀬にはそれがこれっぽちもなかった。だから怖いものがなかった。怖いものがないからこそ、平常心で明日を迎えられるのだ。

それから時間は流れ、時刻が零時に差し掛かった頃、「てかさ、親を選べないって、結構な悲劇じゃね?」と、アミがそんなことを言い出し、モカとショウが「たしかに、たしかに」と、前のめりで同意を示した。

「うちらは完全に親ガチャにハズレたよね」

「うん。神様ってとことん不公平。スタートラインくらいみーんな同じに設定しろっての」

「マジでそれな。もしもうちらが――」

七瀬はこの手の話にも乗れなかった。過去と決別した七瀬にはあれがこうだったら、これがあだったらの〝if〟がないのだ。

その後も三人のつまらない話はだらだらとつづき、七瀬は相槌を打つのもやめ、ひたすら煙草を吹かした。

そうして時刻が深夜一時を回った頃、ホストクラブ帰りの愛莉衣がやってきた。

彼女はめずらしく飲めない酒を飲んでいるようで、足元がフラついていて、話す言葉も呂律《ろれつ》が怪しかった。

「飲まされたの?」

七瀬が訊くと、愛莉衣は「ううん」と、かぶりを振った。

「彼がほかのテーブルに行ってるすきに、うちが勝手に飲んだ」

「どうして?」

「だって、むしゃくしゃして、ムカついたんだもん」

「誰に？」

「彼に。ほかの女と楽しそうに話してさ、うちのこと放っておいてさ、ちょっと高いシャンパンを入れてもらったからって、鼻の下伸ばしちゃってさ。で、ようやくこっちに戻ってきたと思ったら、こっそりお酒を飲んだことをガチ説教してくるし。未成年が酒なんか飲んでんじゃねえって」

「へえ。いい彼じゃん」七瀬は適当に返事をした。「で、もうネカフェ行って寝なよ」

ネットカフェが愛莉衣の寝床だ。ちなみに七瀬は少し前からネットカフェを卒業し、最近は女性専用のカプセルホテルを利用している。あの棺桶《かんおけ》みたいな空間が妙に居心地良くて気に入ってしまったのだ。ビジネスホテルなんかよりよっぽどいい。

「やだ。お腹空いてるもん」

「じゃあどっかでご飯食べておいで。一人で」

「やだ。なあちゃんと食べる」

「悪いけどあたし、腹減ってない」

「じゃあうちに付き合って」

「無理。ダルい」

「ねー。お願い」

こんな押し問答を一分ほど繰り広げ、最後は七瀬が折れた。夕方、彼女に冷たい態度を取ってしまった負い目があったからだ。

その場を離れ、愛莉衣と連れ立って二丁目に向かった。

深夜に歌舞伎町を歩いていると、かの有名な〝眠らない街〟というワードがいつも頭に思い浮かぶ。どの店も当たり前のように営業しているのだ。

二人で何度か訪れたことのあるホルモン焼き屋の暖簾《のれん》をくぐった。この店の店員は全員がアジア系の外国人で、こちらの年齢を問わないでくれるのだ。日本人の店員がいる居酒屋に入ってしまうと、七瀬はたまに身分証の提示を求められることがある。

互いにウーロン茶で乾杯をして、七瀬が肉を焼いた。酔いの覚めていない愛莉衣の手がおぼつかないからだ。

「でね、その時計が百万くらいするの。だから、これから仕事量を増やしてお金を貯めないと」

来月末、推しのホストの誕生日なのだという。プレゼントは何がいいと訊ねたら、腕時計をねだられたのだそうだ。

「へえ。そうなんだ」と七瀬は相槌を打ち、トングで肉を裏返す。

彼氏でもない男に百万円のプレゼント――人の価値観というのは、本当に様々だなと思う。それはつまり、世の中には様々な人がいるということだ。

その後、七瀬が先ほどショウから聞いた話をすると、愛莉衣はとろんとした目を伏せ、「ママがお迎えか。いいなあ」と、ぽつりと溢《こぼ》した。

愛莉衣の母親は、彼女が七歳のときに自宅で首を吊り、自殺したと聞かされている。発見者は愛莉衣で、彼女はそのときの画を「忘れたくても忘れられない」と、涙目で話していた。

ちなみに父親の方は存命らしいが、獄中にいるらしい。その父親については、「人を殺しちゃったんだって。だから一生刑務所から出てこれないんだって」と、あっけらかんと話していた。父親には一度も会ったことがないので、なんの感情も湧かないのだそうだ。

「うちね、養護施設にいたって言ったでしょ。そのときにね、いつかママがお迎えに来てくれると思ってたんだ」

「死んでるのに？」

愛莉衣が網上のホルモンに箸を伸ばして言った。その手首にはいくつものリスカの傷跡がある。

「そう。それなのに、いつか必ずママがお迎えに来てくれるはずだって、本気で信じてたんだよ。マジウケない？」

「別にウケないけど」

「ぶっちゃけ、今でもたまに思うんだけどね。街角とかで、ばったりママと会わないかなあって」

「ふうん」

「どうにかして会える方法ないかなあ」

「死んだら会えるんじゃん」

七瀬は何気なくそう言ったあと、自嘲の笑みを浮かべた。

死後の世界など存在しない。人は死ねば土へと還り、ただ無になるだけだ。天国や地獄を恐れるのは、もっとも愚かな行為だろう。だから、怪しげな宗教に心酔していた母は、愚かな人間だったということだ。

「死んだら会えるのかなあ。だったら死ぬのも悪くないかも」愛莉衣が虚空を見つめて言う。

「けど、うちはまだ死にたくないかな」

「なんで？」

「だって死んじゃったら彼に会えなくなっちゃうし、なあちゃんともお別れしなきゃならないもん」

「そんなの仕方ないじゃん」

「そんなあっさり言わないでよ」

「仕方ないもんは仕方ないでしょ。だいいち生きてたって別れるかもしれないし」

この発言に対し、愛莉衣は返答をせず、ぶすっと頰を膨らませて黙り込んだ。

それからしばらく、互いに口を利かなかった。

無言のままでいると、周囲の客の声がやけに耳につく。飛び交う言語の大半は外国語で、英語や中国語、ほかにもどこの国のものかわからない言葉が混ざっている。

気がつけば、網の上の肉が焦げかけていた。油が滴り落ち、七輪の中で炎が勢いよく立ち上がったので、七瀬はトングを手に取った。

「うち、なあちゃんのこと好き。すごくすごく大好き」

愛莉衣がふいに言い、「なに、急に」と七瀬は手を止めた。

「けど、なあちゃんはうちのこと、あんま好きじゃないっぽい」

「別に嫌いじゃないよ」

「ほら、好きって言ってくれない」

「あたしは誰のことも好きじゃないし」

本心だった。愛莉衣に限らず、誰のことも好きになれない。そもそも人を好きになるという感情がよくわからない。

七瀬が肉を裏返しながら、そのように伝えたところ、愛莉衣は自身の指を弄びながら、「でもなあちゃん、仲間のところ、いつも来るじゃん」と不満そうに言った。

「さっきだって、アミちゃんやモカちゃんやショウくんと、仲良くお話ししてたじゃん」

「別に仲良くじゃないけど」

「けど、それが答えなんだと思う」

「意味わかんない」

「強がってても独りはさみしいんだよ」

七瀬は再び手を止めた。

「誰だって、人は一人じゃ生きていけないんだよ。だからなあちゃんも、うちも、歌舞伎町にいるんじゃないの？」

七瀬は鼻息を漏らしたあと、トングを雑に手放して、煙草に火を点けた。

「ねえ、これって説教？」

「ううん。そんなのじゃないけど」

「じゃあ何？」

訊くと愛莉衣は上目遣いで見てきた。

「怒らない？」

七瀬はこれに返答をしなかったが、やがて愛莉衣はおずおずと唇を動かした。

「……なんていうか、なあちゃんのそういう感じ、痛々しいっていうか、もちろんかっこいいとも思うけど、でもやっぱり、うちはなあちゃんに人を好きになってもらいたいし、素直になってもらいたいな。だって、本当のなあちゃんはすごく可愛くて、優しい女の子だってことをうちは知ってるから。だからああいう、人を騙す仕事もあんまりしてほしくないなあって……ごめんね、急に」

七瀬は煙草を強く吸い込み、肺いっぱいに煙を溜めた。

「ほんと、ごめん。大きなお世話だよね。ってか、意味わかんないよね。ごめんね、うち、バカだからさ」

「ね。救いようのないバカだもんね」七瀬は肺に溜め込んだ紫煙を彼女の顔に吹きつけた。「おっさんのチンポしゃぶって稼いだ金をホストに貢いで、周りに求められるがままに金を貸して、歩くＡＴＭって笑われてる女だもんね――死ねば？」

七瀬は咥え煙草のまま席を立ち、愛莉衣を置いて店を出た。

大股で路上を歩き、途中で煙草を吐き捨てた。唾も吐いた。妙にイライラが治まらなかった。

思いきり叫びたい気分だった。

キン、キンと金属音がする。バッティングセンターが近くにあるからだ。あんなものでストレスを発散できる連中の気がしれない。

再び煙草に火を点けた。一口吸って不味《まず》かったので、またすぐに投げ捨てた。

そのときふと、どうして自分はこんなにも腹が立っているのだろうと、疑問が湧いた。

はたして自分は、こんな瑣末《さまつ》なことで怒るような人間だったろうか。

少なくとも地元にいるときはこうではなかったように思う。あのときの自分は感情をもたない人形《ドール》だった。だからこそ悪夢のような現実に耐えることができたのだ。

七瀬は生ぬるい夜風に吹かれ、満艦飾の街並みをあてもなく歩いた。ひたすら足を繰り出しつづけた。気がついたら東の空が白み始めていた。

二〇一九年十月八日

昼下がり、狭苦しいカプセルホテルの中で七瀬は目覚めた。枕元で充電中のスマホが振動していて、そのせいで意識が覚醒してしまったのだ。

手を伸ばしてスマホを摑む。寝ぼけ眼《まなこ》を擦り、焦点を合わせ、青白い画面を見た。着信相手は『Ranunculus』のオーナーの浜口だった。彼とは連絡先を交換していたものの、こうして電話が掛かってくるのは初めてのことだ。

「はい」と、気だるく応答すると、〈七瀬ちゃん、今どこ?〉と、浜口の切迫した第一声が耳に飛び込んできた。

「カプセルホテルですけど」

〈どこの?〉

「西新宿にある――」

名称を伝えると、〈わかった。すぐそっちに行く〉と鼻息荒く言われた。

「なにかあったんですか」

〈いや、その……ちょっとまずいことになっちまったんだ〉

「まずいこと?」

〈落ち着いて聞いてほしいんだけど、実は昨夜、七瀬ちゃんが引っ掛けた男の片割れなんだけど、そいつが代議士の息子だったみたいなんだよ〉

「はあ」

間の抜けた声が出た。七瀬は代議士というのが何者なのか知らない。

〈ああやべえ。マジでシャレになんねえよ。どうすりゃいいんだよこれ〉浜口が電話の向こうで嘆いている。頭でも掻きむしっていそうな勢いだった。〈そこいらのチャラついたパンピーのガキだと思ってたのに〉

「あのう、あたし、よく意味がわかんないんですけど」

〈今さっき、その代議士先生の後援についてるヤーさんから、おれのもとに連絡があったんだ。『えらいことしてくれたな。どう落とし前つけてくれるんだ』って。しかも運が悪いことに、そ

のヤーさんは歌舞伎町に根城《ねじろ》を構える組の若頭で――〉

ここまで聞いても、七瀬には話がピンとこない。よからぬトラブルが起きていることだけは理解したが。

「結局あのあとどうなったんですか。お金払ってもらったんですか」と、あくび混じりに訊いた。

〈ああ。耳を揃えてきっちり払わせちまった〉

「じゃあ返せばいいじゃないですか」

〈それで済む問題じゃないんだって〉呆れたように言われた。〈実はあの二人、中々財布を出さない上に、最後は抵抗して暴れたんだよ。そんなもんだからこっちもちょっと頭に来ちまって――〉

立ち上がれないほど暴行したのだという。折れた歯が床に落ちていたというから、相当痛めつけたのだろう。

ただ、だとしても、なぜこのトラブルに自分を巻き込んでくるのか、意味がわからない。

「けどそれ、あたし関係ないですよね」

〈残念だけど、大アリなんだわ。そのヤーさんから『先生の息子さんをハメた女と一緒に詫びに来い』って言われちまったんだ〉

「は？　あたしが？」

〈ああ。当人の息子は、おれらよりも、むしろ七瀬ちゃんの方が許せないらしい。あの女は何がなんでもぶっ殺すって息巻いてるんだと〉

七瀬は額に手を当て、ため息をついた。

〈とにかくまずは合流しよう。あと三分でそっちに着くから〉

電話が切れた。

七瀬はもう一度ため息をついたあと、スマホを放り、「くそダル」とつぶやいた。


タクシーに乗り込んだ浜口が「Rマンション歌舞伎町まで」と行き先を告げると、運転手はバックミラーを一瞥《いちべつ》した。きっと浜口のことをそのスジの人間だと思ったのだろう。

東新宿駅から徒歩三分のところにあるRマンション歌舞伎町は、通称ヤクザマンションと呼ばれていて、その名の通り、ヤクザの巣窟なのだ。一説によると、住民の八割近くが裏稼業の者らしい。

「基本的に反社は賃貸契約が結べないんだけど、あのマンションは分譲になってて、買い取った人が個人的に貸し出してんだよ」

浜口が欲してもいない情報を寄越してきた。彼は落ち着かないのか、ずっと貧乏揺すりをしている。

そんな浜口とはちがい、七瀬に緊迫感はなかった。それは寝起きだからというより、やはり目の前の問題を我が事と捉えられないからだ。

あたしは街で声を掛けてきたバカな男たちをバーに案内しただけ。ただそれだけ。

「まいったなあ」

浜口が悲壮感に満ちた顔でボヤいた。ふだんの調子の良さはどこへ消えたのか。

「なんでおれが本職に呼び出しを食らわなきゃならねえんだよ」

「行かなきゃいいじゃないですか」

「シカトするってこと？」

「はい」

浜口が力なく笑う。「あのね、そんなことしたら歌舞伎町で生きてけないの」

それから浜口は裏社会にもルールがあるなどと説いてきたが、七瀬に聞く耳がないと見たのか、ほどなくして黙り込んだ。

七瀬はシートに背をもたせながら、車窓に虚ろな視線をやり、流れる風景をぼんやり眺めていた。なぜだろう、行き交う人々がみな、人間の形をしたロボットのように映った。夜はそんなふうに見えないのに。

やがて目的地に到着した。タクシーを降り、浜口と並んで十三階建ての茶褐色のマンションを見上げた。

Ｒマンション歌舞伎町はＡ棟、Ｂ棟に加え、第二棟の三つがあるらしい。今目の前にしているのはＢ棟で、ここの４０４号室に来るように浜口は指示されたという。

もっと物々しい建物を想像していたが、特に不穏な雰囲気は感じられなかった。強いて言うならば、いくつかの部屋のベランダに、粗大ゴミのようなものが高く積まれているのが気になる程度か。それらは、外からの視線を遮りたいがために置かれているように見える。

「ときどきさ、人が降ってくるんだって」浜口がマンションを見上げたまま言った。「落下した人があそこに突き刺さってたこともあるらしいぜ」

彼の指さした先にはマンションを囲う柵があり、その先端は矢のように尖っていた。

この話は有名で七瀬も知っていた。ほかにも外廊下が血の海だったとか、持ち運ばれていた段ボールの中から人の呻き声が聞こえたなどといった話も聞いたことがある。どれも噂ではなく事実なのだろう。

「けど大丈夫。あっちだって十代の女の子に手荒な真似はしないさ。だから七瀬ちゃんはしおらしくしておけばいい」

七瀬は大口を開けてあくびをした。

「さっさと行って済ませちゃいません？」

浜口が苦笑する。「どういう心臓してんだよ」

マンション内に足を踏み入れた。エントランスを抜けた先のロビーに二つ並んで置かれた自動販売機を見て、やっぱりふつうのマンションじゃないのだなと思った。一つがコンドームの自動販売機だったからだ。

エレベーターを待っていると、後ろに人がやってきた。ガラスに反射して映し出されている姿はスーツを着たおっさんだった。年齢は五十代後半といったところで、恰幅が良く、目つきが鋭い。いかにもヤクザ然とした風貌だ。

「お嬢ちゃん。こんな場所にどんな用があるんだい？」

その男が七瀬の真後ろから低い声を発した。

「いえ、別に」浜口が答える。

「てめえに訊いてんじゃねえよ」

「なんすか、いきなり。自分らただ人に会うために——痛っ」

振り返ると、男が浜口の髪を鷲摑みにしていた。

「ちょっと放してくださいよ。誰なんですか、あなた」

「ふん。きさま、おれを知らないようじゃモグリだな」

男が口の片端を吊り上げて言い、突き放すようにして浜口を解放した。それから男は胸元から黒っぽい手帳を取り出して、七瀬たちに掲示してきた。

金色の桜代紋が目に飛び込んでくる。七瀬は視線をやや上げ、改めて男の顔を見た。このおっさんが刑事なのか。どこからどう見てもヤクザだ。

男は小松崎《こまつざき》と名乗り、マル暴だと言った。そしてここから、小松崎による職質が始まった。

浜口は仏頂面で受け答えをしている。その間にエレベーターがやってきて、中から出てきたサンダル履きの男は、小松崎に気づくなり、顔を引き攣《つ》らせて会釈をしていた。

「ほお。おまえ一丁前に歌舞伎町で商売やってんのか」小松崎が口元に半笑いを浮かべて言った。

「名刺を寄越せ。今度飲みに行ってやるよ」

浜口は唇を尖らせて、しぶしぶ名刺を差し出した。

つづいて、七瀬もいくつかの質問を受けた。隠すこともないので、訊かれるがまま答える。

「十五歳のお嬢ちゃんがこんなゴミ溜めにいたらよくないな。さっさと帰りなさい」

「いや、ですから、自分たちはちょっと用事があって」と浜口。

「何号室に用があるんだ」

「……404号室ですけど」

「矢島のところか。どんな用件だ？」

「ええと、それは、その……ちょっとプライベートな相談に」

小松崎が探るように目を細める。

「まあいい。悪巧みするんじゃねえぞと矢島に言っておけ」

そう言い捨てて、小松崎はエントランスを出て行った。

「なんだあの野郎」浜口が目を剥いて言った。「いつか闇討ちしてやる」

改めてエレベーターに乗り込み、四階で降りた。外廊下を進み、404号室の前に立つ。

だが浜口は踏ん切りがつかないのか、中々インターフォンを押さなかった。彼は顔を強張らせ、何度も生唾を飲み込んでいる。

「押しましょうか」七瀬が横から言った。

するとと浜口は、「よっしゃ」と、自らを奮い立たせるように言ってから、ボタンを押し込んだ。

〈どちらさんで〉

応答した声は七瀬の知っているものだった。

浜口が名乗ると、数秒後にドアが開き、その向こうに立っていたのはやはり颯太だった。

先ほど小松崎の口から矢島の名前が出てきたとき、それが颯太の兄貴分のヤクザであると、七瀬は察していた。となれば組の若い衆である颯太が現場にいることも十分想定できた。

一方、颯太はここに七瀬の姿があることに理解が追いつかないのだろう。彼は目を丸くして、口を半開きの状態で、呆然と立ち尽くしている。

「おい。何してんだ。早く通せ」部屋の中から鋭い声が上がった。

颯太は混乱を隠しきれないまま、「どうぞ」と七瀬たちを中に招き入れる。短い廊下を進み、部屋に足を踏み入れた。十二畳ほどの室内にオフィスデスクが並んでおり、それぞれにパソコンと電話が置かれていた。事務所として使われている場所なのだろう。

部屋の中には三人の男がいた。二人は私服姿で隅に並んで立っており、残る一人はスーツにネクタイを締めていて、椅子に座っていた。おそらくこの男が矢島だ。年齢は四十歳くらいだろうか。

矢島はインテリ風の縁なし眼鏡をかけていて、やや冷たい印象を受けるがヤクザっぽくはなかった。先ほどの小松崎の方がよっぽど凶悪な顔をしている。

「このたびは誠に申し訳ございませんでしたっ」浜口が腰を折り、深く頭を垂れた。「今回の一件につきましては――」

「黙れ」矢島が静かに言い、床を指さした。「とりあえずそこ座れ」

浜口がその場で膝をつき、正座をした。

「ほら、七瀬ちゃんも」と、浜口が顔を見上げて促してくる。

だが、七瀬は応じなかった。もちろん素直に従った方が得策なのだろうし、この場に来るまでそうするつもりだったが、いざこの段になると身体が、いや、心が服従を拒否していた。なぜ自分がこのヤクザの指示に従わなければならないのか。そもそもなぜこの場に自分がいなくてはならないのか。

今さらながらムカっ腹が立ってきたのだ。

「ちょっと七瀬ちゃん。何やってんだよ。頼むよ」

浜口が手を摑んできたが、七瀬はその手を振り払った。

そんな様子を見て、矢島がおかしそうに肩を揺する。

「お嬢ちゃん、いい度胸してるな。聞くところによりゃあ、お嬢ちゃんは今話題のトー横キッズで、歳はまだ十五なんだってな」

七瀬は浜口を一瞥した。彼があらかじめ七瀬の素性を伝えていたのだろう。

「お嬢ちゃんが昨夜引っ掛けた男たちはな、お偉い先生の息子さんと、そのご友人なんだよ」

「あたしが引っ掛けたんじゃない。あっちから声を掛けてきた」

「そういう屁理屈は大人の世界じゃ通用しないのさ。結果的に法外な金をぶんどって、ボコボコにしちまったんだから」

「それだってあたしは関係ない。あたしは一緒に飲んだだけ」

「だとしても、彼らがどういう被害に遭うか、ハナから理解していたわけだろう。つまり、お嬢ちゃんは彼らを騙したわけだ」

「騙される方が悪い」

そう告げると、矢島は鷹揚《おうよう》に頷いた。

「お嬢ちゃんの言い分はよおくわかる――が、如何《いかん》せん先生の息子さんが怒り心頭なもんでな」

「だからそんなのあたしの知ったことじゃない」

「知らないじゃ済まねえことも世の中にはあんだよ、小娘」

矢島の表情が一変し、ドスの利いた声を発した。場が一気に緊迫感に包まれる。

七瀬は瞳だけで左右を確認した。隅にいる子分の二人は般若《はんにゃ》のような顔で七瀬を睨《にら》みつけていた。一方、逆側の壁の前に立つ颯太は手を後ろで組み、微動だにしないものの、おろおろとした視線を床に這わせていた。

意気地のないヤツだと思った。ふだん威勢の良いことばかり言っているくせに、こういうときにだんまりを決め込むのだから、情けないったらない。

助けろとまでは言わないが、知り合いだということくらい伝えてくれたらいいのに。

「まあいい。お嬢ちゃんの件は後回しにしよう――まずはおまえの方からだな」

矢島が冷たい目で浜口を見下ろした。

「てめえはただじゃ済まさねえぞ。だいたいてめえ、歌舞伎町でケツモチもつけねえでぼったくりバーとは上等じゃねえか。今どきの半グレは地回りに挨拶もねえのか。極道もナメられたもんだ」

「いえ、そんなことはけっして……」浜口が胸の前で両手を振る。

「てめえ知ってるか？　先生の息子さんは前歯だけじゃねえ。眼窩底《がんかてい》もいかれちまってるそうだ。相手は堅気なんだぞ。加減ってものを知らねえのか」

「本当に申し訳ございません」浜口が額を床に擦り付けた。「誠心誠意、ケジメをつけさせていただきます」

矢島が「ほう」と言い、眼鏡を中指で押し上げた。

「そいつはありがたい申し出だが、ケジメの相場をまちがえるとどえらいことになるぞ」

「はい。慰謝料として百万円をお納めします」

矢島が挙動を止め、それからゆっくりと立ち上がった。

「おい。ふざけてるのか」

「え？」

「百万だ？」

「いや、その、相場よりは多少なりとも……」

矢島がデスク上にあったペン立てを摑んで浜口に投げつけた。床にペンが散乱する。

「そんな端金《はしたがね》じゃインプラント代で消えちまうだろうが」

「で、では二百——」

「五百だな」

「……」

「それでなんとか手を打ってやる」

「さすがにそんな金は――」

「あるだろう、たんまりと。ぼったくりバーでボロ儲けしてやがるんだろう」

浜口はこれを否定し、その後、必死に減額の交渉をしたものの、矢島は取りつく島もなく、一方的に話し合いを打ち切った。

それから浜口は身分証のコピーを取られ、示談書にサインをさせられたのちに、部屋を追い出された。

一方、七瀬は退出を許されなかった。浜口の背中について行こうとしたのだが、矢島から指示を受けた颯太が立ちはだかったのだ。この際も颯太は七瀬と目を合わせようとしなかった。「あくまで他人のフリをすんだね」と耳元で囁いた言葉にも、彼は返答しなかった。

「さて、お嬢ちゃんのことはどうしてくれようか」矢島が顎をさすりながら言った。「先生の息子さんにはガラを捕らえて差し出せって言われてるんだが、さすがにそいつは現実的じゃない。となると結局、金を積む以外に矛を収めてもらう方法がないわけだ」

「金は浜口さんからもらうんでしょ。だったらそれで終わりじゃん」

「そいつは浜口のケジメであって、お嬢ちゃんのケジメじゃないだろう」

「あたし、金なんて持ってないから」

「だったら旅にでも出て作ってこいや」

「旅?」

「ああ。十五歳なら三倍の単価がつく。国内、海外、好きな方を選ばせてやるよ」

なるほど。出稼ぎに行かされるのか。要するに売春ツアーだ。

「ふっ。冗談だよ、冗談。おれだってそこまで鬼じゃないさ」

たとえ真剣だろうとこちらだって引き受けるつもりなんてない。そんなものに出されるなら舌を嚙みちぎって死んでやる。

七瀬は鞄から煙草を取り出し、口に咥えた。

「おい。勝手に何やってんだ。この部屋は禁煙だぞ」

構わず百円ライターで火を点けた。深く吸い込み、矢島に向けて挑発するように、ふーっと紫煙を吐いた。

すると子分の二人が「このクソアマ」と目を剝き、七瀬に向かって来ようとした。そんな子分たちを、矢島が手の平を突きつけて制した。

それから矢島は、七瀬を観察するように見つめた。

七瀬もまた矢島を見据えた。射貫くように、まっすぐ。

二人の視線が交差したまま十秒、二十秒が経った。

七瀬の手の中の煙草の灰が床に落ちたとき、「おい」と、矢島が子分たちに向けて顎をしゃくった。「おまえら、少し外せ」

子分たちが顔を見合わせる。

「出て行けって言ってんだよ」

矢島が凄むと、子分たちはそそくさと部屋を出て行った。

だが、颯太だけは困惑の顔で突っ立っていた。

「颯太、何してんだ。聞こえなかったのか。てめえも出て行くんだよ」

颯太と七瀬の視線が重なる。彼は唇を震わせていた。膝も笑っていた。

そんな二人を矢島は交互に見て、「なんだおまえら。もしかして知り合いか」と訊いた。

「いえ、その……」と颯太が口ごもる。

「おい、はっきり言え」

「ちょっと街で見かけたことあるなって」

「その程度か」

「……はい」

煙草を投げつけてやろうかと思った。

颯太が一礼し、部屋を後にすると、間もなく玄関のドアが閉まる音が響いた。

そうして二人きりになったところで、矢島は七瀬の足元からゆっくりと視線を這わせ、「気に入ったよ、お嬢ちゃん。いや、七瀬」と、ねっとりした笑みを浮かべた。

七瀬は素早く室内を見回し、武器になりそうなものを探したが、床に散らばったボールペンしか目に留まらなかった。七瀬は咥えていた煙草をぺっと床に吐き捨てたあと、素早くそれを拾い上げた。襲われたらこいつを目ん玉に突き立ててやる。

七瀬がボールペンを武器に見立てて構えたとき、

「なあ、七瀬、おれと手を組まないか」

と、思いがけない言葉を掛けられた。

「そうすりゃすべて水に流してやる。どうだ?」

「それってつまり、あんたとあたしが何かの仕事をするってこと?」

「ああ、そういうことだ。浜口みてえな小物と縁を切って、おれとでっけえビジネスをしようや」

「……」

「イエスオアノー。大事な選択だぞ。まちがえるなよ」

矢島が椅子から立ち上がった。そしてデスクを離れ、先ほど七瀬が床に吐き捨てた煙草を拾い上げた。

七瀬は手にしていたボールペンを床に落とし、「何をすればいいの」と質問した。

これを承諾の意と捉えたのか、矢島は口の片端を吊り上げた。

「Protect Young People——トー横キッズならＰＹＰのことは当然知ってるな。恵まれない少年少女に温かい手を差し伸べてくれる、ご立派な社団法人様だ」

七瀬は首肯《しゅこう》した。

「七瀬はあいつらのことをどう思う」

「どうって?」

「好きか、嫌いか」

「嫌い」

「なぜだ？　飯を食わせてくれて、時に寝床なんかも提供してくれるんだろう」

七瀬は視線を斜め上に持っていったあと、「なんかイケ好かないから」と答えた。

すると、矢島は満足そうに頷いた。

「これは公になってないが、ＰＹＰのバックにはどうやらＫ党がついているらしい。つまりＰＹＰはＫ党のシンパ団体なんだ。となればその活動には必ず別の狙いがある。おそらく、ＰＹＰは世間の耳目を集めたいがためにこのような活動をしているわけだ——ここまでついて来れるか」

あまり要領を得ないが、要するにＰＹＰはトー横キッズを利用しているということだろう。

「トー横キッズと接触すればメディアは放っておかない。現にネットニュースなんかでも、やたらとＰＹＰのことが取り上げられているだろう」

「あたし、そういうの見ないから」

「そうか。じゃあ、ＰＹＰ代表の藤原悦子《ふじわらえつこ》のことは知ってるか」

直接の面識はないが、いつも遠巻きに彼らのことを眺めているので、どの人物のことかすぐに見当がついた。おそらくおかっぱ頭の四角い顔をしたおばさんのことだ。年齢は四十代半ばくらいで、ＰＹＰの中ではリーダー格として振る舞っている。

「ああ、その女のことだ」

「そのおばさんがなんなの」

訊くと、矢島が眼鏡の奥の目を鈍く光らせた。

「弱みを握ってもらいたい」

「弱み？」

「ああ。男でも裏金でも、なんでもいい。ＰＹＰの内部に潜り込み、藤原悦子の身辺を探って、ヤツの世間に知られたくない秘密を見つけ出してくれ」

このヤクザは何を言っているのか。そんなことができるわけがない。こちらは十五歳の、ただの少女なのだ。

七瀬がそう訴えると、

「だからいいのさ。藤原悦子を含め、ＰＹＰの連中はまずおまえを警戒しない。おまえのことをそこいらのガキ同様、哀れな小娘だと見做《みな》すはずだからだ。だが、本当のおまえはそうじゃないだろう」

「さあ」

「おまえは優秀さ。それもとびきりな。なにより肝が据わってる」

七瀬は頭を左右に傾け、首の骨を鳴らしたあと、「いくつか教えて」と言った。

「そのおばさんに弱みなんてあんの？」

「あるさ」

「絶対？」

矢島が大きく頷いた。「キナ臭い女なのさ、藤原悦子って女は」

「そう。じゃあもう一つ、どうしてそのおばさんの弱みを握りたいの？」

「ＰＹＰの活動を快く思っていない連中がいるんだよ。これで大体わかっただろう？」

「うん。あんたがそいつらの犬だってこともね」

矢島は愉快そうに笑い声を上げた。

「最高だな、おまえは。七瀬、悪いことは言わない。おれと組め」

彼はスッと手を差し出してきた。

二〇一九年十月十二日

この日の夕方はふだんにも増してトー横の広場が騒々しかった。炊き出しをするＰＹＰの連中と腹を空かせた少年少女たち、それに加え、この活動の様子を報道しようとするマスコミでごった返しているからだ。

「モカ、あんたさっきも並んでたよね。豚汁は一人一杯までだよ」

七瀬がお玉を持つ手を止めて注意をすると、湯気の向こうにいるモカは「えー」と不服そうに頬を膨らませた。

「それくらいいいじゃん」

「ダメ。だってルールだもん。余ったらおかわりしてもいいけど、この列が途絶えるまでは待って――そうでしたよね？　辻《つじ》さん」

となりに立つ辻篤郎《あつろう》に伺いを立てると、彼は「ああ、その通り」と人差し指を立てた。

辻は三十代半ばの丸眼鏡を掛けた痩せ細った男で、ＰＹＰの副代表兼経理を務めている人物だ。

そんな彼と七瀬は今、同じピンクのジャンパーを羽織っていた。その背中にはPYPのダサいロゴがでかでかと描かれている。

四日前の夕方、今日と同じようにトー横にやってきたPYPに近づき、そこで七瀬は代表の藤原悦子を捉まえ、このように相談を持ちかけてみた。

「わたしも誰かの力になりたいんです。よかったらみなさんのお手伝いをさせてもらえないですか」

すると彼女は嘆息を漏らして感心を示し、その場であっさりと快諾してくれた。

こうして七瀬は、PYPの臨時スタッフとして雇われることに成功した。とはいえ雇用契約などは結んでおらず、本当にただの手伝いの身だ。だから当然、内部事情――ましてや藤原の弱みなど――を探るまでに至ってはいない。

しかし、つい先ほど突破口を見つけた。

それは、となりに立つ辻篤郎だった。おそらくこいつはロリコンだ。その証拠に彼が自分を見る目はどこかいやらしい。こうして七瀬のそばに居るのも、彼がそれとなく距離を縮めてきたからだ。

副代表兼経理のこの男と親しくなれれば、何らかの内部情報を得られるかもしれない。

「ごめんなさーい。今日はここでおしまいでーす」

PYPの人たちが周囲に向かって叫んだ。炊き出しの食材がちょうど尽きたのだ。

「まったく、これだけ持ってきてもあっという間だ。みんなタダ飯が食えると思って、ここぞとばかりに群がってくる」

辻が後片付けをしながらボヤいた。彼のこの発言は独り言のようであったが、七瀬は「ですよね。あたしが一度も見かけたことがない子たちだって並んでますから」と反応した。

「やっぱりそう？　まいっちゃうよなあ。だけど、どの子がトー横キッズかなんてこっちには判別がつかないしさ。きみはちがうだろうって指摘したところで、差別だなんて言われて騒がれたらたまったもんじゃないし、結局は個人の良心に任せるしか――」

「辻。ぶつぶつ不満を垂れない」

叱責したのは藤原悦子だった。彼は近くに代表がいると思っていなかったのだろう、泡を食っていた。

「来た子には平等に与える。余計なことは考えない――ごめんね、七瀬ちゃん。みっともない大人の愚痴を聞かせちゃって。この人、ちょっと疲れてるのよ」

「いえ、あたしは全然。でも、こうして人が増えちゃうと、食料品を買うお金もよけいに掛かっちゃうから大変ですよね」

「そうなの。だからわたしたちの活動をもっと多くの人に知ってもらって、協力をしてもらわないとならないの。だから宣伝にも、もっともっと力を入れないと。七瀬ちゃんも協力よろしくね」

「はい」

「ありがとう。一人でも多くの恵まれない子を救いましょうね」

藤原は慈しむような眼差しで言い、その場を離れて行った。その後ろ姿を目で追う。たしかに彼女にはキナ臭さが漂っていた。それは七瀬のもっとも嫌悪する悪臭だ。

辻を見る。彼は叱られたことでバツが悪かったのか、引き攣《つ》った笑みを浮かべていた。

その後、後片付けを終えた七瀬は、制服のジャンパーを脱ぎ、辻に返却した。その際、少し含みを持たせて、「辻さんって、彼女いるんですか？」と女の目で訊ねた。すると彼は虚を衝かれたような反応を示し、「ええと、彼女というか、妻がいるけれど」と答えた。七瀬は落胆した素振りを見せておいた。

ＰＹＰの連中が去り、七瀬がその場で一服していると、「あーん。うちも豚汁食べたかったー」と、眉を八の字にした愛莉衣が現れた。

「一足遅かったね」

「最悪。死ぬほどお腹空いてるのにィ」

「コンビニでなんか買えば？」

「イヤ。お金使いたくないもん」

最近、愛莉衣は必死になって金を貯めていた。推しのホストの誕生日プレゼントを買うためだ。

「みんなからはお金を返してもらえたの？」

「まだ全然。十分の一も返ってこない」

彼女は仲間に貸した金の取り立てにも躍起になっていた。少しでもプレゼント代の足しにしたいのだろう。

「みんなひどいんだよ。借りるときだけ『ねえねえ愛莉衣ちゃん』って擦り寄ってきてさ、返してって迫ったらうざったそうな顔をして離れていくの」

「そんなもんだよ、人間なんて」

「ユタカくんなんて、しつけーなブスとか言って逆ギレしてきたんだよ。マジでありえないでしょう」

愛莉衣が鼻の穴を広げて憤った。

「でも、うち、絶対にあきらめないから。今月末までに全員から全額きっちり返してもらう。返してくれるまで毎日でもみんなのとこ顔出して、返して返して返して、ってしつこくお願いする。これでうざがられて縁が切れてもいい」

「へえ。ずいぶんな変わりようじゃん」

「うん。だってマジで今、お金が必要なんだもん。それにうち――」

愛莉衣が上目遣いで見てきた。

「なあちゃんに認められたいもん。うち、バカだし、だらしない女だけど、なあちゃんに友達だって思ってもらいたいんだ」

少し照れ臭そうに言った愛莉衣の顔を、七瀬は奇異の目で見た。

改めて不可解な女だと思った。つい先日、あんなに罵倒されたのに、どうして七瀬のもとから離れないのか。いったい、こんな自分の何が好きなのだろう。

思えばいつだって彼女はそうだった。七瀬がどんなに汚い言葉で罵ろうとも、翌日にはケロッとして、なあちゃん、なあちゃんと腕を絡めてくる。

「うちね、めっちゃうれしいんだ」

「何が？」

「なあちゃんがこういう仕事をしてくれて」

「これは仕事じゃなくてボランティア」

「うん。だからよけいにうれしい」

愛莉衣は七瀬が邪《よこしま》な気持ちもなく、善意からこんなことをやっていると、心から思っているのだろうか。だとしたらやはり、相当にイタい女だ。

七瀬は矢島とのことは誰にも話していなかった。彼からそのように指示をされているからだ。

「うちも彼の誕生日が終わってさ、時間ができたらＰＹＰのお手伝いするよ。別にいいでしょう？」

「好きにすれば」

「もう。一緒にやろうよくらい言ってよ」

「一緒にやろうよ」

「まったく。ほんとなあちゃんはなあちゃんなんだから——あ、やば。うちそろそろ仕事に行かないと」

愛莉衣がスマホに目を落として言った。

「さっきＳＮＳで客が捉まったから、大久保公園のとこで待ち合わせしてんだよね」

「ふうん。今日、何本目？」

訊くと、愛莉衣は三本指を立てた。

「あ、でも、そのうちの一つは客が二人組だったから、四本か」

「チンコの数でカウントしないでよ」

「アハハハ。つーか最近、ウリする子めっちゃ増えたから、客を取るのも大変なの。じゃあなあちゃん、またね」

愛莉衣は七瀬をサッと抱きしめたあと、慌ただしく去って行った。

そこに入れ替わるようにユタカたちがやってきて、「七瀬、今ちょっといい？」と話しかけてきた。

めずらしいこともあるものだ。彼らのグループは自分のことが苦手なんだろうと思っていたからだ。

「最近、あの女うざくね？」遠く離れて行く愛莉衣の背中を見つめて言う。「七瀬もぶっちゃけ、そう思ってるっしょ」

「いや、別に」

だがユタカは七瀬の言葉を無視して、「みんなガチでうざがってんだよ」とつづける。

「たしかに金は借りたかもしれねーけど、いつまでとか決めてねーし、なのにいきなり今すぐ返せとかむちゃくちゃなこと言ってきてさ。ミリヤなんか、身体売ってでも金を作れなんて脅されてんだぜ――なあ」

ユタカに促された十七歳のミリヤが気色ばんで口を開く。

「っていうかあたし、お金を借りたつもりなんかないし。何度か一緒にご飯行ったときに、愛莉衣が勝手に支払いをしてくれてて、そのときは奢ってくれたんだと思ってたの。そうしたらあとになって『お金はあるときに返してくれればいいよ』とか言われて、こっちはぶっちゃけ、は？って感じで、けど仕方ないからその場では一応、わかった今度返すって答えて――」

「じゃあ借りたんじゃん」七瀬が遮る。

「でも、あるときでいいって愛莉衣は言ったんだよ」

「だったらそう言えば？」

「もちろん言ったよ。話ちがくないって。けど愛莉衣は――」

ミリヤがだらだらと不満を垂れる。

それこそ聞いているのがうざったくなり、「で、結局なんなの？」と、七瀬はユタカたちの顔を見回して訊ねた。

「まさかあたしに仲裁に入ってくれって？」

「いや、そうじゃなくて」

「じゃあなに？」

「あいつのこと、みんなでハブろうかって話になっててさ」

「ああ、いいんじゃない。好きにすれば」

七瀬はさらっと言い、煙草を踏み消してその場を離れた。

東通りを目指して歩いて行く。今夜は『きらり』に行く用事があるので、その前にコディに会って、サチへの手土産を入手しなければならない。

途中、煙草を欲し、コンビニに立ち寄った。年齢確認の画面タッチを求められ、人差し指で触れた。このシステムは大人には面倒だろうが、子どもにはありがたい。たぶん未成年が酒や煙草を堂々と買えるように設置されているのだと思う。

コンビニを出て、少し歩いたところで「おい」と、後ろから肩を摑まれた。

誰かと思えば颯太だった。

その手を振り払い、七瀬は歩き出す。あの一件以来、こいつのことは街で会っても無視している。

「仕方ねえだろう。あの状況じゃ」

颯太が後ろをついてきた。

「おいって」今度は腕を取られた。

「触んな」

「だったら話を聞けよ。おまえのことは助けてあげたかったけど、おれは兄貴たちから何も聞かされてないから、あのときの状況がまったく——」

「クソダサかった」七瀬は足を止めて言った。「あんときのあんた、マジでクソダサかった」

「……」

「ま、うちらただの顔見知りだもんね」

腕を解き、七瀬は再び歩き出した。もう颯太はついてこなかった。

おそらく颯太も、あのあと七瀬と矢島が手を組んだことを知らないはずだ。矢島もまた、このことは誰にも知らせず、秘密裡に動くと話していた。

街を歩いていると、例のごとく何人かの男にナンパされた。シカトしてやり過ごし、東通りに入った。相変わらず肌の真っ黒な男たちがあちこちに立っている。この光景だけを切り取ったら、この地が日本だとわからないだろう。

その中からコディを探す。まもなく見つけた。

「ナナセ。キョウモカワイイデスネ。ゴキゲンイカガデスカ」

いつもの人懐っこそうな笑顔でコディは言った。七瀬は見上げる形なので、いつも彼の鼻の穴の奥の方まで見える。

「コディって毎回、それ言うんだね」

「ダメデスカ」

「ダメじゃないけど、いつも言ってると嘘に聞こえるよ」

「ウソジャアリマセンネ。ナナセハチョウカワイイデス」

「それはどうも」肩をすくめ、サチから預かった茶封筒を差し出す。

コディは茶封筒を指で開いて確認したあと、金額分のコカインを寄越してくれた。

「イッパイヤッタラキケン。チョットズツ、チョットズツ、ツカッテクダサイ」

七瀬は吹き出した。

「コディってロボットなの？　それに、あたしはやらないって何百回も言ってるでしょ」

コディも白い歯を見せて肩を揺する。

「あ、わかった。客みんなに同じことを言ってるから癖になってんだ」

「ノー。ワタシ、シャベルノ、ナナセダケデス」

「どうして」

「ダカラ、カワイイカラ」

「なんだ、コディもロリコンか。言っとくけどヤラせないよ」

するとコディは慌てた様子で、「ノー、ノー、ノー」と、胸の前で両手を振った。

「ナナセ、ナディアニソックリダカラ」

「ナディア？」

「ワタシノムスメデス。ナナセトナディア、カオソックリ。ナマエモチョットソックリ」

「へえ。コディって子どもいるんだ」

コディが頷き、両手をパーにして見せてきた。「ジュッサイデシタ」

七瀬はまずはその両手に、次に、その指の隙間の向こうにある彼の顔に視線を移す。

「死んだの？」

「ユーカイサレマシタ。デモキットモウシンデマス」コディは淡々と言った。「ワタシノクニ、コドモデモスグコロサレマス。ニッポントハゼンゼンチガイマス」

「ふうん。日本は安全？」

「ニッポンハセカイイチアンゼンデス。コンナクニアリマセン」

七瀬はゆっくりと二回頷き、「またね」と告げ、去った。

東通りを離れ、ゴールデン街に向かった。時刻はまだ二十時を過ぎたばかりで、だいぶ早いが、店の中でトマトジュースでも飲んで待っていればいい。待ち人は二十二時頃に『きらり』にやってくると聞かされている。

ゴールデン街の路地裏に足を踏み入れたところで首から下げているスマホが震え出した。手に取り、目を落とす。浜口だった。

応答すると、今から『Ranunculus』に来てほしいと彼は言った。七瀬に訊きたいことがあるのだという。

「電話じゃダメですか」

移動するのがかったるい。

〈頼むよ。待ってるから〉

ため息をつき、電話を切った。

ゴールデン街を離れ、区役所通りを使って二丁目方面へ向かう。進むにつれてネオンの色合いが怪しげに変わり、それに伴って行き交う人々の匂いも変化していった。すれ違う者みな、夜の香ばしい匂いを振り撒いている。

ほどなくして目的地に到着した。めずらしく店内は混んでいて、今夜は騙す女と騙される男が三組もいた。その彼らとは少し離れたカウンター席の隅に、どっしりとした背中があった。浜口が七瀬に気づき、軽く手を挙げた。

「わざわざ悪いね。なんか飲む？」と浜口。

トマトジュース——と言おうとしてやめた。あれは『きらり』で飲むものだ。

「水をください」

七瀬はそう告げ、煙草に火を点けた。カウンターの中にいるバーテンダーが灰皿をスッと滑らせてくる。

「改めてごめんね。この前は怖い目に遭わせちゃって」

「もういいですよ」

あの後、くどいくらいに例の一件を詫びられたのだ。

「でもほんとよかった、無事で。七瀬ちゃんの演技力は大したもんだ。ま、あっちも七瀬ちゃんにはお灸を据えるだけのつもりだったんだろうけど」

嘘泣きして謝ったら解放された——このように浜口には伝えていた。一方、この男はすでに矢島へ慰謝料を払い始めているらしい。後日、分割を申し出たら、利子をつけられたものの、矢島は受け入れてくれたそうだ。

そのことをさもありがたそうに話す浜口が、七瀬の目には哀れを催すほど小物に映った。

「で、なんですか。あたしに訊きたいことって」

七瀬は水で唇を湿らせて訊ねた。

「最近、店にカモを連れてきてくれないじゃない。どうしたのかなって」

矢島は後方の客たちを一瞥して言った。

「とくに理由はないですけど」

「忙しいの？」

「まあ」

「それと、七瀬ちゃんがＰＹＰで働き始めたって噂があるけど、本当？」

七瀬は横目で浜口を捉えた。

「誰から聞いたんですか」

「うちの店の女の子。七瀬ちゃんがトー横広場で、ピンクのヤッケを着てたのを見かけたって」

「なるほど」

「いったいどういう風の吹き回し？　まさかバイト代欲しさじゃないでしょう」

「ちがいますよ。お金もらってないですもん」

「じゃあ何よ」

「ただのお手伝い。奉仕です、奉仕」

「ウソでしょう。ありえないじゃん」

七瀬は肩を揺すって笑った。

「ほんとですよ。暇なんでやろうかなって」

「トー横キッズがトー横キッズのために？」

その言い回しがおかしくて再び笑った。

浜口は、自分と矢島が繋がったことを知ったらどう思うだろうか。まさか横槍を入れてくることはないだろうが、きっと快くは思わない。それに、自分が約束を破ったことを矢島に知られてしまったら、面倒になりそうだ。

「うちではもう、働いてくれないの？」

「やりますよ。お金がなくなったら」

「ああ、そうなの。ならよかった。それだけ聞けたら安心だ――おかわり」浜口がバーテンダーに向けて空のグラスを持ち上げる。「グラスはこのままでいい」

バーテンダーはグラスに氷を足し、ジガーカップを使ってウイスキーを垂らした。銘柄は白州だ。ちなみに、カモがこれを頼むと一杯一万二千円もする。

「訊きたいことって、まさかこれだけですか」

「うん。そうだけど」

舌打ちが出そうになった。

「七瀬ちゃんって、ほんと不思議な子だよなあ」

浜口が酒を舐め、しみじみと言った。

「おれもこの街でいろんな女の子見てきたけど、七瀬ちゃんみたいな子はこれまで一度も――」

適当に相槌を打ちつつ、七瀬は思考を巡らせた。

浜口が自分をここに呼びつけた理由だ。なぜその必要があったのか。この程度の話なら電話で事足りただろう。この男もまた、無駄を嫌うタイプなのは、これまでの付き合いでわかっているから、なおさら引っ掛かった。

大前提として、彼にとって自分は大勢いるうちの一人に過ぎない。なのに浜口は妙に自分にこだわるところがある。ほかの女たちと扱いが異なる気がするのだ。

そのときふと、七瀬の中で嫌な疑念が頭をもたげた。

浜口がわざわざこうして自分と会ってたしかめたかったもの、それはＰＹＰでボランティアを始めた本当の理由について、七瀬が口を割るか否か、これだったのではないだろうか。

要するに、七瀬が約束通り秘密を守れるか、これを見極めたかったのかもしれない。

ただ、そうなると、これは矢島の差し金ということになり、それはつまり、彼らがあの揉め事の前から繋がっていたということを意味する。

さすがにないか――。七瀬は胸の中で独り言《ご》ちた。

彼らが以前から知り合いで、結託していたのだとすれば、あの日、内藤組の事務所で行われたすべての出来事が茶番であり、七瀬を巻き込むための演技だったということになってしまう。

それはさすがに考えられない――いや、本当にそうだろうか。

なぜなら浜口の商売は、客を巧妙に騙し、罠に嵌《は》めることで成り立っているのだから。この男の性根は狡猾《こうかつ》な狸、小芝居はお手のものだろう。

思えばあれは二週間前、仕事終わりに浜口から食事に誘われた。彼が店の女たちと一線を引いていることを知っていたので、七瀬は意外に思ったのだが、断る理由が見つからず、食事に行くことにした。

そこで様々な質問を受けた。それらにありのまま答えると、浜口は「うん。まさにうってつけだ」と、満足そうな笑みを浮かべた。

あのときはあくまでガールキャッチの人員として、という意味で捉えていたのだが――。

「七瀬ちゃん、なんか考えごとしてるでしょう」浜口が顔を覗き込んできた。

「このあと用事があって、そろそろ出なきゃなって」

七瀬は鼻から煙を吐いたあと、「浜口さん」と口にして、彼の方に向けて身体を開いた。

「ん?」

「浜口さんは矢島とあのとき初めて会ったんですか」

浜口が眉根をぐっと寄せる。「どういう意味?」

「そのままです。あの日あのときに、二人は初めて顔を合わせたのかなって」

「うん、そうだけど。どうしてそんなことを訊くの?」

七瀬は真偽を見極めるべく、浜口の瞳を見据えた。

嘘をついているようには見えなかった。

考え過ぎか。きっと、自分もまた人を騙す生活を送っているから、よけいに疑い深くなっているのだろう。

七瀬は肩の力を抜き、煙草を灰皿に押しつけた。

「いや、別に。なんとなく気になっただけです。じゃあ、あたしはこれで」

「あ、うん。わざわざありがとね」

席を立ち、出入り口に向かった。

そうしてドアを開けて出た先に、スーツを着た男が立っていて、胸の辺りにぶつかりそうになった。

七瀬は顔を上げて驚いた。相手は刑事の小松崎だった。

「お、誰かと思えば、あのときのお嬢ちゃんじゃないか」小松崎はニッと笑い、汚い歯茎を露わにした。「いけんな、未成年がバーなんかに出入りしとったら」

「あたし、一滴も酒を飲んでませんから。ほら」

七瀬が小松崎の顔にフーッと息を吹きかけると、彼は「ヤニ臭いぞ」と苦笑した。

「浜口、いるだろう」七瀬の後方を見て言う。

この場で嘘をついても仕方ないので認めた。

「お嬢ちゃんはここで働いてんのか」

「いいえ」

「だったら浜口とはどういう関係だ」

「ただの知り合い——って、前もそう答えましたよね」

小松崎はこれを無視し、「噂によると、この店はぼったくりバーらしいじゃないか」と、勝手に話を進めた。

「さあ。あたしは知りません」

「どうだかな」

「刑事さんはここに何をしに？」

「飲みにきたんだよ。それだけさ」

「なんだ。てっきり袖の下をもらいにきたのかと思った」

小松崎が大口を開けて豪快に笑った。やはり口の中が汚い。

「お嬢ちゃん、古い言葉を知ってるじゃないか。おれは汚職刑事に見えるか」

「ちょっとだけ」

「そうか。だが、おれはそういう汚い真似はしないんだ。見た目とちがって、根が真面目なもんでな」

「へえ。そうなんですね」

「お嬢ちゃん、人間ってのは見かけによらないものなんだよ」

「勉強になります。もう行っていいですか」

「ああ」

軽く頭《こうべ》を垂れ、足を踏み出した。

すると、すれ違う瞬間、手首を摑まれた。

「悪いことは言わない」

小松崎がこれまでとはちがう、真剣な顔つきで見下ろしてきた。

「ああいうアウトローからは一刻も早く離れろ。でもって今後も一生関わるな。じゃないといつか取り返しのつかない目に遭うぞ」

「刑事さん、知ってますか？　日本ほど安全な国ってないんですよ」

七瀬は微笑んで言い、手を解《ほど》いて、再び足を踏み出した。

階段を下り、路上に出たところで建物を見上げる。小松崎がここに来た本当の目的は知る由もないが、浜口も気の毒に。刑事がいたら、さすがにぼったくり行為はできないだろう。もしかしたら、これで『Ranunculus』は終わるかもなと思った。以前、浜口は警察に摘発される心配はないと豪語していたが、こうして目をつけられたら、この先商売もしにくくなるはずだ。

だがそれも、自分にはどうでもいいことだ。


「そもそも、どうしてそのヤーさんの下につくことにしたんだい」

サチがカウンター越しに身を乗り出して訊いてきた。彼女はコカインを摂取したばかりなので目がギラつき、顔が上気している。

七瀬は待ち人を待っている間、最近の自分の身の回りの事を語っていた。ＰＹＰでボランティアを始めたことも、その本当の理由もだ。

矢島との約束を反故《ほご》にした形になるが、七瀬の中でサチは例外である。

「どうせ、成功したら金をやるって、上手いこと言われたんだろう」

「まあ言われたけど」

——もちろん報酬はやる。金額はおまえの摑んだ情報の価値次第だ。

「あんた、そんなのを信じたのかい。バカだねえ」

「くれないかな」

「くれんでしょうよ。いざとなったら支払いをシブるはずさ」

「そうかなあ。あたしはちゃんとくれる気がするけど」七瀬はそう言い、カウンターに頬杖をついた。「でも、そこまでお金が欲しいわけでもないんだよね」

「じゃあ何さ。金じゃなかったら、なんのためにヤクザのお先棒を担ぐ」

「なんか、気に食わないんだよね」

「そのピーピーって奴らのことがかい」

「PYPね。まあ、そう。なんかムカつくんだ、あいつら。だから潰してやろうかなって」

と、それらしい理由を口にしてみたものの、これもまた、そこまで強い思いでもなかった。

実のところ、なぜ矢島の誘いに乗ったのか、自分でも今ひとつその動機がわからないでいるのだ。強いて挙げるならば、歌舞伎町という街の裏側を覗いてみたいという好奇心だろうか。とはいえ、それだって後づけで、取ってつけた感はある。

結局、サチのお遣い然《しか》り、浜口のガールキャッチ然り、自分という人間は誘われるがままになんでもやる人間なのだろう。

「風任せ」

指で摘んだ塩をトマトジュースにさらさらと振り掛け、七瀬はボソッとつぶやいた。

ポンと頭に浮かんだワードだったが、言葉にしてみて、これが近いかなと思った。歌舞伎町に吹く風の流れに身を任せた――こういうことなのかもしれない。たぶんそうだ。

「なんだって?」

「ううん。なんでもない」

サチが不満そうに鼻から息を吐く。

「それにしたって、どうしてこんな小娘を使うかねえ。いよいよ極道も落ちぶれたもんだ。ああ、やっぱり石原慎太郎のせい。あの男が歌舞伎町浄化作戦なんてバカな真似をするから――」

サチは自分を棚に上げて憤り、嘆いた。禁止薬物のお遣いを頼んでいるのはどこの誰なのか。何はともあれ、この老女は石原慎太郎という人物によほど恨みがあるらしい。

「弱きを助け、強きをくじく。昔はね、任侠道を行く男伊達《おとこだて》がいっぱいいたの。それに比べ、今のヤクザは極道の片隅にも置けないね」

「じゃあ、もっかい浄化作戦ってやつをしたらいいんじゃない」

「誰がやってくれるんだい、そんなこと。今の都知事なんてダメだよ。ありゃあ口先だけのペテン師だ」

「そうなの?」

「ああそうさ。でこっぱちに偽者ってフダが貼り付いてる。日本のことなんて何も考えちゃいないさ」

「ふうん」

「その点、石原慎太郎は気骨があったねえ。あの男ほど日本を愛した政治家はいないよ」

口に含んだトマトジュースを噴き出しそうになった。好きなのか嫌いなのか、まったくわからない。

「じゃあさっちゃんがやれば?」唇をおしぼりで拭って言った。

「何をさ」

「浄化作戦」

サチが大口を開けてカッカッカと笑う。入れ歯がパカパカしていた。

「さっちゃんがやんないなら、あたしがやろうか」

そんな軽口で応じると、「ああ、やっとくれ。半端者を一掃して、歌舞伎町を元に戻しておくれよ」と、サチはわりかし真剣に言った。

こんな与太話をしていると、『きらり』のドアがノックされた。サチがその場から「山」と言うと、ドアの向こうから男の野太い声で「海」と返ってきた。

「息子だ。開けてやってくれ」

サチから顎をしゃくられ、七瀬はスツールを離れて、ドアの施錠を解いて開けた。

その先に好々爺《こうこうや》のような笑みを浮かべた男が立っていた。この男がサチの息子のようだ。上質そうなジャケットを羽織り、頭は坊さんのように丸刈りだった。年齢不詳だが還暦を過ぎていると聞かされている。

サチの息子はまだ年端も行かない少女を相手に、「母がいつもお世話になっております」と深く頭を下げ、「わたくし、山村仙一《やまむらせんいち》と申します」と、丁寧に自己紹介をした。

「こちらが七瀬さんのお求めの品になります」

スツールに座った山村が七瀬に差し出したのは、国民健康保険被保険者証のカードだった。サチが事前に頼んでおいてくれたのだ。

「これって本物ですか」

七瀬がカードに目を落として訊いた。カードに書かれている名前は田崎恵美《たざきえみ》、生年月日は一九九九年十月二日、住所は東京都町田市になっている。

「いいえ、偽造されたものです。この田崎恵美という人間は世の中に存在しません。ですので使用は必要最低限に留めてください。居酒屋などの年齢確認程度であれば問題ないかと思いますが、まちがっても警察、もしくは病院、はたまたコピーを取られるような公的機関に提示しないようにご留意を」

大人相手のような話し方をするなと思いつつ、七瀬は相槌を打った。

「七瀬、よかったね。あんたの不便もこれで解消されるでしょうよ」と、サチが横から言う。

「うん。よかった」

これがあれば今後は愛莉衣に身分証を借りずに済む。たとえ二十歳には見えなくても、証明書を出されてしまえば相手は黙るだろう。

「それと紛失にはくれぐれもお気をつけて」

七瀬は頷いて、鞄から財布を取り出した。それはカードをしまうためだったのだが、「あ、お代は結構ですよ」と、山村が先回りして言った。

その理由は母が世話になっているからだそうだ。

七瀬は礼を告げ、「こういうのってどうやって作るんですか」と、興味本位で訊ねてみた。

「すみません。製造方法はちょっと」山村が微笑んでかわす。

「戸籍とかも扱ってるんですよね。そういうのも偽物を作るんですか」

構わず質問を重ねると、山村は一瞬、サチを咎めるような目で見た。サチが舌をペロッと出す。

「まあ、戸籍謄本も偽造することは可能ですが、滅多にやりません。本物は頻繁にご用意いたしますが」

「へえ。逆に本物を用意できちゃうんだ」

「ええ。しかしながら、若い女性はもっともハードルが高く、入手が困難です。逆に中高年の男性ならどうとでもなります」

その理由は聞くまでもなく、想像がついた。きっと人生を棄てた男たちが自らの戸籍を売るのだろう。

「でも、それさえ手に入れば他人になれるってわけか」

七瀬が頬杖をつき、虚空を見つめてつぶやくと、「けっして簡単ではありませんよ」と山村が釘を刺すように言った。

「しかしながら、条件の合致する戸籍を入手した上で、新たに運転免許証とパスポートを取得してしまえば、完全に別の人間になることも可能でしょう」

「そうなった人、知ってますか」

「ええ。たくさん。今の技術を使えば整形でまったくの別人になることも可能です。もっとも値は張りますが」

ということは、この世の中にはダミーが大勢存在しているということか。それはそれでロマンがあるなと思った。

その後、山村は焼酎の水割りを一杯だけ飲み、最後にカウンターに分厚い封筒を置いて——おそらく中身は金だろう——あっさりと帰って行った。

「さっちゃんの息子さんって変な人だね」山村を見送ったあと、七瀬は言った。「馬鹿丁寧っていうか、あたし相手にあんなふうにしゃべる大人いないよ」

「あれでも若い頃は手の付けられないワルだったんだけどね」

「マジ?」

「そりゃあもう。ひどいもんだったよ」

「へえ。なのにヤクザにならなかったんだ」

「組織は性に合わんとか本人は言ってたけど、本当は危なっかし過ぎてどこの組も受け入れてくれなかったんでしょ」

「ふうん。そんなに危険な人だったんだ」

お嬢ちゃん、人間ってのは見かけによらないものなんだよ——小松崎の言葉を思い出した。

「さっちゃんとあんま顔が似てないよね」

「血が繋がってないもんでね」

「あ、そうなんだ」

「あれは橋の下で拾ったんだ」

七瀬は冗談と捉えて笑ったが、案外本当かもしれないとも思った。この人は血が繋がっていない子どもでも、関係なく愛しそうだ。

「ところで七瀬、あんた、最近明るくなってきたね」

「そう？」

「前に比べてよく笑うし、よくしゃべるようになった」

「まあ、そうかも」

「きっと歌舞伎町の力だね」

「かな」

「ああ、そうさ。この街は人を変えるのさ」

たしかにそうだ。歌舞伎町は人を変える。良い方にも、悪い方にも。

この日のサチはふだんにも増して饒舌《じょうぜつ》だった。上気した顔で、延々としゃべりつづけている。

もしかしたらコカインの摂取量が多かったのかもしれない。

そんなサチが、「それはそうと、あのジジイ、今夜は一段と遅いわね」と、鼻息を漏らして言った。

「誰、あのジジイって」

「村重《むらしげ》のジジイ」

「だからそう言われてもわかんないよ」

「唸《うな》るほど銭を持ってることで有名な爺さんさ。もしかしたら七瀬もそのツラに見覚えがあるかもしれないよ」

話を聞けば、その人物は村重十蔵《じゅうぞう》といい、日本全国に数え切れないほどのホテルを持つ、大企業の会長なのだという。近年はメディアに姿を見せないものの、ひと昔前はよくテレビなどに出演していたそうだ。

「そんな人がこんなボロい店で飲むわけ？」

「失礼だね、この子は。風情《ふぜい》があると言いな」

「ま、知り合いだから来てくれるのか」

「知り合いも何も、姉弟さ」

「え？」

「腹違いだけどね。あっちは本妻の子、あたしは妾《めかけ》の子」

「愛人の子ってこと？」

「そういうこと。あたしの母は関西の生まれで、生娘《きむすめ》の時分から芸妓をしてたもんでね、そのときに客として来た村重の父親に水揚げされて、その後身請《みう》けをしてもらったのよ」

知らない単語がいくつか出てきたが、話の腰を折りたくなかったので質問はしなかった。

「ところが母はあたしを身籠《ごも》り、出産したあとになって捨てられちまってねえ、それからの生活の面倒を見てもらえなくなっちまったのさ。そうなってからは、まあ苦労の連続。母は赤子のあたしを食わせるために、毎日路上に立って、手をこうやってパンパン叩いて、米軍の兵隊共に買ってもらって――」

七瀬は相槌を打ちながら、今も昔も結局変わらないんだなと思った。大久保公園沿いに立ち並ぶ女たちの中にも、お小遣い欲しさからではなく、やむにやまれぬ事情でパパ活をしている者がいる。

「でもさ、その人の息子の村重さんと、さっちゃんはどこでどうやって知り合ったの？　互いに面識はなかったわけでしょう」

七瀬がそう訊ねると、サチは遠い目をこしらえた。

「あれは四十年、いや、もう五十年くらい前になるかね。その頃すでに村重は成功者になっててね、テレビに出たり、本を出したりしてたのよ。でもって、あたしがたまたまその本を手に取って――」

そこに村重十蔵の生い立ちが記されており、彼の父親がサチの父親と同一人物だということを知ったのだそうだ。

「村重もまた父親譲りの遊び人だもんで、毎晩のように歌舞伎町に来ちゃあ、派手に飲み歩いてたのよ。あたしはそんな村重を街で偶然見かけて、ちょっくら声を掛けてやったのさ。そうしたらあんた、『なんだ？　握手してほしいのか？』って、あっちはこうくるわけ。もうあたしは頭に来て、『なんだ貴様、お姉ちゃんに向かって生意気な口を利くな』って一喝してやったのさ」

「でもさ、あっちはさっちゃんが姉だってこと、信じなかったんじゃない？」

「最初はね。だから、写真を見せてやったのさ。村重の親父と母とあたしが三人で写ってる写真をね。村重とはそこからの付き合い。やっぱり半分は血が同じだからか、妙にウマがあったのよ」

「なるほど。そういうことか」七瀬は納得して、手元のトマトジュースを一気に飲み干した。

「で、このあと、その村重さんが来るのね。だったらあたし帰る」

「いいわよ。いてちょうだいよ」

「いいって。帰るよ」

七瀬が席を立とうとしたとき、出入り口の扉がノックされた。

「ほら、噂をすれば何とやらだ——山」

サチが叫ぶと、「海」と帰ってきた。

七瀬が扉を開けた。そこには杖をついた小柄な老夫と、その後ろにスーツ姿の二人の中年男が立っていた。この老夫が村重十蔵で、二人はおそらく付き人だろう。

村重の年齢はサチと同じくらいだろうか。顔中に広がる紫色のシミと、濁った瞳が不気味だった。

「ほう、おまえがサチの可愛がってるとかいう娘か」

村重はそう言うと、七瀬の顔に手を伸ばし、ざらついた指で頬を撫でてきた。

「では会長、お時間が来ましたら、またお迎えに上がります」

二人の付き人が去って行ったあと、村重は七瀬の腕に自分の腕に絡ませ、「さあ、席まで案内しろ」と命令してきた。

なんだこのジジイと思った。

七瀬は仕方なく、曲者爺《くせもの》さんをカウンター席へ連れて行き、座らせた。そして、改めて場を辞去しようとすると、「いや、ならん。ここにおれ」と、再び命令をされた。

「おまえがおらんかったら、わしがこのババアの相手をせねばならんだろう。ほら、早く座らんか」

村重がとなりのスツールの脚を杖で叩いた。

サチの手前、七瀬はしぶしぶ指示に従った。

村重は飲む酒が決まっているのだろう、サチは注文を訊くことなく、いも焼酎の水割りを作り、彼に差し出した。

「あんた、最近足の調子はどうなんだい」

サチが訊くと、村重は不快そうに、「悪くなるばかりだ」と答えた。

「だったらいい加減、車椅子に乗りなさいよ」

「ふん。あんなもんに乗っちまったら最後、そのまま天国へ連れてかれちまう」

「笑わせるね。あんたは地獄さ。これまでの行いを胸に手を当てて考えてみろ」

「ババア、どの口が言う」村重は鼻を鳴らし、七瀬の方へ身体を向けた。「このババアはな、昔は歌舞伎町のジャンヌ・ダルクと呼ばれとって、その残忍さから、ヤクザにも恐れられ――」

「およし。子どもにつまらん話をするな」

このあと、村重は七瀬ばかりに絡んできた。話しかけてくるだけなら構わないが、やたらと身体を触ってくるのでうっとうしい。それも執拗に撫で回してくるのだ。

いい加減しつこいので、七瀬は軽くキレることにした。

「クソジジイ、次触ったら金取るぞ」

そう凄むと、村重はなぜか笑い声を上げた。老人とは思えない、豪快な笑いっぷりだった。

「いけないよ、怒ったら。このジジイをよろこばせるだけだから」

村重は本当によろこんでいるようで、一向に笑いが止まらない様子だった。とことん変な爺さんだ。

笑いがようやく収まったところで、村重は、「よし、気に入った。おまえはおれの娘になれ」と、わけのわからないことを言ってきた。

さらには、七瀬の頭に手を置き、

「明日、わしと一緒に京都に行くか？」

「あんた、まだ芸妓遊びしてるのかい」

「遊びじゃなく、これはお勤めだ」

「いい歳してよしなさいよ」サチが呆れたようにかぶりを振り、七瀬を見た。「このジジイ、芸妓と遊ぶためだけに、わざわざ京都まで通ってるのよ。みっともないでしょう」

「みっともないだと？　言っとくが、おれだって行きたくて行ってるわけじゃない。さすがにこの歳で新幹線は堪えるしな。だが、おれが行かねば芸妓はどうなる。誰があいつらを可愛がって

——」

サチは口角泡を飛ばす村重を放っておいて、「結局、血は争えないってこと」と、七瀬に向けて肩をすくめた。

それからも七瀬は延々と村重の酒に付き合わされ、ようやく解放されたときには零時を過ぎていた。彼の付き人が店に迎えにやってきたのだ。

村重は店から去る際、「おまえを舞妓にするってのもありだな。よし決めた。七瀬、修行に出てこい」と、またも意味不明なことを言ってきた。

「出ます、出ます」と、七瀬は適当に合わせておいた。

以後、この爺さんと『きらり』で鉢合わせないように、気をつけようと思った。

二〇一九年十一月十五日

十一月も中旬を迎えると夜は結構肌寒い。先月はまだ、街に微かに残されていた夏の匂いは完全に消え、そこかしこに冬の気配を感じるようになった。

今年、七瀬はまるで秋を感じなかった。振り返ればそれらしい日がいくつかあったかもしれないが、季節というものを意識して日々を過ごしていなかった。

たぶん東京にいたからだ、と七瀬は思う。

郷里の群馬では、いやがおうでも季節というものを思い知らされる。とりわけ七瀬の暮らしていた地域は山に囲まれていて、四季の移ろいがはっきりしていた。

七瀬は地元を離れてみて一つわかったことがある。あの町はゴミだ。夏は死ぬほど暑く、冬はクソほど寒い。

きっとこの先一生、自分があそこに戻ることはないだろう。いい思い出がカケラもないのだ。

深夜一時半、七瀬は二丁目に向かっていた。二丁目といっても歌舞伎町ではなく、新宿の二丁目だ。矢島に電話で呼び出されたのである。

あのヤクザとは定期的に会っているが、いつもこうして歌舞伎町以外の場所を指定される。きっと、七瀬と一緒にいるところを知り合いに見られたくないのだろう。

初めて足を踏み入れる新宿二丁目は歌舞伎町とはまたちがった、独特な雰囲気を放っていた。カラーで喩えるなら歌舞伎町二丁目はピンク、新宿二丁目はパープルだ。噂には聞いていたが男同士のカップル、女同士のカップル、はたまた男なのか女なのかわからない者がそこら中にいる。

七瀬は街灯のポールに背をもたせ、煙草を吹かしながら、ベンチに並んで座るカップルのディープキスを眺めていた。どちらもいい歳をしたおっさんなのに、周りの者は誰も気に留めない。

なんかいい街じゃん、と思った。

「あらお嬢ちゃん、路上喫煙はダメよォ」前を通った女装した男が足を止め、注意してきた。

「おまわりさんに罰金取られちゃうわよォ」

「はーい」と咥え煙草のまま空返事をすると、「ま、可愛くない娘」と、プイッと顔を背けて去っていった。

首から下げているスマホを手に取り、時刻を確認する。一時四十五分だった。矢島からは二時に『マーマレード』というミックスバーに来いと言われている。ミックスバーとは多種多様なセクシャリティの人々が集うバーなのだという。

まだ早いがここで待っているのもダルいので、店に向かうことにした。マップアプリを頼りに進むと、すぐに『マーマレード』の看板を見つけた。店は地下にあるようだ。

煙草を踏みつけ、階段を下りて行き、鉄製のドアを開ける。すぐに、ああなるほどと思った。薄暗いが様々な種の男女が混在してるのがわかる。店内は意外と広い。

見回したところ、まだ矢島はやってきていないようだ。

「いらっしゃい」

店員がやってきて愛想良く声を掛けてきた。美人なおばさんだが声が野太い。

店員は七瀬の顔を覗き込み、「ねえ、お嬢さん、歳はいくつ？」と苦笑して訊いてきた。

「二十歳」

「ウソをおっしゃい」

「ほんとだよ」七瀬は財布から健康保険証のカードを抜き取り、見せた。「ほら」

「あらま」店員が目を丸くさせる。「十七、八だと思ったのに」

「よく言われる」

「でもお嬢さん、ノンケよね。ノンケは基本的にお断りしてるの」

「ノンケって何？」

「ストレートってこと」

これにも首を傾げた。

「あなた男の子が好きでしょう」

「いや、別に」

「あ、そうなの。じゃあいいわね」何か勘違いしてくれたようだ。「うちは初めて？」

「うん。待ち合わせしてるの」

奥に通され、壁側のテーブル席に案内された。やはり七瀬が異質なのだろう、客たちが好奇の目を向けてくる。

注文したコーラをストローで吸いながら矢島を待っていると、彼から電話が掛かってきた。すでに店の中にいることを伝えると、〈よく一人で入れたな〉と彼は言った。

「言わなかったっけ？　ちょっと前に他人の保険証を拾ったって。だからどこでも入れるの」

〈そういう意味じゃない〉

電話が切れ、その十数秒後、矢島がやってきた。彼はウーロン茶を注文した。このヤクザは酒が飲めない体質らしい。それと煙草も吸わない。いつだったか颯太が、「うちの若頭ほど健康志向の人はいない」と話していた。

「この店にはよく来るの？」

七瀬が訊いた。なぜかこのヤクザには敬語を使おうという気にならない。

「いや、前に一度使っただけだ」

「じゃあなんでここに?」

「おまえにここの空気を肌で感じてほしくてな」

「なんで?」

「七瀬はソジって言葉を聞いたことあるか? S、O、G、Iでソジだ」

かぶりを振った。

「性的指向と性自認を英語に訳すと、Sexual Orientation and Gender Identityとなり、この頭文字を取ってSOGIとなる」

「ふうん」

「で、七瀬はこの店にいるような連中をどう思う?」

矢島が周囲に軽く目を配って言った。

「女装したおっさんとかのこと?」

「ほかにもいるだろう。レズにゲイ、バイセクシャルにトランスジェンダー、いわゆるセクシャルマイノリティの奴らだ」

「別にどうも思わないけど」

「気色悪いと感じないか」

「全然。好きにしたらいいじゃんって感じ」

「おれも同意見だ。ただ世間の一部の者はそうじゃない。ここにいるような連中を偏見の目で見ている。そして、そうした偏見を根絶しようという働きかけが、今世の中で急速に起きている」

「ねえ、さっきからなんの話？」

「主となって動いているのはＰＹＰのバックにいるＫ党だ。Ｋ党は現在、ＳＯＧＩＥＳＣ（ソジエスク）理解増進法案とやらを押し通そうと躍起になっている。ＳＯＧＩＥＳＣとはＳＯＧＩに性表現と身体的性を加えた言葉だ」

　ここで矢島の頼んだウーロン茶を、先ほど七瀬と会話をした店員が持ってきた。

「おねえさん。ＳＯＧＩＥＳＣ理解増進法案って聞いたことあるかい」

　矢島が相好を崩して質問した。

「うん。あるわよ。だって他人事じゃないもの」

「その中身は？」

「なんとなくだけど知ってる。あたしたちのような人間が堂々と生きられるようにって、そういうものでしょ」

「じゃあ、お姉さんらにとってはありがたい法案なんだな」

「いいえ、まったく」と店員はきっぱりと否定した。「逆にありがた迷惑。あたしたちは世間に理解なんて求めてないし、自分たちだけでひっそりと楽しんでいたいの。ここらの人はみんな同じことを言ってるわよ」

「なるほど」

「ただ、最近増えてきた男女共用トイレってのはありがたいけどね。なんせあたしたち、便に不便だから」

店員はつまらないギャグを飛ばし、自らゲラゲラ笑った。やっぱり男の声だ。

「そういえば今、歌舞伎町に造ってるビルの中にも、そういうトイレを造ろうって案が出てるらしいわよね」

「今造ってるビルってえと、歌舞伎町一丁目地区開発計画のことかい?」

「そうそう」

「初耳だな。その情報は誰から?」

「誰だったかしら」と顎に人差し指を当てる。「たぶんうちのお客さん。ほら、こういうお店ってお偉方もいっぱい来るから」

「ほう」矢島が腕を組んだ。「ありがとう」

店員が離れたところで、「あれってさ、いつ完成するの」と七瀬が訊ねた。

今から三ヶ月くらい前だったか、トー横広場の目と鼻の先で、大規模な建設工事が始まった。聞くところによると、モンスター級の複合高層ビルを建てようとしているらしい。以来、重機などの音がやかましくてうっとうしいのだ。風の強い日なんかは粉塵《ふんじん》を感じることもある。

「たしか完成は二〇二三年の春とかだったかな」

今から四年も先なのか。

「いらないのに。そんなビル」舌打ち交じりに言った。

「世界に歌舞伎町をアピールしたいんだろう」矢島がウーロン茶で唇を湿らす。「それはそうと、あのビルの中に男女共用トイレか。きっとその辺りもK党が絡んでるんだろうな」

「そんなトイレ、どうせ変態が群がって終わりだよ」

　矢島が白い歯をこぼし、肩を揺する。

「さて、話を戻す。Ｋ党はこのＳＯＧＩＥＳＣ理解増進法案を推し進めるためにＰＹＰを作ったんだ。どうしてかわかるか？」

「さあ」

「世の中にこの法案を知ってもらい、それこそ理解を深めるためにだ」

「ふうん。それは別に悪いことじゃないんじゃない」

「ああ、おれもそう思う。個人的にはな」

　ただし、矢島のバックにいる連中はそう思わないということか。

「でもさ、ＰＹＰ自体はそのなんとか法について何も言ってないじゃん」

「そのうち言い出すさ。必ずな」

「なんで最初から言わないの」

「ハナっから訴えたところで誰も聞く耳を持たないし、逆に色眼鏡で見られるだろう。ＰＹＰはあくまで、恵まれない若者を救済する、心優しいボランティア団体として世間に認知されなきゃならないんだ。そしてそういう立派な団体だからこそ、その後の主張にも世間は耳を傾ける——わかるだろう」

　なんとなくわかった。

「で、本題だ」矢島がテーブルの上で指を組んだ。「その後、辻篤郎とはどうなってる？」

「変わりなし。あの人、妙に真面目だし、ガードが固いの」

「なんとかしろ。すでにおまえにぞっこんなんだろう」

「でもあたし、フラれちゃってるし」

「そいつは建前さ。本心はおまえを抱きたくて悶々としてるはずだ。おまえも十分わかってるだろう」

七瀬は頷き、煙草に火を点けた。

ＰＹＰの活動を共に行っているとき、七瀬は辻篤郎に対して積極的に好意をアピールしていた。先日は、自分がここでボランティアをしているのは辻がいるからだと耳元でささやき、プライベートで二人きりで会いたいとも伝えた。

すると彼の返事はノーだった。ぼくは妻子がある身でうんたらかんたら、さすがに十五歳の女の子はうんたらかんたら――必死に言い訳を並べ立てていたが、その目は拒否できていなかった。本人がいくら拒もうとも、下半身が七瀬を求めているのだ。

七瀬にはそれが手に取るようにわかった。これまで散々、バカな雄共を見てきたのだ。精神がどうにかなってしまいそうなほどに。

「世の中って、なんでこんなにロリコンが多いんだろね」

七瀬はそうボヤき、天井に向けて煙を吐き出した。

「十五歳相手じゃロリコンとも言えないさ」

「十分ロリコンでしょ」

「その議論はさておき、早いところ辻篤郎を落とせ。好かれてるならいくらでもやりようがあるだろう」

矢島が身を乗り出す。

「いいか。今月中がリミットだ」

無理難題とは思わなかった。おそらくあと少しで辻は落ちるだろう。すでに彼の足はまっとうな社会人の境界線を跨《また》ぎかけている。

「でもさ、たとえ盗みに成功したとしても、空振りだったらどうすんの」

辻篤郎のスマートフォンとノートパソコンを持ってこい——これが矢島から与えられている命令だった。その隙を作るためにも、辻ともっと近しい関係にならなければならない。今考えている案は、辻をラブホテルに誘い、そこで睡眠薬を用いて彼を眠らせ、目的の品を奪うというものだ。

「大丈夫さ。スマホやパソコンから、必ず何かしら出る」

「なんでそう言い切れるわけ?」

「代表の藤原悦子の経歴はデタラメだらけだからだ。最終学歴としている海外の大学など、卒業どころか入学すらしていないだろう。そんな女が代表を務めている団体なんだから、ホコリが出ない方がおかしい」

「ふうん。ま、あたしはどっちだっていいけど。でも、なんも出なくても百万は必ずもらうからね」

先々週、成功報酬は百万円と矢島から提示され、七瀬は了承していた。一度にこれほどの金を受け取った経験はないが、たいした額とも思えなかった。パパ活やガールキャッチを再開し、その気になってやれば一ヶ月足らずで稼げるだろう。

「安心しろ。おれは約束は必ず守るさ」

「どうだか」

「払わなかったら、おまえとこれきりの関係になっちまうだろう。おれはおまえのことを気に入ってるし、評価してるんだ。前にも言ったが、おまえほど頭が切れて、肝が据わってる十代はいない。おまえはトー横キッズじゃなくて、ハイパーキッズだ」

「やめてよ。クソダサい」

鼻で笑うと、矢島も口の片端を吊り上げた。

「わかったな、七瀬。今月中だ」

二〇一九年十一月二十七日

この日は朝から師走の到来を思わせる冷たい風がひゅー、ひゅーと吹いていた。日中は陽があったので長時間おもてにいても耐えられたのだが、こうして日没を迎えると手足がかじかみ、自然と背中が丸まった。

あと四日で十二月を迎える。

「んー。いい匂い」

七瀬と同じピンク色のジャンパーを着た愛莉衣が大鍋の中を覗き込み、満足そうに言った。彼女は先週から、ＰＹＰの活動に参加するようになったのだ。

この臼《うす》のような巨大な鍋の中では大量のカレーが煮込まれている。これと同じものがこのテントの下に五つもある。

「ねえ、うちらヤバくない？　料理の才能あるよね」

「野菜の皮剝いただけじゃん」七瀬が鍋から放たれる湯気に手を当てて言った。「包丁すら握ってないのに」

七瀬と愛莉衣に与えられた仕事はジャガイモとニンジンの皮剝きで、この作業を先ほどまで二人でひたすら行っていた。掛かった時間は二時間を超えている。なぜこんなに時間が掛かったのかというと、カレーを約三百人分も用意せねばならなかったからだ。

もちろん、ふだんはこんなに作らない。作ってもせいぜい五十人分とかそこらだ。

今日は特別だった。ＰＹＰの活動を東京都知事である池村大蔵《いけむらたいぞう》が視察に訪れるからである。それに合わせて関係者、メディアも多く集まることが予測されるため、それを見越して多くの食事を用意しなくてはならなかったのだ。

「都知事をはじめ、関係各位、メディアの方々、ここを訪れたすべての人にトー横キッズと同じカレーを食べてもらうの。これがいかに大切なことか、みなまで言わなくてもわかるわね。配って回るくらいのつもりでいてちょうだい」

代表を務める藤原悦子は始動の挨拶の際、ビール瓶ケースの上に仁王立ちし、鼻の穴を膨らませてスタッフたちに言い聞かせていた。

「なあちゃんは池村都知事って人のこと知ってる？　あたし、顔すらわかんないんだけど」

「口先だけのペテン師だよ」

七瀬も知らないがそう答えた。

「そうなの？」

「うん。おでこに偽者のフダが貼られてるんだってさ」

「なにそれ」

そんな会話を交わしていると、辻篤郎がやってきた。彼はコンビニの袋を両手に提げている。

「好きなのを一本どうぞ」

袋の中にはペットボトルの飲料がたくさん入っていた。どれもホットだ。

「わー。うれしい。ありがとうございます」

七瀬が愛想良く言い、ココアのペットボトルを抜き取った。愛莉衣はお茶を選ぶ。

辻が離れたところで、「なんか、なあちゃんと辻さんって、仲良いよね」と愛莉衣が頰を膨らませて言った。

「そう？」

「うん。ちょっと嫉妬しちゃう」

「なんでよ」

「だってなあちゃん、うちの前であんな笑顔を見せてくれないし。声だってちょっと高くなってるし」

「まあ、ぶっちゃけタイプなんだよね」

「え、辻さんのことが？　ウソでしょう？　マジで言ってる？」

「うん。マジ」

辻の牙城はまだ崩せていなかった。矢島から与えられたタイムリミットまではあと四日しかない。もっとも、それをさほど気にしているわけでもないのだが。

「なんだ、なあちゃんっておじさん好きだったんだ。初めて知った」

愛莉衣は本当になんでも信じる女だ。

「けどさ、だとしたら脈ありまくりだと思うよ。だって辻さん、なあちゃんのこと絶対好きだもん」

愛莉衣に言われるまでもなく、そんなことは十分わかっている。最近ではボディタッチがやたら増えてきた。となり同士で作業しているとき、辻は痴漢のごとく、それとなく身体をくっつけてくる。

ただ、どうしても二人きりで会うことだけは断られてしまう。自分の立場を考えてのことだろうが、そろそろこっちもダルくなってきている。いっそのこと、ホテルなんかに誘わず、強奪してやろうかと思うほどだ。

ちなみに、辻のスマートフォン及びパソコンのパスワードはすでに記憶している。使用しているときに盗み見したのだ。それほど七瀬と辻は常にそばにいるのだ。

やがて、メディアの人間がぞろぞろと姿を現した。何事かと道行く人も足を止め、群がってきた。

あっという間にトー横広場は黒山の人だかりとなった。

顔を上気させた藤原がテント下にやってきた。「集合」と手を叩いて叫び、スタッフを集める。

「ちょっと作戦変更。この様子じゃカレーが足らなくなるかもしれない。スーツを着ている人とか、メディアのパスを首から下げている人を優先して。まちがっても一般人なんかに先に配って、偉い人の手に行き渡らないなんてことのないように。じゃあ、みんな持ち場に戻って」

藤原が捲《まく》し立てるように言い、足早に去っていく。

「なんか、ちょっと感じワル」と愛莉衣がつぶやく。

あれがあの女の本性なのだろう。トー横キッズのことなど、本心ではどうでもいいのだ。

藤原は今、世間ではちょっとした有名人になっていた。PYPの代表として多くのメディアに取り上げられているからだ。彼女はいつだってマスコミに擦り寄り、カメラの前に立とうとする。

七瀬は遠くに目をやった。そこではユタカたちのグループがマスコミに囲まれていた。きっとトー横キッズとなった経緯や、現代の若者が抱える悩みなどといった、つまらないことを訊かれているのだろう。

「あの人たちのとこにも、うちらの作ったカレーが渡っちゃうんだよね」

愛莉衣が不服そうに言った。

「そりゃそうでしょ。もともとトー横キッズのための炊き出しなんだから」

「そうだけど。でもなんかムカつく」

「別にいいじゃん。それくらい」

「なあちゃんは心が広いね。うちはイヤ。無理」

「あたしはあいつらのことがどうでもいいだけ」

愛莉衣は今、仲間たちから完全にハブられていた。そして七瀬もまた、愛莉衣と口を利いているという理由から、同様の扱いを受けていた。

「うち、こうなってみて、あの人たちの本性がよくわかった」

愛莉衣はそう言って、七瀬の手を取る。

「同時になあちゃんのありがたみもよくわかった。やっぱりうちの友達はなあちゃんだけ。なあちゃんさえいてくれれば、うちはそれでいい。だから一生、うちの友達でいてよね」

七瀬はその発言をスルーし、「じゃあ、金はあきらめるの？」と訊ねた。未だ、彼女が仲間に貸していた金はごく一部しか返ってきていないらしい。

「それなんだけど、どうしようかなってずっと考えてたんだ。もう彼の誕生日プレゼントは買うことができたし、今はそこまでお金に困ってるわけでもないし。だったらこのまま泣き寝入りしちゃおうかなって」

「ふうん」

「けど、それってやっぱり悔しいなって。だってうちが身体を張って稼いだお金じゃん」

「まあね」

「だからちゃんと返してもらうことにする。もう関係を修復する気もないけど、お金だけは何がなんでも取り返す。だから姿を見かけたらとことん付き纏《まと》ってやるつもり」

「執念だね」

「そ。執念。意地。プライド」

愛莉衣は自らに言い聞かせるように言い、深く頷いた。

それからほどなくして、カレーの炊き出しが始まった。七瀬は紙皿に盛ったカレーをトレーに載せ、人熱《ひといきれ》の中を動き回った。そうしているとあっという間にトレーが空になった。みんな好き勝手に手を伸ばしてカレーを奪っていくのだ。七瀬はその度にテントに戻り、カレーを載せ、再び群集に飛び込んだ。

そんなことを繰り返していると、辺りが一際騒々しくなった。「おい、あれって池村都知事じゃね?」誰かが言った。

首を伸ばし、人と人の間から先を見る。そこには屈強なＳＰに囲まれた細身の男がいた。

あのおっさんが東京都知事、池村大蔵——。

年齢がいくつか知らないが、老いた痩せぎすのキツネといった印象の男だった。

そしてサチの目はやっぱり正しいんだなと思った。

池村都知事の額に偽者のフダは確認できなかったが、そのオーラは十分に放っていた。胡散臭さがここまで漂ってくるようだ。

今、池村都知事は目尻を下げ、地べたに座り込んでカレーを食べるトー横キッズたちに話しかけている。距離が離れているものの、はっきり視認できるのは、彼の周囲で照明が焚《た》かれているからだ。その様子を多くのメディアのカメラが捉えていた。

「七瀬ちゃん、ちょっといいかな」

後ろから肩をトントンとやって、話しかけてきたのは辻篤郎だった。

「ちょっとお願いがあって、このあとほんの少しだけ、池村都知事とお話ししてもらえないかな」

「あたしが?」

「うん。トー横キッズがPYPのボランティア活動に参加しているっていう話を知った都知事が、どうやら興味を持ったみたいなんだ。それで、七瀬ちゃんとお話ししたいんだって」

「でも、それって当然カメラ向けられますよね? ごめんなさい。あたし、本当にそういうの苦手なんです」

そう断ったのだが、「そこをなんとかならないかな」と、辻は食い下がってきた。

「じゃあ、愛莉衣にお願いしてみたらどうですか? たぶん彼女だったら断らないと思いますよ」

「ぼくもそう思ったんだけど、藤原代表が七瀬ちゃんの方がいいって」

「どうしてですか」

「愛莉衣ちゃんはまだ入ったばかりだし、それに――」辻が耳元に顔を近づけてきた。「七瀬ちゃんの方が見てくれがいいからって」

七瀬は照れたフリをした。内心はもちろん鼻白んでいる。ただ、これは渡りに船というやつかもしれない。

「頼むよ」辻が手を合わせる。

「じゃあ、交換条件」七瀬は微笑んで言い、先ほど辻がしたように彼の耳元に顔を近づけ、「一つはマスクをつけること。もう一つは、辻さんがあたしとデートをすること」と、甘い声でささやいた。

辻は赤面し、目を泳がせている。そんな彼の服の袖口を指で摘み、「じゃないと協力しませんよ」と迫った。

辻はしばらく逡巡《しゅんじゅん》した様子を見せていたが、最後にはしぶしぶ承諾した。内心じゃ、この男も大義名分を得たと思っているにちがいない。

七瀬はそれからすぐに藤原と合流し、彼女の誘導のもと、池村都知事のところに向かった。

「くれぐれも失礼のないように」と、歩きながら藤原が釘を刺してくる。

七瀬は「はい」と答え、マスクをつけた。まちがってもこのツラを世に晒《さら》したくない。

藤原が池村の側近に声を掛け、その側近が池村をこちらへ連れてきた。

なるほど、近くで拝めばより一層、この男は胡散臭い。悪臭がぷんぷん漂っている。

「あなたが酒井《さかい》さんですか。お噂はかねがね聞いておりますよ」

酒井——そうか、たしかに自分はそんな姓をしていた。歌舞伎町に来て以来、苗字で呼ばれたのは初めてかもしれない。

「東京都知事の池村大蔵です。よろしくどうぞ」

池村から手を差し出され、七瀬はやむをえず握手をした。

だが、その瞬間、本能が拒絶したのか、七瀬は振り払うようにして手を放してしまった。

一瞬、池村はムッとした表情を見せたものの、すぐにもとの笑みをたたえた。

「酒井さんはご自身もトー横キッズでありながら、なぜPYPの活動に参加しようと思い立たれたのでしょう」

「わたしもPYPのスタッフのみなさんのように、誰かの役に立ちたいなって思ったんです。それをすることで、こんなわたしでも生きている意味があるんだって、自分に自信を持ちたくて」

模範回答はこんなところだろう。ただ、言葉にすると反吐《へど》が出る。

池村が七瀬の心の内を探るように、顔を覗き込んできた。

この小娘、適当なでまかせを吐《ぬ》かしやがって――彼の目はそう訴えていた。たぶん、同類を見抜く力があるのだ。

「つまり、施しを受ける側から、与える側にということですね。実に素晴らしい心がけだ。酒井さん、あなたは将来、必ず立派な大人になる。わたしが太鼓判を押しますよ」

人のことを言えた義理じゃないが、この男も大概だ。

「七瀬ちゃん、すごいじゃない。都知事のお墨付きをもらえるなんて」

傍らにいる藤原が興奮気味に口を挟んだ。

「ときに酒井さん、わたしはトー横キッズはモラトリアムの真っ只中と位置付けているんだが、これについてはいかがだろうか」

「モラトリアム？」

「つまり、今のあなた方が、大人になるための準備期間を過ごしているということです。同世代の仲間たちと孤独や苦しみを分かち合うことで、未来に向かってもがいているのだろうと、わたしはトー横キッズをそのように捉えているのです」

「さあ。どうなんでしょうか」

「都知事、当人たちにそんな自覚はありませんよ」藤原がまぜっ返すように言い、「そりゃそうか」と池村が頭を掻いた。「かたじけない。いやはや、歳は取りたくないものですなあ」

この茶番に周りがドッと沸いた。

大人というのはくだらないなと思った。これが大人になるということなら死んでもなりたくない。

その後もいくつかの質問を受け、七瀬は無難に返答した。「都知事、そろそろ」側近が池村に耳打ちしたところで、対面は終了となった。わずか数分だったが、結構な疲労感だった。

とりあえず一服したい。ニコチン切れだ。

「おつかれさま。よかったわよ」藤原は七瀬の肩をポンポンと叩いてきた。「ただ、あの握手は感じが悪かったわね。都知事、もしかしたら気分を害されたかもしれない。ボランティアとはいえ、うちのジャンパーを着ている以上、常に人目を気にして、誰に対しても感じよく振る舞ってちょうだい。お偉いさんに対しては特に」

矢継ぎ早に言われ、「はい。気をつけます」と、しおらしく頭を下げておいた。

藤原が去ると、入れ替わる形で辻がやってきた。

「ありがとう。助かったよ」

「どういたしまして。辻さん、約束守ってくださいね」

「う、うん。食事に連れて行けばいいんだろう」

「デートですよ、デート」

「……了解」

「さっそくこのあと行きましょっか」

「きょ、今日は無理だよ。このあとだっていろいろとやることが——」

「じゃあ明日」

「明日もＰＹＰの会議があって——」

「じゃあ会議のあと」

「……」

「約束ですからね」

七瀬はそう念を押し、ゴジラヘッドの方に向かって歩き出した。人混みをすり抜け、群衆から離れたところで煙草を咥え、百円ライターで火を点けた。

深々と吸い込み、夜空に向かって思いきり息を吐き出す。

外気が冷えているので、それこそゴジラの吐く熱線のような、濃密な白煙が出た。

翌日の夕方過ぎ、七瀬は池袋北口の繁華街に立っていた。初めて訪れたが、この街もまたやたらと人が多い。ただし、約半数はチャイニーズのようだ。同じアジア人でも見分けがつくのはなぜだろう。

スマホを取り出し、時刻を確認する。あと数分で待ち合わせの時間になるが、辻篤郎はまだ到着していなかった。あのカモはちゃんと来るだろうか。まさかすっぽかされることはないだろうが。

当初は歌舞伎町で密会するつもりだったのだが、辻がこれを嫌がった。そこで矢島に相談を持ち掛けたところ、この場所がいいと助言を受けた。その理由はラブホテルが多いのと、タガが外れやすいからだと彼は言った。訪れてみてなるほど、わからなくもない。歌舞伎町とは雰囲気が異なるが、このエリアもまた、どこか扇情的な空気が流れている。

路上に立ち、待ち人を待っていると手の中のスマホが震えた。相手は愛莉衣だった。

〈彼、いったいどうしちゃったんだろう〉

彼女は不安そうな声で謎の第一声を発した。聞けば、愛莉衣のお目当てのホストに朝からLINEで何度もメッセージを送っているのに、一向に既読がつかないのだという。

〈ふだんはママに返してくれるのにさ〉

「さあ。誕生日だから忙しいんじゃん?」

今日はそのホストの誕生日で、愛莉衣は彼に腕時計をプレゼントする予定なのである。

〈なのかなあ。だったらいいんだけど。とりあえず今からお店に行ってくるね。あ、このあとなあちゃんにうちの写真送ってあげる〉

「写真？」

〈うん。今、美容室に行ってきたんだ。うちの頭マジヤバいよ。めっちゃ盛れてるから。ねえ、見たいでしょ〉

「見たい、見たい」適当に応じ、「あたし今、人と待ち合わせてるんだよね。もうすぐ来ちゃうから」と言って、電話を切った。

ほどなくして愛莉衣から、鶏のトサカのような髪型をした自撮り画像が送られてきた。思わず吹き出してしまった。メイクも濃すぎて誰だかわからない。ただ、とても一生懸命なのは伝わってきた。愛莉衣にとって今日は大切な日なのだろう。

逆に七瀬は今日、メイクを控え目にしていた。愛莉衣とは逆で、より幼く見えるようにだ。もちろん、ロリコンの辻のためである。

七瀬がスマホに目を落としていると、「お待たせ」と知った声が降り掛かった。

トレードマークの丸縁眼鏡がなければ誰だかわからなかったかもしれない。辻はニット帽を深々と被り、マスクをしていた。服装は、グレーのパーカーの上に黒いダウンジャケットを羽織り、デニムに足元はスニーカー。絶対に七瀬と一緒にいるところを見られたくない。そんな意思が見てとれた。

「わざわざ着替えてきたんですか」

彼はいつものリュックに加え小ぶりなキャリーケースを転がしていた。きっとこの中にスーツや革靴が入っているのだ。

「うん。なんとなくそうしようかなって」

「とっても似合ってますよ。じゃ、行きましょうか」

七瀬がサッと腕を組むと、彼は「わわ」と慌て、拒否する素振りを見せた。ただそれほど強い抵抗ではなかった。

そのまま歩き出す。

「七瀬ちゃんは何が食べたいの」

辻が引くキャリーケースがガラガラと音を立てている。

「辻さんと一緒ならなんでも。あ、でも個室があるとこがいいかな。辻さんと二人きりになりたいし」

「個室があるお店だと、居酒屋とかになっちゃうと思うけど」

「いいじゃないですか、居酒屋で」

「だって七瀬ちゃんはまだ……」

「もちろんわたしはお酒は飲みませんから。ね、そうしましょ」

「けど、予約を取らないで入れるかな」

「平日ですし、きっと平気ですよ。ところで辻さんってお酒は強いんですか」

「まあ、人並み程度かな。お酒自体は好きなんだけどね」

「じゃあ、辻さんは遠慮なく飲んでくださいね」

そうして文化通り沿いにある居酒屋に入店した。適当に選んだのだが、ここが実におあつらえ向きな店だった。案内された半個室の座席がカップルシートだったのだ。

辻は困惑していたが、七瀬が強引に彼を奥に押し込んだ。

「初デートに乾杯。今日は記念日ですね」

ギュッと身体を密着させ、グラスをぶつけた。辻は生ビールで、七瀬はカルピスだ。

彼は序盤こそ緊張していたものの、杯を重ねるごとに徐々に解けていき、次第に自分がいかに優秀な人物なのかをアピールし始めた。どうやら簿記一級というものと、税理士の資格を持っていることが彼の最大の誇りのようだ。そうした保有資格と経歴がＰＹＰの目に留まり、副代表と経理を兼任することになったのだと、彼は鼻の穴を広げて語っている。

男という生き物はみな同じだなと内心で笑いつつ、七瀬は「へえ」「そうなんですか」「すごーい」と、三つの単語を駆使して相槌を打ちつづけた。時折、目を潤ませて彼を見つめることも忘れなかった。

「彼女ときたら、ぼくがどれほど尻拭いをしてあげているか、まったくわかっていないんだ」

時間が経つにつれ、辻は据わった目でブツブツと小言を漏らし始めた。彼女とは藤原悦子のことだ。

この男が藤原に対し、ストレスを溜め込んでいるのを、そばにいた七瀬はよく知っていた。藤原は二言目には「やっといて」と辻を顎で使い、その度に彼は顔を歪ませている。この男は小心者だが、プライドは高いのだ。

「実はわたし、藤原さんのこと、少し苦手なんです」

七瀬は話を合わせることにした。

「どういうところが？」

「なんていうか、藤原さんは傲慢っていうか、そういうふうに見えるときがあって。ほら、藤原さんは辻さんに対して、いつも上から命令するじゃないですか。わたし、ああいう人って、自分は偉い人間だと勘違いしてると思うんです。でも、実際は立場が上なだけで、人としてはまったくそうじゃないですよね」

「いや、その通り。七瀬ちゃんはすごい。若いのによく人を見てる」

辻の声量が上がった。

「ここだけの話ね、彼女は金銭感覚がだいぶ狂っているんだよ。だから放っておいたらＰＹＰなんてすぐに破産するよ」

「そうなんですか」

「ああ、火を見るよりも明らかさ。だからぼくのような人間が絶対に必要――」

やはり実質的にＰＹＰの財布を握っているのはこの男のようだ。仮にＰＹＰに表沙汰にできない金の動きがあるのだとしたら、当然、辻はそれを把握していることだろう。

もっとも、そんなのはどうでもいいことなのだけど。この男からパソコンとスマホを盗み出す

——自分のミッションはこれだけだ。

「ちょうどこういう話になったから伝えるけど、実は今後、七瀬ちゃんにPYPのお手伝いはしてもらえなくなりそうなんだ」

この回りくどい言い方に、七瀬は首を傾げた。

「それってつまり、わたし、クビってことですか」

「いや、クビとかそういうことじゃないんだけど……」

「じゃあなんですか？　はっきり言ってもらって構わないんですけど」

「今日の会議で、藤原代表が十代の若い子を活動に参加させるのはやめようって。もちろんぼくは反対したんだよ。七瀬ちゃんはこれまでがんばってくれたし、愛莉衣ちゃんにだって加わってもらったばかりだしね。でも、藤原代表はもう決定事項だからって。どうして彼女が急にそういうことを言い出したのか、ぼくにもよく——」

七瀬は辻の話に相槌を打ちながら、想像を巡らせた。

昨日の藤原の様子からすれば、そうした気配はまったくなかった。今後もよろしくといった言葉だって投げかけられたのだ。

だとするとなんだ。もしかすると藤原に対し、都知事の池村から助言があったのかもしれない。あの少女は危険だから切った方がいい——なんとなくこれが正しい気がした。

とはいえ、これもたいした問題じゃない。むしろ好都合だった。どのみち、今夜をもってPYPと関わる必要などなくなるのだから。

「本当にごめんね」辻は申し訳なさそうに詫び、そして、「ちょっとお手洗いに行ってくる」と腰を上げた。

「すぐに戻ってきてくださいね」

辻が席を離れたのを見計らい、七瀬は彼のグラスに粉状の薬を混入させた。これはサイレースという強力な睡眠薬で、コディからもらったものだった。事前に粉々にすり潰しておいたので、違和感は覚えないはずだ。

ほどなくして戻ってきた辻は、なんら疑うこともなく、再び酒を呷《あお》った。七瀬はそれを横目でしっかりと確認しつつ、「そろそろ出ません？」と誘惑の目で切り出した。

至近距離で見つめ合う。辻のレンズの奥の目は情欲を隠しきれていなかった。

七瀬はそんな彼の手を取り、「行きましょ」と促して店を出た。

七瀬の誘導でラブホテルのある通りへ向かう。辻はしきりに周囲に目を配っていた。

そうして中世ヨーロッパの城を模した安っぽいラブホテルまでやってきた。だが入り口の前に立ったところで、辻はこの期に及んで「やっぱりまずいよ」と怖気《おじけ》づいた。

「どうして？」

「だって、さすがにこんなことって……」

いいや、これはポーズだ。この男は情けないことに、まだ背中を押してもらいたいのだ。自分の半分も生きていない少女に。

「わたし、好きなんです。辻さんのことが」七瀬は彼の指を弄んで訴えた。「いいんですか。女の子に恥をかかせて」

辻は中指で眼鏡を押し上げたあと、意を決したように七瀬の手を引っ張り、中へと勢いよく入った。

受付を済ませ、エレベーターに乗り込む。そこで辻はいきなりキスをしてきた。舌も入れてきた。拒むこともできないので仕方なく受け入れる。

部屋に入るなり、ベッドに押し倒された。首筋に彼の舌が這う。服の上から乳房を乱暴に揉まれた。

「わたし、シャワーを浴びてきます」

「いいや、このままがいい。きみの匂いをあますところなく嗅ぎたいんだ」

辻が鼻息荒く、変態台詞を口にする。えらい豹変ぶりに笑いそうになった。

「だーめ。少しだけ待っててください」

七瀬は彼を押しのけ、鞄を持って脱衣所に向かった。途中、足を止めて振り返り、「絶対に覗かないでくださいよ」と、チャーミングに告げておいた。

浴室でシャワーを出し、そのまま流しっぱなしにして、脱衣所に戻った。洗面台の前で口をすすいだあと、鞄からスマホを取り出して時刻を確認した。

二十三時に差し掛かっていた。即効性があると聞いているが、あとどれくらいで辻は眠りに落ちるだろうか。あの様子だとまだ薬は効いていなそうだ。

手の中のスマホが震えた。またも愛莉衣からの着信だった。

もちろん応答しない。だが、着信が収まったあと、すぐにまた掛かってきた。

舌打ちし、「なに?」と声をひそめて応答した。

〈なあちゃん、うち、終わった〉

愛莉衣は泣いていた。それも結構な泣きじゃくりようだった。

〈もう死にたい〉

「なんなの、急に」

〈今から会えないかな〉

「無理。忙しいの」

〈どうしてもダメ?〉

「だからダメ。あたし今、歌舞伎町にいないし」

〈でも戻ってくるよね〉

「たぶんね」

〈何時頃?〉

「わかんないって。零時とか、それくらいだと思うけど」

〈じゃあトー横のとこで待ってる。うち、ずっとなあちゃんのこと待ってるから〉

電話が切れた。

彼女に何があったのか。もっとも、たいしたことではないだろう。彼がプレゼントをよろこんでくれなかったとか、おそらくそんなところだ。

それからしばらくして、七瀬は辻の様子を確認するため、脱衣所から顔だけを出して部屋を覗いた。

すると、辻がベッドに大の字になって眠っているのがわかった。ようやく睡魔に襲われたのだ。足音を立てぬよう、抜き足差し足で近づいていく。彼を真上から見下ろした。口を大開きにして、いびきを掻いている。

肩を軽く揺すってみた。まったく反応しなかった。今度は強く揺すり、「辻さん。辻さん」と耳元で声を掛けた。やはり反応はない。

七瀬はよしと頷き、傍らにある彼のリュックに手を伸ばした。ジッパーを滑らせ、中からノートパソコンとスマートフォンを取り出す。

まずはノートパソコンを開き、記憶していたパスワードを打ち込んだ。ホッとした。ログインできたのだ。もっとも、パソコンの扱いに慣れていない七瀬はこれ以上先に進むことができないので、すぐに閉じた。

つづいてスマホを手に取り、先ほどと同様に暗証番号を入力した。こちらも容易く解除に成功した。几帳面な彼らしく、ホーム画面にはいくつものアプリが綺麗にフォルダ分けされて表示されている。この男は意外とゲームなんかをするようだ。背景は彼の娘だろうか、笑顔の幼女が写っていた。

なんとはなしにファイルアプリを開いてみた。たくさんのフォルダが入っていた。その中に《ＰＹＰ》と書かれたものがあった。もしかしたらこのスマホはパソコンと同期されているのかもしれない。

いずれにせよ、これで自分はお役御免だ。七瀬はノートパソコンとスマホを辻のリュックの中に戻し、それを背負って部屋を出て、ホテルをあとにした。

通りでタクシーを捕まえて乗り込み、「歌舞伎町まで」と告げる。

車が発進したところで自分のスマホを取り出した。無事に任務が完了したと、さっそく矢島に報告を入れるのだ。

だが、七瀬は発信マークをタップしようとした指をピタッと止めた。

脳がセキュリティーアラートを発したのだ。

自己防衛のために、自分も、辻の弱みを握っておかねばならないのではないだろうか――。

仮に今後、辻及びＰＹＰとの間でトラブルが起きたとして、そのとき、きっと矢島は自分を守ってはくれない。我が身に火の粉が降り掛かるとみれば、あのヤクザはあっさりと手駒を切り捨てることだろう。

七瀬は一旦、自分のスマホを手放し、辻のリュックの中から彼のスマホを取り出した。

そしてパスワードを打ってログインし、まずはスマホの位置情報をオフにし、中を物色した。

手始めにＰＹＰフォルダの中のデータファイルをいくつか開いてみた。だが、無知な七瀬にはこれらがどういうものなのか、まるでわからなかった。たとえこれらがＰＹＰの弱点になりうるデータファイルだったとしても、その判別がつかないのだから意味がない。

なので、辻の個人的な弱みを探ることにした。指を滑らせていると、一つのアプリに目が留まった。これは写真や動画を保存できるＫｅｙというアプリなのだが、鍵付きのシークレットアルバムなのだ。つまり、人に見られたくないものが入っている可能性が高い。

アプリマークを指で触れ、立ち上げてみる。当然顔認証を求められ、そこでエラーとなった。試しにスマホのパスワードを打ち込んでみた。ダメ元だったが、呆気なくロックが解除された。

そうして中身を確認した七瀬は、肩を揺すらずにはいられなかった。

女のスカートの中を写した写真や動画だらけだったのだ。それも電車内やエスカレーターといった場所で、被害者は女子学生ばかりだった。

結構な趣味をお持ちで――まだホテルで熟睡しているであろうマヌケに向けて皮肉を飛ばした。

七瀬は再び自分のスマホを手に取り、改めて矢島に電話をかけた。彼はすぐさま応答した。

〈どうだ〉

「無事終わったよ」

〈よし〉

「けど、パソコンだけね。スマホは奪えなかった。どういうわけか知らないけど、あいつスマホを持ってなかったの」

二つとも矢島に献上するのはやめることにした。この男に裏切られたときのための保険である。

〈そんなはずないだろう〉

「探したけど、本当になかったの。あいつ相当酔っ払ってて、ホテルに行くまでにふらふら歩いてたから、たぶんそのときに落としたんだと思う」

電話の向こうで舌打ちが聞こえた。

〈まあいい。それで、パソコンはちゃんとログインできるんだろうな〉

「うん。確認済み」

〈よし、これから合流するぞ。今どこだ？〉

「まだ池袋。タクシーでそっち向かってる。事務所に行けばいい？」

〈いや、あとで場所を指定するからそこに来い〉

電話が切れた。

先の横断歩道の信号が黄色になった。加速して突っ切ればいいものをタクシーは減速し、止まった。

「ねえ、煙草吸ってもいい？」

「困ります」運転手がにべもなく言う。

七瀬はシートにもたれ、フロントガラスの先を薄目で見た。横断歩道を大勢の人が行き交っている。


ノートパソコンを慣れた手つきで操作する矢島の口元は、終始緩みっぱなしだった。

矢島に指定された場所は、新大久保にある小汚い韓国料理屋だった。先に到着していた彼は赤黒い色をしたクッパを汗ばみながら食べていた。店内の薄汚れた壁には男性韓流アイドルのポスターが貼られている。

「七瀬、こいつは想像以上だぞ」矢島が指先を動かしながら言った。

「へえ、そうなんだ」と、七瀬は咥え煙草で返事をする。

やはりＰＹＰにとって見られたくないデータが入っていたようだ。となると、スマホの方にも同じものがあるのだろうか。

「この辻ってのは相当脇の甘い野郎だな。ご丁寧に裏帳簿のデータファイルにsecretなんて名前を付けてやがる」

「本人は優秀なつもりだったけどね」

矢島が鼻で笑い、辻の免許証を手に取って透かすように見た。

「こいつは稀に見るポンコツさ」

リュックの中には辻の財布も入っていて、その中に彼の身分証があったのだ。

「で、今後どうするの？　ＰＹＰを強請《ゆす》るの？」

「さあな。ここから先はおれの仕事じゃないんだ」

「ふうん」

「いずれにせよ、ＰＹＰはこれで終わりだろうな。とりあえずこのパソコンを徹底的に解析——」

矢島が突然、言葉を切り、目を細めて画面を睨んだ。そして「おいおい。マジかよ」と、つぶやいた。

その後、矢島はひたすらパソコンと睨んだまま黙っているので、七瀬は「ちょっと電話してくる」と席を立った。

店先に出て、愛莉衣に電話を掛けた。すでに時刻は零時を過ぎているので、トー横広場で自分を待っているであろう彼女に、もう少し遅くなると伝えておこうと思ったのだ。

だが、彼女は応答しなかった。ふだんはすぐに出るのに。

七瀬は店内に戻り、矢島のいるテーブルへ向かった。

椅子を引いて、一旦席に着く。

「それ、まだ掛かってるんだ」

ノートパソコンと接続されている手の平サイズの四角い物体を指さして言った。これはHDDというもので、どうやらこいつがノートパソコンの中のデータを吸い取っているらしい。

「ああ。パソコンが盗まれたことに気がついたら、今クラウド上に上がっているデータは必ず消されるはずだ。そのうちログインもできなくなるだろう。つまり時間との勝負なのさ」

「ふうん。あいつ、しばらくは起きないと思うけどね」

きっと辻はまだホテルのベッドで夢の中だろう。

「そういえば七瀬、睡眠薬にサイレースを使ったとかって言ってたよな」

「うん」

「そんなもの、どこで手に入れた」

コディの顔が思い浮かんだが、「トー横の知り合いから」と嘘をついた。

矢島が手を止め、探る目つきで見てきた。「ガキが簡単に入手できるようなもんじゃないぞ」

「さあ。どうやって手に入れたのかまで知ら――」

「おまえ、歌舞伎町で商売している黒人に知り合いでもいるのか」

さすがに鋭いなと思った。この男も伊達に裏稼業をやっているわけじゃなさそうだ。

「別にいないけど」

「まちがってもあの連中と関わり合うなよ。危さのレベルがちがうぞ」

「あんたらヤクザよりもヤバいの？」

「ああ、あいつら平気で人消しを請け負うからな」

「人消しって、殺しってこと？」

「ああ」

「人殺しなんてしたらさすがに捕まるでしょ」

「捕まらないさ。なぜなら日本に滞在している奴らが直接手を下すわけじゃないからだ。南米やアフリカ、そういった国から殺し屋を呼び寄せて、こっちで仕事をさせたら、すぐに帰国させちまうんだ。被害者とはいっさい関係がないから、警察だって捜査のしようがない」

「ふうん。殺し屋なんて、世の中に本当に存在するんだ」

「するさ。海外にはいくらでも。それこそ小遣い欲しさに、二束三文の端金《はしたがね》で殺しを請け負う外人共がごまんといる」

「日本で言うところの闇バイトみたいなもん？」

「まあシステムはそんなところだろう。おれが聞いた話によれば、呼び寄せる殺し屋のランクは金次第で変わるそうだ」

スラム街にいる素人の非行少年から始まり、戦場で活躍するプロの傭兵まで、様々な人間を来日させることが可能だという。中にはスナイパーライフルなんてシロモノすら扱える超エリートまでいるらしい。

「スナイパーライフルって、こういうやつのこと？」

七瀬が両手でジェスチャーをして訊いた。たぶんスコープがついていて、遠距離からターゲットを狙撃できる銃のことだろう。

「ああ、そいつのことだ。よく知ってるじゃないか」

若者の間で流行っているバトル系のアプリゲームでそういったものを見たことがある。

「なんにせよ、そんなもんを持ち込まれて狙われちまったら、要人すら防ぎようがない。でもって、そんな殺し屋を手配してるのが、歌舞伎町を彷徨《うろつ》いてる黒人共なんだよ」

再びコディの顔が思い浮かぶ。たしかに彼なら人殺しを依頼しても、二つ返事で「ＯＫデスネ」と請け負いそうだ。真っ白な歯をこぼして。

「ちなみにさ――」七瀬は煙草に火を点けた。「あんたはしたことある？」

「なにを」

「人殺し」

「直接はないな」

「ってことは、間接的にはあるんだ？」

「さあな」と、彼は笑った。「逆におまえはどうだ？　人を殺せるか」

七瀬は自分で吐き出した煙を見つめ、「さあ、わかんない」と答えた。

「ねえ。あたし、帰っていい？　もう用は済んだでしょ」

煙草を灰皿に押しつけて言った。

「このあと何かあるのか」

「ちょっとね」

「ならいいぞ」

「じゃあ、金」

手の平を差し出して言った。

矢島がフッと口元を緩め、スーツの懐に手を突っ込んだ。そこから分厚い封筒が出てきた。

「ごくろうさん」

封筒を差し出され、受け取った。指で封筒を開き、目を落とす。札束が入っていた。

「どうも」と、封筒を鞄に入れる。

「ちゃんと百枚あるか、数えなくていいのか」

「いい」

七瀬がそう断って席を立つと、「待て」と矢島が制止してきた。

「こいつもくれてやる」

そう言って、彼は辻の財布から札を抜き、差し出してきた。

手の中には一万円札が一枚と千円札が三枚あった。七瀬はそれをクシャッと摑み、裸のまま上着のポケットの中に突っ込んで店を出た。

ひっそりした狭い路地裏を通り、歌舞伎町を目指す。ここからなら十分程度でトー横広場に着くだろう。歩くのはそんなに苦じゃない。

七瀬は両手にスマホを持ち、指を動かしながら足を繰り出している。辻のスマホの中のデータを手当たり次第、自分のスマホに飛ばしているのだ。矢島の話だと、いつログインできなくなるかわからないし、中のデータが遠隔で消されるかもしれないとのことだった。だとしたら、今のうちにデータを移しておかねばならない。

路地を抜けて職安通りに出た。左右の車の流れを見て、サッと道路を横切った。ここから先が歌舞伎町エリアだ。

深夜なのに大久保公園の前には、立ちんぼがぽつぽつと姿を見せていた。ちなみにこの時間になると七瀬と同世代の少女より、もう少し年齢を重ねた女たちが多くなる。そして、その中には華奢な身体つきの少年たちもいた。彼らもまた、生活のため、おっさん共にケツを差し出しているのだ。

大久保病院の前に差し掛かると、先から若者たちの喧騒《けんそう》が聞こえてきた。どうせまたユタカたちがオーバードーズでトリップしているのだろう。

広場に出ると、案の定、知った顔がたくさんいた。この極寒の中、路上で横になっている者もちらほらいる。

七瀬は足を止め、辺りを見渡した。愛莉衣を探したが発見できなかった。

「ねえ、愛莉衣のこと見かけなかった？」

近くを通ったモカに声を掛けた。

「……愛莉衣ちゃんなら、あそこだけど」

モカが指さした先には路上に横たわる女がいた。目を凝らす。こちらに背を向けているが、そのシルエットはたしかに愛莉衣のようだった。

「あいつ、まさか酔い潰れて寝てんの？」

「さあ」モカは七瀬と目を合わさずに言い、逃げるようにそそくさと離れて行った。

七瀬はそんな彼女の背中に向けて小首を傾げたあと、愛莉衣に近づいて行った。

かがみ込んで、後ろから彼女の肩に手を掛ける。

「なにがあったのか知らないけど、こんなところで寝てると凍死しちゃ——」

七瀬は息を呑んだ。愛莉衣は口から大量の泡を吹いていたのだ。

「愛莉衣、愛莉衣」

身体を抱き抱え、頰を叩く。彼女の顔面は氷のように冷たかった。

「ねえってば。起きてよ」

それでも愛莉衣はピクリとも反応を示さない。

彼女の手首に指の腹を当てた。脈を感じられなかった。

七瀬は唾を飲み込み、改めて愛莉衣の顔をまじまじと見つめた。

数秒間に一度、二人の間には白息が立ち上がる。それは七瀬の口からのみ、吐かれていた。七瀬はゆっくりと愛莉衣の口元に顔を近づけていき、彼女の唇に耳を押し当ててみた。やっぱり、愛莉衣は息をしていなかった。

二〇一九年十二月一日

朝から冷たい雨が新宿の街にしとしとと降り注いでいた。新宿御苑にある斎場の天窓から見える空の色は、胸クソが悪くなるグレーだ。

蛍光灯の淡い光に包まれた空間には供花の香りが薄く漂っていた。この匂いが七瀬をことさら不快にさせた。もの哀しさを演出するＢＧＭもひどく耳障りだった。

先の祭壇には黒光りした平棺が据えられ、その周りに佇む人々は黒い服に身を包んでいる。喪服を纏《まと》っているのは主にＰＹＰの連中で、どういうわけか彼らがこの葬儀を仕切っていた。一方、私服姿の者もちらほらいて、彼らは同世代の若者で、トー横の奴らだった。

どいつもこいつもぶん殴ってやりたかった。彼らは誰一人として愛莉衣の死を悲しんでなどいないだろう。なのにその表情は重苦しく、さも悲嘆に暮れているかのようだ。中には仰々しく床に膝をついて涙する者すらいた。

見るに耐えない、薄ら寒い光景だった。目に映るすべてが、七瀬の神経を逆撫でした。

ダウンジャケットのポケットに両手を突っ込み、彼らの輪の中にズカズカと入っていった。そして「どいて」と、無機質な声で愚者共を追い払った。

棺に目を落とす。そこには死装束《しにしようぞく》を纏《まと》い、腹の上で指を組んで、仰向けで横たわる、よく知った顔の女がいる。

眠っているようには見えなかったが、死んでいるようにも見えなかった。ただ瞼《まぶた》を閉じている――七瀬の目にはそんなふうに映った。とはいえ、ここにあるのはただの肉塊であり、抜け殻だ。愛莉衣の魂はすでに消滅している。

スッと手を伸ばし、そっと愛莉衣の頬に触れてみた。あのときと同じくらい、いや、あのときよりもさらに冷たく感じた。

愛莉衣の死因はオーバードーズだった。彼女は風邪薬を過剰摂取した結果、帰らぬ人となった。ふだん、愛莉衣はそういうものに手を出さなかった。煙草すら身体に悪いからと、つまらないことを言って敬遠していたくらいだ。

そんな彼女がトリップを求めたのは、現実を受け入れられなかったからだろう。

あの日、彼女が贔屓《ひいき》にしていたホストが歌舞伎町から消えていたことを、七瀬は後日知った。

そのホストには、よくないスジからの多額の借金があったらしい。そこでキリトリから逃れるため、行方をくらませていたものの、あの日、居場所が取り立て人に知られてしまったのだという。噂によると、誕生日だからと、店側が大々的にバースデーパーティーを喧伝したことが仇となったそうだ。

そうして、危険を察知した彼は歌舞伎町から姿を消した。自分の愛する恋人を連れて――。

これを知った愛莉衣は絶望し、そして死んだ。

自殺だったのか、それとも事故だったのか、それは未だわからない。

いずれにせよ、無様な死に方だ。実に安い命だ。

「けど愛莉衣、あんた、これでママに会えるかもね」

自分らしくもない言葉を残し、七瀬は踵《きびす》を返して斎場を出た。

すぐそこに傘立てがあり、いくつもの傘が収まっていた。誰のものか知らないが、そこからランダムに一本抜き取った。

傘を広げようとしたところで、「ようやく見つけた」と震えた声が背中に降り掛かった。振り返ると喪服姿の辻篤郎が立っていた。

「頼む。頼むから返してくれ」血走った目で言われた。

「うざい」七瀬は突っぱね、身を翻《ひるがえ》した。

あの日以来、この男と会うのは初めてだ。

「なあ、七瀬ちゃん」後ろからガッと肩を摑んできた。「財布もリュックもいらない。けどお願いだから、スマホとパソコンだけは返してくれ」

「放せよ」

「本当にシャレにならないことになるんだ。もしも紛失したなんてことが藤原代表にバレたら、ぼくは殺されるかもしれない」

「いいじゃん。死ねよ」

「……」

「若い子を救う団体の副代表がさ、少女のパンツでシコってんだから世話ないよね」

辻の顔は青ざめている。

「ホームページのあんたのプロフィール欄に、趣味は盗撮ですって、ちゃんと書いておきなよ」

七瀬は歩き出した。

すると辻が後を追ってきた。

「き、きみの身だって危険なんだ。これは脅しじゃないよ。我々の背後にはどれだけ大きな組織が構えているか、子どもにはわからないだろうけど、本当に怖い人たちが——」

七瀬は振り向きざまに、辻の顔面に傘を打ちつけた。

不意打ちを食らった彼は両手で顔を覆い、腰をくの字に折った。そうして無防備となった後頭部に、七瀬はまたも傘を振り下ろした。辻がたまらず地面に膝をつく。

そこから徹底的に辻を痛めつけた。七瀬は何度も、何度も、傘を振り下ろした。

ひしゃげた傘を投げ捨て、七瀬は再び歩き出した。周囲の人々が恐怖の眼差しでこちらを見ている。

ポケットに両手を突っ込み、冷たい雨に打たれながら歌舞伎町へ向かった。

前髪から滴《したた》る雨水がうっとうしい。往来する人の中で、傘を差していないのは七瀬だけだ。

濡れそぼった新宿の街並みはうらさみしく、どこか病的な感じがした。そのせいか、いつになく足が重たかった。この心と同様に。

愛莉衣が死んで以来、七瀬の中で様々な感情がない混ぜになっていて、激しい渦ができていた。

そのため、今自分がどういう精神状態にあるのか、七瀬自身もよくわからない。

――なあちゃんはやっぱり今日も可愛い。

ふいに愛莉衣の声が蘇り、七瀬は足を止めた。

――うち、なあちゃんのこと好き。すごくすごく大好き。

――強がってても独りはさみしいんだよ。誰だって、人は一人じゃ生きていけないんだよ。

――うち、バカだし、だらしない女だけど、なあちゃんに友達だって思ってもらいたいんだ。

――なあちゃんはうちの親友だよ。だから一生、うちの友達でいてよね。

天を仰いだ。ビル群の隙間から覗く灰色の空は、どこまでも空虚だった。

ふいに視界が滲み、景色がぼやけた。

雨が目に入ったのではなかった。

七瀬は人差し指で目を拭った。

そのとき、わかった。

愛莉衣は自分にとって、とても大切な人だった。


歌舞伎町に戻ってから、カプセルホテルで泥のように眠った。

目覚めておもてに出ると、雨は止んでいて、夜空には淡い三日月が浮かんでいた。

あの日から何も食べていないが、空腹感はなかった。だが、今夜はラーメンを食おうと思った。

七瀬のお気に入りで、愛莉衣とも一緒に訪れていた店だ。

道すがら、はからずもトー横広場の前を通った。そこには、ふだんとなんら変わらぬ光景があった。バカ共がいつものようにバカ騒ぎをしている。

素通りしようとすると、「七瀬」とショウに声を掛けられ、手招きされた。

このガリ勉少年は、親に発見されてしまい、一旦は家に連れ戻されたものの、またすぐに歌舞伎町に舞い戻ってきた。

広場から少し離れた場所に移動したところで、七瀬は煙草に火を点け、「なんか用?」と訊ねた。

「……愛莉衣のことなんだけど」

そう言ったきり彼は黙り込んでしまった。目を左右に逸らし、何か言い淀んでいる。

「こっちもヒマじゃないんだけど」

苛立ちを露わにすると、彼は意を決したように口を開いた。

「今からする話は、ぼくから聞いたって、絶対に誰にも言わないでほしい」

七瀬は彼を斜めから見た。

「あの日の夜——」

そんなふうに切り出したショウの話は、聞き捨てならないものだった。

あの日、愛莉衣はひどく憔悴《しょうすい》した様子でトー横広場にやってきたという。そして彼女は自らオーバードーズを求め、仲間から分け与えてもらった風邪薬を一気に飲み込んだ。

すると数十分後、愛莉衣は倒れるように路上に寝転んだ。声を掛けても返事はなく、虚ろな目で一点を見つめていたという。

やがて彼女が口から泡を吹き出し始めたところで、仲間たちは慌てた。

病院に運び込もうと、みなが口々に言った。

しかし、そんな中、ユタカがボソッとこうささやいた。

——そのうち起きるんじゃねえの。このまま放置しとこうぜ。

七瀬の咥える煙草の先端から、灰がポロッと剝がれ落ちた。

「ユタカがどういう意図があって、そういう発言をしたのかはわからないけど、結局、みんな彼の言うことに従ってしまって……実はぼく、今日こっそりと愛莉衣の葬儀に行ったんだ。そのとき、愛莉衣の顔を見て、ぼくは……ぼくたちは……なんてことをしてしまったんだって……」

ショウは半ベソを搔いていた。

「へえ。後悔してるんだ」

「……うん。心から悔いてる」

「遅えよ」

「……」

「おまえら全員、人殺しだよ」

七瀬は煙草を踏み潰し、やにわに歩き出した。すぐそこで騒ぎ立てているユタカたちのグループのもとへ、一直線に歩を進めて行く。

「この野郎」と、勢いに任せて七瀬はユタカの胸ぐらを摑んだ。「おまえ、よくも愛莉衣を見殺しにしやがったな」

「な、なんだよ。いきなり」

ユタカは泡を食っている。周りの者も動揺していた。

「うざったいヤツが消えてくれて満足か。借りた金も返さなくて済むしな」

「お、おれが何したってんだよ」

「放置しとこうだ？　ふざけやがって」

「……」

「あのまま放っておいたら、どうなるかくらい誰でもわかるだろ。ああっ」

ユタカが視線を逸らした。

「おまえ、まさか、愛莉衣に多めに薬を盛ったんじゃねえだろうな。こうなることを期待してありえねえ量を飲ませたんじゃねえだろうな」

ユタカの唇が震え出した。

「図星か？　おい、なんとか言えよ」

「……べ、別に、警察に言われたところで、罪に問われねえし」

七瀬は自身の顔を、ユタカの顔にグッと近づけた。目を剝いて睨みつける。

「おまえ、覚悟しとけよ」

絶対にぶっ殺してやる——胸の中で誓った。

七瀬は突き飛ばすようにしてユタカから手を離し、大股で広場をあとにした。

予定変更だ。ラーメン屋に行く前にコディに会おう。

七瀬は東通りに向かい、そこで彼を捉まえた。コディはファー付きのロングコートを羽織り、耳当てのついた可愛らしいニット帽を被っていた。

「ナナセ、ダメダメ。ムリムリ」

殺し屋を手配してほしい、と伝えたところ、コディは真っ白な歯を覗かせて笑い、かぶりを振った。

「どうして？　あたし、ちゃんと金は払うよ。ほら、ここに百万あるし」

矢島から受け取った封筒を揺すってみせた。

「これで足りないならもっと出してもいい。あとで必ず払うから」

「ノーノー」と、両の手の平を突き出される。「オカネモラッテモ、ソンナコトデキマセンネ」

「それは物理的にできないってこと？　やりたくないってこと？　どっち？」

「サイショデス。ワタシ、ソウイウコワイシゴトハデキマセン」

「嘘でしょ。ほんとはできるでしょ」

そう迫ると、コディは再びかぶりを振った。

「ワタシ、ウソツキジャアリマセン。デキナイモノハデキマセン」

できるんだな、と確信した。

「ナナセ、ヒトコロシタライケナイデス。コワイ、コワイ」

「ねえ、ナディアって言ったっけ？　コディの死んだ娘」

「ハイ」

「似てるんでしょ。その子とあたし。それなのに頼まれてくれないんだ」

コディが苦笑する。「ニテテモダメ」

「使えないいね。あんた」

コディに背を向け、歩き出した。すると、「ナナセ」と声が追いかけてきた。

足を止める。

「ハヤマラナイデ。ワタシカラオネガイ」

七瀬は再び歩き出した。

東通りを離れ、風林会館近くのラーメン屋の暖簾をくぐった。小汚く、狭い店だがスープに独特の臭みがあってクセになるのだ。七瀬は小腹が空いたらよくこの店を訪れていた。そんな七瀬にたまについてきた愛莉衣はここのラーメンが苦手で、いつも餃子だけをつまんでいた。一方、七瀬はその餃子が苦手だった。

「ラーメン。それと餃子」

カウンターに座り、厨房にいる五十絡みの男の店主に告げる。この店は彼が一人で切り盛りしていた。

「お、餃子もかい。めずらしいね」

店主が親しげに言った。歌舞伎町に来て以来、通いつづけているので、自然と口を利く間柄になった。

「ちょっと前、トー横キッズの女の子が死んじゃったんだってな。七瀬ちゃんも気をつけろよ」

なるほど、彼はそれが愛莉衣だと知らないのか。知らせようかと思ったが、やめておいた。

「あ、そういえば昨日颯太くんが来てさ、最近七瀬ちゃんは店に来てるのかって訊かれたよ」

この店で颯太と初めて出会い、以来彼とは頻繁にここで顔を合わせていた。なぜかいつも鉢合わせになるのだ。

「あいつのことはどうでもいい」

「あれ、喧嘩でもしたの？」

「喧嘩っていうか、縁を切った」

そう告げると、店主は二回洟をすすり、「まあ、彼も稼業の人だからね」と独り言《ご》ちた。

ほどなくして「お待ち」と、ラーメンと餃子が同時に出された。

酢を手に取り、ぐるっと一周させてラーメンに垂らす。

割り箸を手に取り、麺をすすり始めると、聞き覚えのある女の声が聞こえてきた。

店の隅に置かれている小さなテレビからだった。

画面には喪服姿の藤原悦子の姿があった。背景には今朝訪れた斎場が映っている。これはニュース番組のようだ。

藤原の頭上は黒い傘で覆われていた。傘を手にしているのは彼女の傍らに立つ辻篤郎だ。彼の瞼《まぶた》は痛々しく腫れ上がっていた。七瀬が殴りつけたからだろう。

「若く、尊い命が、このような悲しい運命をたどることになってしまいました」

藤原がハンカチを目に当てて、仰々しく言った。

「彼女は身体を売り、その日暮らしをしておりました。唯一の楽しみといえば、ホストクラブで散財すること。彼女はそんな生活を繰り返す中で、次第に心を病み、結果、この世を去ってしまったのです。はたして、これは彼女だけの責任なのでしょうか。自業自得だと切り捨てていいのでしょうか。わたしはPYPの代表としてこう思うのです。彼女が欲していたのは、きっと愛情だったのだろうと。たとえ束の間の幻想だとしても、彼女にとってそれを実感できる場所はホストクラブ以外になかったのです」

藤原はカメラに向けて、身振り手振りで熱く訴えている。

「まっとうな生活を送れない少女が夜の繁華街へ来て、ホストクラブに通うために身体を売る。はたまた少年は、日銭を稼ぐために闇バイトなんてものに簡単に手を出してしまう。これらすべて、悪い大人が仕向けていることではありませんか。世の中の搾取構造の底辺に置かれるのは、いつだっていたいけな十代の子たちなのです。わたしたちPYPは、そうした恵まれない少年少女を一人でも救えるよう、地道に活動を行っています。どうかそんなわたしたちに――」

クソババアが――。七瀬の持つ割り箸が折れた。

この女も許さない。ぶっ潰してやる。

七瀬は本日二回目の誓いを立てた。

二〇一九年十二月十一日

愛莉衣が歌舞伎町から消えて二週間が経った。十二月も半ばとなり、もうすぐ二〇一九年が終幕を迎える。

この街で過ごす初めての冬は、想像とはちがい、寒かった。七瀬は東京はもっと暖かいものだと勝手に思っていた。湖で氷上穴釣りができるほどの極寒の地域で生まれ育ったので、寒さには慣れているはずなのに、結構しんどい。

それと眩しいのも嫌だった。これは比喩ではなく、実際に目が痛いのだ。商業施設は競うように派手なネオンのイルミネーションを施し、路地に立つ木々にもこれでもかとＬＥＤが巻き付けられている。だからどこを見ても目がチカチカして休まらない。

そんな街全体がクリスマスムードの中、トー横広場には毎晩のようにサンタクロースたちが押しかけていた。

その正体はＰＹＰの連中だった。誰のアイディアか知らないが、ボランティアスタッフはみな、真っ赤なサンタの仮装をして——これまた帽子にＰＹＰのロゴが描かれていてクソダサい——炊き出しを行っているのだ。そんな彼らの活動を報じるべく、多くのマスコミも連日のようにやってきていた。

愛莉衣の死はメディアで大きく取り扱われ、これによってＰＹＰはより一層、世に知られることになったのだ。

そしてこれを境に、ＰＹＰは少年少女を救う活動と並行して、ＳＯＧＩＥＳＣ理解増進法案とやらを喧伝し始めた。代表の藤原悦子は、「性的マイノリティの方々が生きやすい社会こそが世界平和の印なのです」と、声を嗄《か》らしてやまない。

そんな藤原は、今この瞬間もトー横広場の隅でマスコミに囲まれ、マイクを向けられていた。遠巻きに眺めても饒舌《じょうぜつ》なのがわかった。

七瀬は吸っていた煙草を踏み潰し、その集団に近寄って行った。そのままマスコミの輪の中に分け入り、「藤原代表、よかったですね。愛莉衣のおかげで有名人になれて」と、野次を飛ばした。

一瞬、顔を引き攣らせた藤原だったが、すぐに取り繕い、「ちょっとごめんなさい。すぐ戻ります」と、マスコミに断ってから、七瀬の腕を摑んでその場を離れた。

そのまま人目のつかない路地裏まで連れて行かれ、建物の壁にドンと押しつけられた。

「あなた、いったいなんのつもり」と、藤原は鬼の形相で迫ってくる。「ちゃんと辻のことはケジメをつけたでしょう」

先週、辻篤郎はＰＹＰをクビになったらしい。どういう経緯でそうなったのかは知らないが、おそらくあの男がバカ正直に失態を告白したのだろう。

「これ以上、何を求めてるのよ。口止め料でもほしいわけ？」

「金なんか要らない」

「じゃあなんなのよ」

「あんたがムカつく。ただそれだけ」

この女は愛莉衣の死を利用した。涙しながら、ほくそ笑んでいた。

友の命を冒瀆《ぼうとく》した罪は必ず償わせてやる。

「きっとあんたにとってさ、愛莉衣の死は願ってもなかったことだよね」

「そんなはずがないでしょう。悲しみに暮れているに決まってるじゃない」

「いいから、そういうの。あんたの正体なんてハナっから見抜いてるから」

「わたしの正体って何よ」

「ゲスババア」

藤原が目を剝いた。だがやがて、口の片端を吊り上げた。

「愛莉衣ちゃんの死が願ってもなかったかって？　じゃあ本音を言ってあげる。僥倖《ぎょうこう》ってとこね」

「ギョーコウ？」

「ラッキーだってこと」

「……」

「どう、これで満足でしょ」藤原が微笑みかけてくる。「わたしね、いつも我慢してるの。いったい何にだと思う？」

七瀬が答えずにいると、藤原は語を継いだ。

「答えは、あなたたちトー横キッズの存在に。わたし、甘ったれたガキ共を見てると虫唾《むしず》が走るのよ。あなたたちって、生きててもなんの価値もないゴミだから。その自覚ある？」

七瀬は鼻を鳴らして、煙草に火を点けた。

「あるよ。十分」

「そう。それはなにより」と、藤原は鷹揚に頷いた。「言っとくけど、わたしはこんなちんけな団体の代表なんかで終わるつもりなんてないから。ここから一気にのし上がるわよ。今に見ておきなさい。近い将来、藤原悦子は名実ともに――」

肺に溜め込んだ煙を藤原の顔面に吹きつけ、言葉を遮った。

「あんたこそ、今に見てろよ。ＰＹＰごと葬ってやるからな」

そう宣言すると、藤原がアハハハと声高に笑った。

「笑えるうちに笑っておけよ。いつかあんたの喉を掻っ切ってやる」

「あなたみたいな小娘にできるかしらねえ。知らないだろうけど、わたしって有事にとっても強いのよ。お子ちゃまにはわからない、大人には大人の対処法ってのがあるの――それじゃあね」

藤原は勝ち誇ったように言って、身を翻した。

だが、数歩進んだところで足を止めた。

「最後の忠告。これ以上、わたしの邪魔をしたらただじゃおかないよ」

彼女は振り返らずに言い、去って行った。

その背中を七瀬は凝視した。

藤原の余裕綽々《しゃくしゃく》な態度が気に食わないし、解《げ》せなかった。

辻がクビになったということは、あの男のノートパソコンとスマートフォンが七瀬に奪われたことも当然、藤原は知っているはずだ。にも拘《かか》わらず、あの強気な態度はなんなのか。

もしや、あの中に入っていたデータは取るに足らないものだったのだろうか。

いいや、絶対にそんなことはない。実際に矢島は想像以上の収穫だと話していたし、辻だって激しく焦っていた。

となると、藤原は七瀬が営利目的で窃盗したものと考えているのかもしれない。その中身ではなく、物品自体を狙ったとして認識している可能性もある。

ここまで考えて、七瀬はふいに息を呑んだ。

——大人には大人の対処法ってのがあるの。

最悪な想像が脳を過《よぎ》った。

スマホを取り出し、矢島に電話を掛けた。コール音が鳴る。十秒、二十秒、矢島は応答しなかった。

舌打ちした。《折り返しちょうだい》ショートメールを打っておいた。

七瀬は路地裏をあとにし、雑踏の中に身を投じた。うざったいクリスマスイルミネーションの光に晒《さら》されながら、改めて思考を巡らせる。

矢島は以前、辻から奪ったデータは依頼主に渡すと言っていた。そしてその依頼主がメディアを通して、ＰＹＰの不正行為及び悪しき実態を暴く算段であると、そのように語っていた。そうしてPYP、ひいてはK党の目論見――SOGIESC理解増進法案――を潰すことが最大の目的だったはずだ。

ただし、これは依頼主の目的であって、矢島のではない。

はたして矢島はデータをきちんと依頼主に渡したのだろうか。

もしかしたら矢島は依頼主を裏切り、PYPに寝返ったのではないか。

矢島は義理人情など持たない、利に聡いタイプのヤクザだ。サチの言う「任俠道を行く男伊達」などとはもっとも遠い場所に位置しているだろう。

矢島は新大久保の韓国料理屋で、辻のノートパソコンの中を探索していた際、「おいおい。マジかよ」と、目を丸くしてつぶやいていた。

あれが何を指していたのかはわからないが、おそらくは驚愕の事実を発見したのだろう。

後に彼は考えた。はたしてどちらと手を組む方が自分にとって得なのか。

損得勘定の結果、あのヤクザはPYPに接触を図り、交渉を持ちかけ、そして寝返った――。

信じたくはないが、さもありなんと思った。そうでなければ先ほどの藤原の言動と整合性が取れない。データが流出することはないとタカを括っているからこそ、あのような余裕の構えだったのだ。

考えれば考えるほど、それが正しい気がしてきた。

でも、大丈夫。七瀬は自分に言い聞かせた。あたしには辻のスマホがある。いざとなれば自ら動けばいいのだ。

花道通りに入ったところで、「お嬢ちゃん。ストップだ」と、知った声に呼び止められた。声の主は刑事の小松崎だった。飯でも食ってきたのか、爪楊枝を咥えている。

「ったく、まだ歌舞伎町をうろついてんのか」

「いけない？」

「ああ、いけないいな。早いところ家に帰れ」

「ないよ、そんなもの」

「そうか、お嬢ちゃんは家なき子だったな」小松崎は苦笑している。「ところで、ちょっと前に亡くなったトー横キッズの女の子は友達か」

七瀬は答えなかった。

「お嬢ちゃんはまちがっても手を出すなよ」

「何に？」

「オーバードーズってやつにさ」

「大丈夫。体質に合わなかったから」

「経験済みかい」

呆れたように言われた。

「ねえ、死にかけてる人を見殺しにしたら罪になんの？」

七瀬が訊ねると、小松崎は眉をひそめた。

「いきなりなんだ？　なんでそんなことを訊く」

「なんかあったから訊くんだろう」

「別に」

「教えてくれないならいい」

七瀬が立ち去ろうとすると、「罪にならん」と、小松崎は言った。

「もちろん、そのときの状況にもよるがな。仮に死にかけてる状況にある者があかの他人だったとすれば助ける義務は法的にはない。不作為の罪に問われるのは保護責任者の立場にあるような――」

「わかった。もういい」七瀬は歩き出した。

「質問しといてそれかい」背中の方で小松崎の嘆きが聞こえた。

七瀬はふいに立ち止まり、振り返った。

「ねえ、ピストル持ってるよね」

小松崎の目が一瞬、丸くなった。

「今は携帯してない。常に拳銃を持ち歩いてるのはドラマの中の刑事だけだ」

「でも持ってんでしょ」

「ああ」

「じゃあ、今度貸してよ」

冗談と捉えたのか、小松崎は肩を揺すって笑った。

七瀬は身を翻し、再び歩き始めた。

ユタカには最大の罰――極刑を下さねばならない。噂によれば、愛莉衣が死んだとわかったとき、あのクソガキは「ざまあ」と嘲笑《あざわら》ったらしい。

藤原悦子にああは言ったものの、結局のところあの女は社会的抹殺にとどめるほかないと思うが、ユタカはそれでは済まさない。文字通り息の根を止めてやる。

そう思うと、自分にはやらねばならないことがたくさんある。

七瀬は小さくため息をついた。愛莉衣が死んだことで、自分には生きる目的ができてしまった。暇を持て余していた日々が遠い過去のように感じる。

それから七瀬はコディのもとへ向かい、いつものようにコカインを買い求めた。今回は七瀬が物騒な相談をしてこなかったからだろう、コディはホッとしている様子だった。去り際、バカでかい手で、「イイコイイコ」と、頭を撫でられた。

一方、次に訪れた『きらり』ではサチにさめざめと泣かれてしまった。七瀬がトマトジュースを舐めながら、人を殺すつもりだと語ったからだ。

理由を訊かれたので、七瀬が正直に答えると、「気持ちはよおくわかるよ」と、サチは理解を示してくれた。

だが、そのあとに「けどね」とつづいた。

「何も殺《や》っちまうこたあないさ。たとえその小僧の命を奪ったところで、お友達が蘇るでも、あんたが救われるわけでもないだろう」

救われなくて結構。七瀬にはそれをする十分な理由があり、それがすべてだ。

その後も頑なに考えを改めない七瀬を前にして、サチは次第に目を潤ませた。そして、人の命を奪うと深い悔恨に苛まれるのだと、そんな道徳を涙ながらに説いてきた。

七瀬は話を一方的に切り上げて、店をあとにした。

サチにも、コディにもうんざりだった。二人とも道を踏み外した犯罪者のくせに、まっとうなことばかり吐《ぬ》かすからだ。

七瀬が聞きたいのはそんな説教ではなく、人を殺す具体的な方法だ。

こんなムカムカした夜は眠れないだろうと思ったが、そんなことはなかった。カプセルホテルに入り、ベッドに横になったらすぐに意識を失った。

夢を見ていた。

となりに愛莉衣がいた。自分たちはトー横広場に座り込み、いつものようにダベっていた。

何がおかしいのか、愛莉衣はずっと笑っていた。七瀬もつられて笑った。

わけもわからず、自分たちは笑い合っていた。

そんな悲しい夢だった。


七瀬が目覚めたのは翌日の昼下がりだった。十二時間以上眠ったことになるが、まだ寝足りない感じがあった。

思えば愛莉衣が死んで以来、ぐっすり眠れた日はなかった。

シャワーを浴びてからホテルをあとにした。今日は空気が澄んでいて、空が高かった。周囲のビルの窓が降り注ぐ陽光を跳ね返している。

七瀬はスマホを耳に当てた。発信先は矢島だ。夜中に二回、彼から折り返しの着信が入っていたのだ。

応答した矢島に対し、七瀬は単刀直入に質問をぶつけた。

依頼主を裏切り、ＰＹＰに寝返ったのか、と。

〈まあ、そういうことだ〉

彼はあっさり認めた。悪びれる様子もない。

〈先を見据えた結果、その方が得が多いと踏んだもんでな〉

「じゃあこの先、ＰＹＰが潰れることはないってこと？」

〈そういうことだ〉

「それ、やなんだけど」

〈ん？　どういう意味だ〉

「そのまま。あたしはＰＹＰをぶっ壊したいの。なんとしてもね」

矢島は虚を衝かれたのか、一瞬言葉を失っていた。

〈わからんな。おまえにとっちゃ、ＰＹＰなんざどうでもいい連中だったはずだろう。それがなぜ、いきなりそうなった〉

「愛莉衣の死を利用したから」

〈利用した？〉

「藤原のババアは愛莉衣が死んでラッキーだと思ったんだってさ」

そう答えると、矢島はクックックと低い声で笑った。

〈おい七瀬、らしくないじゃないか。おまえはいつからそんなおセンチなことを――〉

「いいからとっととあいつらを潰せよっ」

七瀬は大声で叫んだ。そばにいたサラリーマンが弾かれたように肩をビクつかせていた。

〈結論から言う。不可能だ。なぜならおれにはそうするメリットがない〉

冷静に告げられた。

「あっそ。わかった。あんたがやらないならあたしがやるからいい」

そう言い返すと、矢島はしばらく黙り込んだ。

〈七瀬、おまえが誰に何を訴えたところで、証拠がなければ無意味だ。ＰＹＰは痛くも痒《かゆ》くもないぞ〉

「あるよ。証拠。あんたが持ってるデータとまったく同じものをあたしも持ってる」

〈どういうことだ〉

「辻のスマホ、どこにあると思う？」

〈……まさか〉

「そう。あたしが持ってる。何かあったときのための保険としてあんたに渡さなかったわけ。まさかこんな形で役に立つとはね」

矢島は再び黙り込んだ。

〈残念だが、すでに辻のスマホの中のデータは消えてるぞ〉

「心配無用。全部、あたしのスマホに移し替えてあるから」

長い沈黙が訪れた。どこかでプーッと車のクラクションが鳴り、それに対して「やかましい」と怒鳴り声が上がる。

〈どのデータがPYPの弱みかなど、おまえに判別できるのか?〉

「できないよ。だからできる人を見つけて、世間に公表してもらう。それこそ、あんたのもとの依頼主とかね」

電話の向こうで矢島が息を吞んだのがわかった。

「言っとくけどあたし、とことんやるから」

今度は深いため息が聞こえた。

〈七瀬、悪いことは言わない。よせ〉

「イヤだ」

〈シャレにならないことになるぞ。おれを怒らせるな。おれはおまえを気に入っているんだ〉

七瀬は鼻を鳴らした。「あたしがそんな脅しに屈すると思うんだ。ナメられたもんだね」

ヤクザがなんだというのか。もとより自分には怖いものなどない。

〈七瀬、本気でおれと決別するつもりか〉

「だからそうだって言ってんだろ」

〈そうか。なら、覚悟しとけ〉

「上等だよ」

七瀬は電話を切った。そのまま電源も落とした。

今後、自分は狙われることになるだろう。おそらく矢島は配下を使って七瀬を探させるはずだ。となるとしばらく歌舞伎町から離れ、どこかに身を潜めた方がいいだろうか。

いや、なぜ自分がそんなことをしなければならないのか。逃げる必要などない。大手を振って歌舞伎町を闊歩《かっぽ》していればいいのだ。逆に人目がある場所の方が奴らだって手出しできないはずだ。

そう決めて、七瀬はいつものラーメン屋に向かった。喧嘩をすると決まったら、猛烈な空腹感に襲われたのだ。腹が減ってはなんたらとかいうやつだろうか。

風林会館の前を通ると、種々雑多な構成の外国人観光客の団体と出くわした。全員がスマホを手にして、忙《せわ》しなく写真を撮っている。極東の小さな島国の歓楽街は、彼らの目にどう映っているのだろう。

店に到着し、暖簾をくぐると、「お、七瀬ちゃん。いらっしゃい」と大将の威勢のいい声が飛んだ。

昼下がりの時間帯だからか、店内はめずらしく混んでいた。客は七瀬以外は全員が男で、現場仕事風の者が多い。きっとあの巨大な高層ビルを造っている作業員たちだ。

七瀬はラーメンと餃子を頼み、カウンターに頬杖をついて、隅に置かれているテレビを眺めた。ニュース番組が映されていて、真面目ぶった大人たちがああだこうだと議論を交わしている。

それによると、何やら中国の武漢という場所で新種の病原菌が発見されたらしい。まったく興味がないので、すぐに別のことを考えた。

自分の持っているPYPの裏データを、こうしてテレビなんかに取り扱ってもらえたら最高だ。そうすれば奴らは一巻の終わりだろう。テレビが無理だったらネットでもなんでもいい。とにかく火を点けて炎上させてやるのだ。

もっとも、着火係は慎重に選定しなければならない。

トー横広場を訪れているマスコミたちにでも声を掛けてみようか。一瞬、そんなアイディアが思い浮かんだが、すぐにやめようと思い直した。

あの連中はPYPの息が掛かっている可能性がある。そんな奴らに大切な情報を持ち込んで、握りつぶされてはたまらない。

新聞社や雑誌なんかを頼ってもそのリスクはあるし、そもそも伝手がないので、自分には連絡手段がない。だいいち十五歳の小娘のタレコミなど、まともに取り扱ってくれないだろう。

だとすると、告発系ユーチューバーなんかがいいのかもしれない。案外その方が手っ取り早く、世間に情報が拡散される気がする。しかし、それはそれで告発に信憑性が伴うだろうか。

やっぱり、矢島のもとの依頼主を見つけ出すほかないだろうか。だが、どうやって探せばいい。奇跡的に探し当てたとしても、そいつらもまた信用が置けない。ヤクザを頼るような連中なのだ。

七瀬は鼻から息を吐きだした。意外と協力者の人選が厄介だ。どいつもこいつも、絶対的な信用がない。

結局、信じられるのは己のみ——。

七瀬はスマホを取り出し、電源を入れた。そして辻のスマホから転送したデータファイルの中から適当に一つを選び、開いてみた。

今日の今日まで矢島が動いてくれるものと信じ、これらのデータと向き合ってこなかったが、やっぱりまずは自分自身がＰＹＰの弱みを正確に知ることの方が先決だ。いったいどのデータのどの部分が奴らにとって、世間に知られたくないものなのか、これをなんとなくではなく、正しく認識する必要がある。

七瀬がスマホと睨めっこしていると、「このおっかねえウイルス、きっとそのうち日本にもくるぜ」と、となりのおっさんが発言をした。

一瞬、自分が話しかけられたのかと思い、七瀬は横目を使った。するとおっさんは箸を止め、眉根を寄せてテレビに見入っていた。

「まさかこないっしょ」と、軽く言ったのはおっさんのツレの若い男だ。

彼らは同じ社名が入った作業着を纏っている。

「わかんないぜ。だってほら、鳥インフルだって、アジアの国のどっかから始まって、あっというまに世界中に広がったべ」

「いや、それも知らないッスけど。ゆっても、ちょっと厄介な風邪みたいなもんでしょ」

「だといいけどな。おれ、なんか嫌な予感がすんだわ。とんでもなくやべえウイルスなんじゃねえかって」

「ふうん。もしそんなヤバいウイルスなら、むしろ広がってくれた方がおれ的にはいいっスけどね」

「なんでだよ」

「仕事が休みになるかもしれないじゃないっスか」

そんな会話を交わす二人に、「お客さんたち、あのビル造ってるの?」と、厨房にいる大将が話しかけた。

「そう。歌舞伎町タワーね」若い方が答えた。

「あ、ついに名前決まったんだ」

「いや、まだっスけど、自分たちはそう呼んでます。きっとそれしかねえだろうって」

「まあ、そうだよねえ。歌舞伎町の中にあんだから。で、あれはいつくらいにできんのよ」

「さあ。竣工の予定は二〇二三年らしいですけど、自分たちはよくわかんないっス。孫請けの末端なもんで」

「そう。おれなんかは首を長くして完成を楽しみにしてるんだけどね」

「どうしてですか」

「どうしてって、そりゃうれしいじゃない。誇らしいっていうかさ」

「へえ」

ここで店のドアがガラガラッと、派手な音を立てて開かれた。

そこに立っていたのは颯太だった。走ってきたのか、激しく息を切らしている。

颯太は七瀬を認め、「いた」と、つぶやいてから、ズカズカと一直線に向かってきた。

「おい、ちょっと付き合えよ」

肩に置かれた手を七瀬は振り払った。

「おまえ、いったい何をやらかしたんだ」

その発言で、七瀬は颯太がやってきた目的を察した。さすがにあのヤクザは仕事が早いようだ。

「矢島にあたしを連れてこいって命令されたんだ？」

「カシラを呼び捨てにすんじゃねえっ」颯太が平手でカウンターテーブルを叩く。「ああ、そうだ。カシラがおまえのガラを捕らえろって。いったいおまえとカシラとの間で何が――」

「ちょっと颯太くん。店の中で騒がれると困るよ」と、大将が厨房から苦言を呈した。

周りの客たちはチンピラ風の男と揉めたくないのか、みな俯き、機械的に箸を動かしている。

「見てわからない？　あたし、今から飯食うの。うざいから消えて」

「ふざけんなっ」

「矢島に伝えといて。尻尾を振る相手をまちがえたねって」

「このアマ。その辺にしとけよ」颯太が胸ぐらを摑んできた。「何があったか知らねえが、おれの尊敬するカシラを愚弄するなら容赦しねえぞ」

「ねえ颯太くん。頼むよ。いい加減にしてくれよ」

「うるせえっ。すっこんでろっ」

「すっこんでろだと」

大将の目つきと口調がガラッと変わった。

「こちとら三十年歌舞伎町で商売やってんだ。ヤクザだろうが警察だろうが、店ん中で勝手な真似はさせねえぞ」

「話に入ってくんじゃねえ。ぶっ殺されてえのか」

「ぶっ殺すだ？　おお、おお、やれるもんならやってみろ。てめえみたいなひよっこに凄まれたところでまったく怖かねえぞ」

「誰がひよっこだこの野郎」

大将が勢いよく厨房から出てきた。その手にはゴツい包丁が握られている。それを見て、カウンターに座っていた客たちが一斉に立ち上がり、距離を取った。

「おうチンピラ。ラーメン屋をナメるんじゃねえぞ――七瀬ちゃんも今日は帰ってくれ」

大将が顎をしゃくって言った。彼の手の中の包丁の切っ先は、颯太の鼻先に向けられている。

さすがにビビったのか、颯太は顔面蒼白で、壁を背にして固まっていた。

七瀬はそんな颯太に向けて、「あんたのせいで飯を食い損ねただろうが」と、文句を言い、店を出た。

さて、これからどこへ行こうか。飯はもういい。颯太のせいで食欲が失せてしまった。

とりあえず落ち着いてスマホを眺められる場所がいい。辻から奪ったデータを自分なりに吟味するのだ。

となるとネットカフェくらいしかないか。

そうして七瀬が花道通りを歩いていると、「あ、七瀬」と、前方から知った顔の女が二人、駆け寄ってきた。トー横キッズのアミとモカだった。

「今ヤクザみたいな奴らがうちらのとこきて、七瀬のことを見かけなかったかって訊いてきたけど、なにかあったの？」

「戦争中なの」

七瀬は一言そう言い、踵を返し、進路を変更した。ネットカフェはやめた。きっとこちらが行きそうな場所には、漏れなく矢島の配下がやってくることだろう。たとえ奴らに見つかったとて、その場で攫《さら》われはしないだろうが面倒にはちがいない。

そうなってくると、自分が歌舞伎町の中で身を落ち着けられる場所は『きらり』しかない。あそこならまず見つかる心配はないだろう。

だが、昨夜の一件があるのでサチを頼りづらかった。七瀬はサチを邪険にして、別れの挨拶もせずに店を出てしまったのだ。

仕方ない。自腹で手土産を持っていくか。

七瀬は東通りに向かった。

二日連続でやってきたからか、コディはギョロッとした目で七瀬を見据え、「ヤリスギダメデスネ」と、注意してきた。麻薬の売人が客の身体を気遣うのだからおかしな話だ。

「何べん言えばわかるの。あたしは一回もやってないって」

「アヤシイデスネ」

「ほんとだって。いいから早く売ってよ。こっちは急いでんの」

七瀬はそう言って周囲に目を配った。見渡すかぎり、追っ手はいなそうだ。

「ナゼイソイデルデスカ」

「あたし、今ヤクザに狙われてんの」

そう答えると、コディは唇を舐めて、真上から見下ろしてきた。七瀬は空を見上げるような格好になる。

「ソレハマジデスカ」

「うん。マジ」

「ウソジャアリマセンカ」

「本当だって。命の危険ってやつだよ」

コディの頬が波打っている。口の中で舌を動かしているのだ。

「デハヤッツケマショウ」

「は？」

「ワタシガコラシメテアゲマスネ」

「だから相手はヤクザだって。コディ、殺されちゃうよ」

そう言うと、コディは不敵に笑った。相変わらず歯が真っ白だ。

「ジャパニーズマフィアゼンゼンコワクナイデスネ。ワタシタチコワイナカマイッパイデスネ」

七瀬はコディの顔をまじまじと見上げた。すると彼はウインクをしてきた。

「この前は頼んでも断ってきたくせに」

「コノマエハネラワレテルトイッテマセンデシタ」

「へえ。あたしのピンチなら助けてくれるんだ」

「トーゼンデスネ。ワタシ、ナナセヲイジメルヒトユルシマセンネ」

コディはそう言って、バカでかい両手で七瀬の顔を包み込んできた。

「モウムスメヲウシナイタクナイデスネ」

勝手に娘にしてくれるなと思った。でも悪い気はしなかった。

「じゃあ、そのときが来たら頼らせてもらう。とりあえずブツをちょうだい」

七瀬が手の平を差し出すと、「サキニオカネクダサイ」と言われた。

娘相手でもきっちり金は取るらしい。

別れ際、コディは七瀬の頰にキスをしてきた。甘い香水と独特の体臭とが入り混じった匂いがした。

つづいてゴールデン街に向かった。晴れの昼間でも、この路地裏はジメッとしていて薄暗い。

巨大なネズミが二匹、七瀬の前を横切った。

『きらり』のドアを二回ノックし、「山」「海」の符号を交わした。サチはドアを開けるなり、七瀬を抱きしめてきた。こっちは老人臭が香った。

手土産を渡すと、サチは代金を渡してこようとしたので断った。

「そのかわり焼きうどんかなんか作ってよ。あたし腹減ってんの」

七瀬はカウンターに座って言った。やっぱり何か食べたい。

「あんた、年寄りをコキ使うとバチが当たるよ」

サチはそう言いながらもどこかうれしそうだった。

出された焼きうどんを食べながら、スマホを操作した。改めてデータファイルを開いてみる。

数字の表とむずかしい言葉の羅列にげんなりした。

「さっきからむずかしい顔して何を見てんだい」

「たぶん説明しても、さっちゃんにはわからないよ」

もっとも、自分にもやっぱりわからない。補助金やら助成金やら、本当にさっぱりだ。それぞれのファイル名にわかりやすく裏帳簿とでも書いといてくれたらいいのに。

それでも根気強く一つ一つのファイルを開き、隅々まで目を通していると、いくつかわかったことがあった。

それはＰＹＰがＮ財団というところから、多額の資金提供を受けていること、またそこに東京都知事の池村大蔵も関わっていること。

もしかしたらこれらが、矢島が漏らした「おいおい。マジかよ」なのかもしれない。

「そういえばさっちゃんの言ってた通りだったよ」

「何がさ」

「都知事の池村っておっさん、あれはたしかにペテン師だね」

「どっかで見たのかい」

「会って話した」

「七瀬が？　これまたどうして」

「あっちがあたしと話したかったんだって」

サチが肩をすくめる。七瀬が冗談を言ったと思ったのかもしれない。

「あんなのが総理大臣になっちまったら日本はいよいよ終わりだよ」

「総理大臣？」

「椅子を狙ってるんだとさ。公言はしてないらしいけどね。ただ、村重のジジイがそう話してたから本当だと思うよ」

池村の強欲そうなツラが頭に思い浮かんだ。仮にこの手元にあるデータによってＰＹＰが落ちぶれたら、池村も共に失墜するのだろうか。

「さっちゃん、命を狙われたことってある？」

ふいにそんな問いかけをしてみた。

「命？」

「そう」

サチは首をぽりぽりと掻き、「ないこともないけどね」と濁して答えた。

「あんたまさか、誰かにタマ狙われてんのかい」

「タマって。ヤクザみたいな言い方やめてよ」

「いいから。いったいどこのどいつだ？」

サチは真剣な眼差しで言った。

「別に誰にも狙われてないよ。ただ聞いてみただけ」

なんとなく話すのはやめた。昨夜みたいに説教を食らってはかなわないし、あまりこの老婆を面倒ごとに巻き込みたくない。

だがサチは、「正直に話しな。場合によっちゃ、あたしが出張《でば》ってやるから」と、しつこかった。

「だから大丈夫だって」

「遠慮をしてるとやられるよ。タマの取り合いは、やられる前にやるのが鉄則さ」

「さっちゃん、昨日と言ってることが全然違うじゃん」

「七瀬をやるってんなら話は別だってことだ。あたしゃ誰だろうが承知しないよ」

サチの白内障の目に、七瀬がこれまで見たことのない、怪しげな光が宿っていた。

そういえばサチはその昔、歌舞伎町のジャンヌ・ダルクと呼ばれ、その残忍さからヤクザにも恐れられていたと、村重の爺さんが話していた。そのときは冗談だと思ったのだが——。

「なるほどわかった。おまえに仕事を頼んだ矢島ってチンピラだろう。その小僧と揉めてるんだろう」

「あいつはチンピラじゃなくて、内藤組の若頭」

「あたしからすればチンピラの小僧だ」

「まあ、そっか。でも、本当に平気だから。ごちそうさま。あたし、ちょっと上で寝てくる」

七瀬はそう言ってスツールを離れ、カウンターの中に入った。

腹を満たしたら眠気がやってきたのだ。やっぱり、まだ睡眠が足りていないようだ。

身を縮めて狭い階段を上がっていると、下から「湯たんぽいるか」と訊かれたので、「いらない」と答えた。

二階はサチの居住部屋となっていて、たまに七瀬も昼寝に使わせてもらっている。広さは四畳半で、天井がやたら低い。コディなら腰を屈めないと移動できないだろう。

中央に畳まれた布団を広げ、コートを脱いで横になった。毛布と掛け布団を被るとサチの匂いに包まれた。

今後の身の振り方は、また起きてから考えよう。今はただ眠りたい。


目覚めたらまさかの夜になっていた。窓がないのでおもての様子はわからないのだが、枕元に置かれたスマホの時刻は二十二時だった。

昨夜あれだけ惰眠《だみん》を貪《むさぼ》ったのに、まだこれほど眠れるのだから、この二週間、自分は相当に寝不足だったのだろう。

上半身を起こし、重い頭を振った。寝ぼけ眼を擦る。

「さっちゃーん。いるー?」

あくび混じりに声を上げた。待ったが返事はなかった。

七瀬は布団を出て、階段を下りて行った。すると、カウンターの内側に置かれた椅子に背中を丸くして座るサチを見つけた。置き物のようにまったく動かない。

ただし、死んでいるわけではなさそうだった。いびきを掻いているからだ。

悪いことをしたなと思った。自分がサチの寝床を奪ってしまったせいだ。

勝手に冷蔵庫を開け、トマトジュースを取り出し、コップに注いだ。そこに少量の塩を振り掛ける。

ごくごくと喉を鳴らし、一気に飲み干した。寝起きのトマトジュースは格別だった。いつのまにかこの飲み物が好物になってしまったようだ。

ふーっと一息ついたとき、ポケットの中のスマホが振動した。取り出してみると、相手は浜口だった。どうせまた、今夜働けないかといった相談だろう。

面倒なので無視しようかと思ったが、少し考え、七瀬は出ることに決めた。応答すると、〈ああ、よかった。繋がった〉と、浜口の声が聞こえた。

〈今さっきおれんところに矢島から連絡があって、今すぐ七瀬ちゃんを見つけて連れて来いって――〉

やっぱりそうか。そうではないかと思ったのだ。

〈七瀬ちゃん、いったい何をしたのよ〉

「別に何も」

〈何もしてなかったらこんなことになってるはずがないじゃない。あいつものすごい剣幕でキレてたよ〉

「でしょうね」

〈でしょうねって……一応訊くけど、相手が誰だかわかってるよね？〉

「別に浜口さんに迷惑掛けませんから。それじゃあ」

〈ああ、待って待って〉浜口が慌てて制止する。〈七瀬ちゃん、今どこにいるの？〉

「言えるわけないじゃないですか」

〈どうして？　まさかおれが七瀬ちゃんを矢島に売るとでも思ってるわけ？〉

「さあ、わかりません」

〈……心外だなあ。おれ、そんなこと死んでもしないぜ〉

どの口が言うと思った。七瀬をヤクザ事務所へ連れて行き、置いて先に帰った前科があるというのに。

〈だいいち、おれだって矢島に恨みがあんだから。そんな野郎の肩を持つわけないでしょう。おれね、いつか必ずあいつに仕返ししてやろうって心に誓ってんだ〉

浜口は鼻息荒く言った。

〈だからもし、おれが力になれることがあったら遠慮なく言ってよ。矢島を闇討ちしてくれなんて頼みだったらさすがに困っちゃうけど、それ以外ならなんでも協力するからさ〉

七瀬はカウンターの外に出て、端のスツールに腰を下ろした。

「浜口さんって、マスコミとかに知り合いいますか？」

〈マスコミ？　まあ、いるっちゃいるけど、どうして？〉

「どういう人ですか？　その人」

〈どういう人……うーん、ある雑誌の編集者だけど。芸能人の不倫とか、そういうスキャンダルをすっぱ抜くので有名な週刊誌のね〉

「その雑誌、政治家とかも扱いますか」

〈もちろん扱うよ。ついこの間だって、J党の女性代議士の無免許運転事故を報じて、離党に追い込んだんだから〉

「K党と繋がってたりしませんか」

〈K党？　まずないね。どの業界、派閥にも忖度《そんたく》しないことで有名だから。っていうか七瀬ちゃん、まさか政治家のスキャンダルを抱えてるわけ？　いったいどういう状況よ〉

「正確にはこれがスキャンダルなのかどうか、あたしにはよくわからないんです。でもおそらくそうじゃないかと思うんです」

　そう告げると、浜口は〈はあ〉と曖昧な反応を示した。

〈ちなみに、それがスキャンダルだった場合、矢島にも累《るい》が及ぶってこと？〉

「ダメージはあると思います。だから必死であたしを止めようとしてるんです」

〈なるほど。だったらやらない手はないね。その人を七瀬ちゃんに紹介するよ〉

「できますか」

〈もちろん。ちょっと待ってて。すぐ折り返すから。日々ネタ探しに夜の街を歩き回ってる人だから、すぐ捉まると思うし、事情を話せばすっ飛んで駆けつけてくれると思うよ〉

電話が切れた。思いがけぬ急展開だが、これはチャンスだろう。

カウンター越しにサチを見た。一向に起きる気配はなく、ぐうぐうと寝息を立てている。

その数分後、浜口からまた着信があった。

〈二つ返事でOKをもらったよ。今銀座にいるからタクシーで歌舞伎町に向かうって。七瀬ちゃん、このあと店に来れるかい?〉

「店って『Ranunculus』ですか? まだ営業中ですよね?」

〈大丈夫。客も従業員も追い払って、クローズにしとくから——あ、でもあれか。一人で向かわせるのは危険か。よし、おれが七瀬ちゃんを迎えに行くよ〉

七瀬は少し考え、「いいえ、あたしが店に行きます」と告げた。

電話を切り、「さっちゃん。またね」とささやいて、『きらり』を出た。左右を確認し、明治通り側へ向かう。幾人もの酔いどれ客とすれ違いながら路地裏を抜けた。この時間帯がゴールデン街のピークだ。

それから花園神社の脇を通って、靖国通りに出た。ここからセントラルロードを使って二丁目にある『Ranunculus』を目指すのだ。

今夜も歌舞伎町はうんざりするほどの人いきれだった。欲にまみれた老若男女がごちゃ混ぜにひしめき合っている。

一応、周囲に警戒して歩いているものの、怪しい人影はなかった。相手もけっして尾行のプロではないことを思えば、追手はないとみていいだろう。

やがて暗黒地帯の二丁目に足を踏み入れた。ここからはさらなる警戒が必要だ。どこかで誰かの叫声が上がった。ただ、みんな慣れっこなので気にも留めない。この街では毎晩のように誰かが泣いて、叫んで、怒っている。

無事に目的地までやってきた。ビルを見上げる。縦に並んだ看板の下から三つ目、『Ranunculus』のライトは消えていた。

階段を使って三階に上がった。ドアの前で浜口に電話を掛ける。ワンコールで浜口は〈着いた?〉と応答した。その声がドア越しにも聞こえた。

ドアが開けられ、七瀬が中に入ると、浜口はすぐに内側から鍵を掛けた。

「もうすぐ着くと思う。七瀬ちゃん、オレンジジュースでいい?」

「はい」

「その雑誌の人は?」

カウンターではなく、テーブル席で向かい合った。浜口のグラスの中身もめずらしくジュースだった。彼はふだんハイボールばかり飲んでいるが、今夜は酔うつもりはないのだろう。

「先に詳しい話を聞かせてもらえるかな」

七瀬はオレンジジュースを飲みながら、コトのあらましを順を追って語った。

浜口はいつになく真剣な眼差しで相槌を打っていた。

「なるほど。矢島からしたら、入手した情報を告発しないとPYPと取り決めたのに、それを七瀬ちゃんにされてしまったら面目丸潰れってことか」

七瀬は首肯した。

「それにしても驚いたな。おれがあの事務所からいなくなったあと、矢島とそんなやりとりがあったなんてさ」

浜口はそう言ったあと、腕組みをして黙り込んだ。

七瀬は少しだけ残っていたオレンジジュースを飲み干してから、「これで奴らを潰せますか？」と訊ねた。

「ん？」

「ＰＹＰのこと」

「さあ。どうなんだろ。おれも政治の世界のことは詳しくないから。でも、そっか。七瀬ちゃんにとっては矢島より、ＰＹＰなんだもんね」

「はい。矢島なんてぶっちゃけどうでもいいです」

「だよね。けど意外だったな。七瀬ちゃんがそんなに友達思いだったなんて——あ、ごめん」

浜口が組んでいた腕を解き、テーブルの上に投げ出した。そして七瀬を上目遣いで見てきた。

「あのさ、七瀬ちゃん、今さらなんだけどさ、やっぱりよした方がいいんじゃないかな」

「何を？」

「この告発」

七瀬は首を傾げた。

「だって危険だもん。もちろん七瀬ちゃんの気持ちはわかるし、おれだって矢島に復讐したい気持ちはあるから、応援したいところだけど、やっぱり七瀬ちゃんの身が心配だよ」

「あたしは平気ですから」

「そうは言ったって相手はヤクザだよ。それに、ちょっと話が大き過ぎるよ。ＰＹＰはまだしも、Ｎ財団とか池村都知事とか、そんなどデカい組織や大物まで絡んできてる話なんだとしたら、七瀬ちゃんの手には負えないって」

「だから雑誌の人を紹介してくれるんじゃないんですか」

「いや、そのつもりだったけど、まさかここまでヤバい話だなんて思ってもみなかったから」

「じゃあどうしろって言うんですか」

「だからまずは矢島に詫びを入れて、そのスマホに入ってるデータを消すしか――」

七瀬はテーブルを平手で叩いた。

「あたしはやめない。死んでもやめない」

浜口は身を引き、ごくりと唾を飲み込んでいる。

「浜口さん、今回もまたイモを引くんですね」

「いや、おれはただ七瀬ちゃんのことが――」

「自分のことでしょ、心配してるのは。あたしに力を貸したことが矢島にバレたらヤバいと思い直したんでしょ」

「ちがうって」

「ダサい男」

「だからちがうって」

「もういいです。自分でなんとかしますから」

七瀬が席を立とうとすると、「ちょ、待ってよ」と手首を摑まれた。

「わかった。おれも腹括るよ。全面的に協力する」

七瀬はため息をつき、椅子に座り直した。

「あのさ、話は変わるけど、七瀬ちゃんって群馬の出身だったよね？」

「そうですけど」

「ご両親ってまだそっちにいるの？」

「そうなんじゃないですか」

七瀬はあくび混じりに答えた。どうやらまだ寝足りないようだ。

「縁を切ってるんだっけ？」

「そんな話もしてないですけど、実質はそうですね」

歌舞伎町にやってきて一ヶ月ほど経った頃、七瀬は警察に保護されたことがある。その際に親から行方不明者届が出されていないことがわかり、そのことに担当した警察官の方が驚いていた。

「ってことは今後も、七瀬ちゃんに行方不明者届が出されることはないってことか」

「ないでしょうね。なんでそんなことを？」

「いや、ふと思っただけ」

七瀬は斜めに相槌を打った。

「遅いですね、雑誌の人」

「うん。道が渋滞してるんじゃないかな」

七瀬は煙草を咥え、火を点けた。一口吸い込むと一瞬で気だるくなった。

急にヤニクラ——いや、そうじゃない。身体がなんか変だ。

次第に意識が朦朧《もうろう》としてきた。座っているだけなのにしんどい。目を開けているのがやっとだ。

「おっと。灰が落ちちゃうよ」

浜口が灰皿を差し出してくる。七瀬はそこに煙草ごと落とした。火種を消す余裕もなかった。

耐えきれず、七瀬はテーブルに突っ伏した。その際、オレンジジュースの入っていたグラスを腕で弾いてしまい、グラスはバリンッと派手な音を伴って割れた。

そこで七瀬は確信した。この飲み物にクスリを盛られたのだ。

テーブルに頰をへばらせながら薄目で浜口を見上げる。彼は冷たい目で七瀬を見下ろしていた。

「やれやれ」

と、浜口がつぶやいた。

そこで七瀬の瞼は閉じ、意識がぷつりと切れた。

遥か彼方で、人の声がしている。男のものだ。それも一人じゃない。

やがてその声がこちらに迫ってきた。音の波が静寂を掻き分け、徐々に七瀬の耳に近づいてくる。

いや、実際には七瀬の聴覚が鮮明になってきているのだった。男たちはすぐそこにいるのだ。だが、何を話しているのかまでは聞き取れない。

七瀬は微かに目を開けた。しかし、何も見えなかった。なぜか暗闇が依然として七瀬を包み込んでいた。

そもそもここはどこなのか。意識がまだ混濁していて、上手いこと思考が巡らない。

手の指先を動かしてみた。だが、動かせたのはそこまでだった。腕も、足も不自由だった。

麻痺しているのではなく、物理的に動かせない状態にあった。

手首と足首が拘束されているのだとわかった。皮膚に紐のようなものが食い込んでいる感覚がある。

だとすると、視界が奪われているのも目隠しをされているからなのだろうか。

七瀬は音を立てぬように、スー、スーと鼻で呼吸を繰り返した。

口も塞がれているのだ。これはおそらくガムテープで覆われているのだろう。

「――ということなので、親から行方不明者届が出されることはなさそうです」

ふいに男の声を鼓膜が捉えた。すぐに浜口のものだとわかった。

「だけど……消すってのはマズくないですか。さすがに」

「このまま七瀬を野放しにしておく方がよっぽどマズいんだよ」

これは矢島の声だった。

「でもこうしてスマホも奪えたわけですし、もう告発されるリスクはないと思うんですけど」

「このスマホのほかにもデータを移していたらどうなる」

「それはたしかにそうですけど……」

「だいいちデータを奪ったところで七瀬はあきらめないさ。ヤキを入れたくらいじゃ、こいつは止まらねえんだ。人生をかけて、刺し違えてもPYPを潰しに掛かるさ」

「こんな小娘にそんな執念がありますか。言ったって、ただの家出少女じゃないですか」

「おまえは七瀬をまるでわかってねえな。こいつはそこらのガキ共とはちがうんだ。甘くみてたら喰われるぞ」

浜口はうーんと呻吟《しんぎん》している。

「だいいち、データを取り上げましたなんて、ぬるい着地じゃ藤原が納得しないさ」

「え。これってもしかして、あの女の命令なんですか」

「藤原は池村からそれとなく示唆されたらしいけどな。『行方不明者届が出されなければ警察も動きようがないようですね』ってな」

「はあ。とんでもない不良都知事ですね」

それから沈黙がつづく中、「けどやっぱなあ」と、浜口がボヤいた。

「おまえ、あんなちんけなぼったくりバーの経営者で終わっていいのか。歌舞伎町でホストクラブを展開したいんだろう」

「もちろんそうですけど……でも、まあ、そうか。ある日突然、人が消えるなんて歌舞伎町じゃめずらしくないですもんね」

「ああ、誰も気に留めないさ」

なるほど、すべてを理解した。

自分は浜口に売られ、矢島によって消されようとしているのだ。そしてその指示をしたのは藤原悦子であり、池村大蔵らしい。

「ところで、死体の処理は誰にさせるつもりなんですか」

「うちの若い衆だ。今、足がつかないバンを手配させてる」

七瀬は必死で思考を巡らせた。

機を窺い、逃走を試みるのだ。

いや、視界を奪われている上に、手足が不自由であることを考えれば、自力での脱出は不可能だろう。

となれば誰かに助けを求めるほかない。

今し方の会話を聞く限り、自分は車に乗せられ、どこかへ連れて行かれるのだろう。そのときが唯一のチャンスだ。必死にもがき、抵抗をする。そしてそれを第三者が見つけて、通報してくれたらいい。

望みは限りなく薄いが、それしか自分に残された道はない。

七瀬は息を潜め、微動だにせず、そのときをじっと待った。

しばらくして、誰かがこの場にやってきた気配がした。

「バンの用意ができました。裏手の通用口につけてあります」

若い男の声が発せられる。初めて聞く声だ。

「ナンバープレートは？」矢島が訊いた。

「偽装済みです。ガラスもスモークを全面に貼りました。Nシステムも透過しないものです」

「マンション内の防犯カメラは？」

「動線にあるものはすべてレンズを塞ぎました」

マンション？　ここは『Ranunculus』じゃないのか。

「住民ともすれ違うんじゃねえぞ」

「はい。今エレベーターの前に見張りを立たせてます」

なるほど、自分は気を失っている間に移動させられたのだろう。そしてここはおそらく、以前七瀬も足を踏み入れたことのある、ヤクザマンションの４０４号室だ。

「先の手筈はわかってるな」

「はい」

「ぬかりなく、だぞ」

「はい」

「よし。運び出せ」

命令が下り、数秒後、七瀬の身体がぐんと浮き上がった。正確には七瀬が収められている箱が持ち上げられたのだ。

すぐにどこかに着地し、そのあとは微妙な振動を伴って移動していった。

たぶん荷物を運搬する台車に乗せられたのだ。シュルシュルシュルシュルという音は車輪と床とが擦れ合っているのだろう。

途中、ガタン、と大きな振動があった。台車が段差を通ったのだ。その直後、室内からおもてに出た気配を感じ取った。

そこからは台車の進むスピードが増した。カーブすることなく直進しているので、きっと外廊下を渡っているのだ。

ここで行動に出るべきか。いや、まだ部屋をたいして離れていない。騒ぎ立てたらすぐに連れ戻されてしまうだろう。

だが、マンションを出てしまったら車に乗せられてしまうはずだ。そうなったらアウト、完全に詰んでしまう。

七瀬が逡巡していると、台車が止まった。エレベーター前に到着したのだろう。

やはり、ここしかない。

七瀬は全身に力を込めた。ありったけの大声を上げ、身を捩《よじ》って暴れ、この状況を誰かに気づいてもらうのだ。

七瀬が鼻から息を吸い込み、思いきり声を発しようとしたそのとき、「おつかれさまです」と、新たな声が響いた。

この声は——。

「おまえ、先に下に降りて人がいないか見張ってろ」

「うっス」

颯太だ。まちがいない。

そうか、気が動転していたせいで、ここに颯太がいるかもしれないという考えが抜け落ちていた。

「あ、でも、人が来ちゃった場合どうすればいいっスか」

「下からおれに電話を掛けりゃいいだろう。じゃないと安全かどうかもわからねえじゃねえか」

「あ、それもそうっスね」

「相変わらず頭悪りィ野郎だな。行け」

「うっス」

チン、とエレベーターが到着する音が鳴り、「ではお先に」と颯太が去った。

彼の登場により、七瀬は運命の選択を迫られることとなった。

ここで声を上げ、見ず知らずの第三者に助けを求めるべきか。

もしくは、知人のチンピラに望みを託すべきか。

間隙《かんげき》をつき、颯太の人情に訴えかけ、こっそり自分を逃してもらう。つまりは彼に命乞いをするのだ。

だがそれをするチャンスは訪れるだろうか。

そもそも、それを行ったところで、あいつが翻意してくれるかどうかはわからない。

先ほどの男との会話を聞く限り、現時点で颯太は敵側に立っている。そんな彼に味方になってもらわなくてはならないのだ。

過去に、颯太に見捨てられた記憶が脳裡にチラついた。浜口然《しか》り、人は土壇場で裏切る生き物だ。

だいいち、人の情けに期待するなど、もっとも自分らしくない行動だ。

「もしもし、どうだ」

男が言った。颯太から電話が掛かってきたのだろう。

「わかった。そのまま見張ってろよ」

ほどなくしてエレベーターがやってきた。

台車が動き、扉が閉まった。緩やかに下降していく。

エレベーターが止まった。一階に到着したのだ。

再び台車が動き出した。この段になっても七瀬はまだ決断できずにいた。悠長に悩んでいる猶予など残されていないのだが、どうしても颯太を信じきれない。

そうこうしているうちに車のアイドリング音が聞こえてきた。これが自分が乗せられるバンだろう。

ドアがスライドする音がして、七瀬が収まっている箱が持ち上がった。車に乗せられたのだ。

この瞬間、第三者に助けを求める選択肢は消滅し、颯太に望みを託すほかなくなった。

「出せ」

車が発進した。

出発から三十分ほど経過したろうか。いや、まだ十分程度しか経っていないかもしれない。極限状態にあるせいか、体内時計がデタラメに狂っていた。

その間、七瀬は車に揺られながら、男たちの会話に必死に聞き耳を立てていた。

この場には三人の男たちがいた。まず七瀬を台車で運んだ男、次に運転席でハンドルを握る男、そして最後に颯太。

「颯太、火」

と、言ったのは助手席に座っているであろう男で、これまでの会話から名前をシゲというようだ。

シュボ、とジッポーが点火する音が聞こえた。

七瀬の脳裡にクロムハーツのジッポーが思い浮かんだ。これは颯太が唯一持っている高級品で、彼はいつも七瀬の前で、このジッポーで得意気に煙草に火を点けるのだ。

「ところでおまえ、いつ車の免許取るんだ？」

そう訊いたのはユキナリと呼ばれているドライバーを務める男だ。

おそらくこのユキナリとシゲは、以前ヤクザマンションの部屋の隅で、颯太の向かいに立っていた二人だ。

「自分も早く取りたいとは思ってるんスけど」

「思ってるだけじゃ、教習所なんて永遠に通わせてもらえねえぞ。矢島のカシラにきっちり頼み込まねえと」

「うっス」

「おまえが免許持ってねえせいで、毎回おれらがドライバーやらされてんだぞ」

「すんません」

颯太の声が一番近くで聞き取れるので、彼は自分と同じく後部座席にいるのだろう。

車内には車が風を切る音がうっすら響いている。結構な速度が出ている感じがした。信号で止まる様子がないので、きっと高速を走っているのだ。

「にしても、むちゃくちゃだよな」

ふいにユキナリがため息混じりに言い、「まあな」とシゲが静かに応じた。

「さすがに十代の女を埋めてこいはなくねえか」

「ああ」

「しかも生き埋めにしろって、マジで鬼畜じゃねえか、そんなの」

「言うな。よけいに気が重たくなる」

「あのう」と、颯太が口を挟んだ。「この女、生き埋めにするんスか」

「ああ。カシラがそうしろってよ」とユキナリが答える。

「どうしてっスか」

「万が一死体が見つかっちまったときのためだ」

「少しでも手掛かりを減らしておきたいってことっスか」

「ああ。下手に顔を潰したりする方が痕跡が残るんだ」

「なるほど」

「だから着てる服も全部取っ払って、素っ裸で土葬するんだよ」

「へえ。そういうもんなんスねえ」颯太が感心したように言った。「けど、死体が見つかるなんて、万に一つもないっスよね」

「だといいけどな。ただ、もし仮に死体が発見されて、おれらみんなパクられちまったとするだろう。そうしたら最悪、極刑もありうるぞ」

「極刑って……マジっスか」

「ああ。けど、行方不明者届は出されねえんだ。捜査自体、始まらねえだろうけどな」

「けどそれって、浜口が言ってるだけだろう。あんなヘラヘラした野郎、信用できんのかよ」

「さあな」

ユキナリが「あー」と低い声で嘆いた。

「消す理由も教えてくれねえしよォ。カシラはいつもそうだ。そのくせ、こういう後始末だけはきっちりおれらにやらせるもんな」

「もうよせって。おれだってやりたかねえけど、仕方ねえだろう。いくら不満を垂れたところで、どのみちやるしかねえんだ」

だが、このあともユキナリのボヤきは一向に止まらなかった。

もう咎《とが》めても無駄と思ったのか、シゲは黙り込み、相方と口を利かない。

そんな兄貴分の代わりに颯太が再び口を開いた。

「兄貴たちはこういうの、初めてじゃないんスか」

「おれらはこれで三回目だ。ただし、これまでは相手もスジ者で、しかもやることは遺体の処理のみだった。生きてる人間を、それも女を消したことはさすがにねえ」

「ってことは兄貴たちも初体験ってことっスね」

「何が初体験だ、馬鹿野郎」ユキナリが力なく言う。「そういえばおまえ、この女と知り合いだったんじゃねえのか」

「そうっス。つっても顔見知り程度っスけどね」

「平気なのか」

「全然平気っスよ。余裕っス」

沈黙が流れた。

「おまえ、実はやべえヤツだったんだな」

「どうしてっスか」

「ふつうはそんなふうに割り切れねえだろう」

「そうっスか。だって、別に友達でもなんでもない女っスよ。それに自分、ここらで男を上げたいんで。この仕事をこなしたら、盃を交わして、正式に組員にしてやるって、カシラが約束してくれたんです」

失笑が起きた。

「やっぱり、おまえはとことん頭が悪りィんだな」

ユキナリが呆れたように言い、シゲも「ああ、きっとこいつの末路は鉄砲玉だ」とつづいた。

これらの会話を聞きながら、七瀬は深い絶望を味わっていた。

颯太なんかに望みを託したのはまちがいだった。

「それにしてもこの女、起きねえな」

「睡眠薬を盛られてるからだろ」

「にしたって、こんなに起きないもんか」

「案外もう死んでたりしてな」

「だとしたら、そっちの方が助かるわ」

「ああ、まちがいねえな」

ここからは誰もしゃべらず、不穏な静寂が車内を支配した。エンジンの低い轟音《ごうおん》と、風を切り裂く音だけが響いている。それはまるで七瀬を地獄へ誘う旋律のようであった。

そうした旋律の渦の中、七瀬は一筋の光を探し求めていた。それは生への道を照らす希望の光だ。

かつての七瀬ならば、すでにあきらめていたことだろう。そもそも抗うことすら、していなかったかもしれない。

しかし、今はちがう。

自分はまだ死ねない。

なぜなら、自分にはやり遂げねばならない使命がある。

それを果たすまでは、けっして――。


高速を下りたのはつい先ほどで、そこから車はスピードを落として走行していた。くねくねと曲がっているので、峠を上っているのだろう。

やがて未舗装路に入ったのか、車が激しく上下に揺れ始めた。七瀬の収まっている箱は後部座席に置かれているので、支えもなく、その振動がもろに全身に伝わってくる。大地震に見舞われているような状態だ。

ほどなくして振動が収まった。車が停まったのだ。

「ここっスか」と颯太が訊いた。

「ああ。毎回ここだ」シゲが答えた。「こっから森を分け入って、適当な場所に穴を掘るんだ。そこまで女を運ぶのが結構しんどいぞ」

「暗くて何も見えないっスね」

「ヘッドライトを積んでるから、それを頭に装着して作業するんだ。さ、夜が明ける前に終わらすぞ」

シゲが促し、いっせいにドアが開く音がした。つづいて、「せーの」の掛け声のもと、七瀬が収まっている箱が持ち上げられた。

それから男たちによって七瀬は運ばれていった。

「ううー。むちゃくちゃ寒いっスね」颯太が凍えた声で言った。

「すぐ汗だくになるさ」

「どうしてっスか？　スコップで穴掘るだけっスよね」

「わかってねえな。それが大変なんだよ。砂場とはわけがちがうんだぞ」

「おい、この辺にしよう。たぶんここらなら木の根っこもたいして伸びてないはずだ」

七瀬が収まっている箱が地面に置かれた。

ここから男たちによる穴掘りが始まった。ハア、ハア、という男たちの荒い息遣いと、ザッ、ザッというスコップが地面に突き刺さる音がすぐそこで響いている。

七瀬は身を縮めて、体の芯から湧き立つ震えを必死に抑えていた。これが恐怖からなのか、寒さからなのか、よくわからない。

この地がどこなのか知らないが、おそらくは山中だろう。それも十二月ともなればマイナスの気温であることはまちがいない。

「あークソ。もう腕がパンパンだ」ユキナリが嘆いた。「さすがに粘土質になってくるとキツいな。スコップがまったく入っていかねえ」

「もうこれくらいでいいんじゃないっスか」

「いや、もっと深く掘らないとダメだ。動物に掘り返されちまう」

そんな男たちの会話を聞きながら、七瀬はこのあとの展開に想像を巡らせた。

穴が完成したら、自分はこの箱から引き出され、まずは着ている服を剝ぎ取られることだろう。

車内でユキナリがそう話していたからだ。

そしてその際にこの手足の拘束も解かれるはずだ。

となれば、逃亡するチャンスはそこしかない。

男たちは七瀬がまだ眠っていると思って、油断しているはずだ。

それから数分後、「よし。もういいだろう」とシゲが言った。

「女を出すぞ」

ゴソゴソと物音が立った。七瀬の収まっている箱が開けられているのだ。

ふいに顔にライトが当てられた。目隠しをされていても眩しさを感じた。

「やっぱり死んでるんじゃねえのか。ぴくりとも動かねえぞ」

誰かに手首を握られた。

「いや、生きてますね。脈があるっス」

「そうか」ユキナリが残念そうに言った。

それから七瀬は箱から出された。次に目隠しが取られ、口を塞いでいたガムテープが剝がされた。手首と足首を拘束していた紐はハサミで切られた。

これでようやく手足が自由になった。

七瀬は今、冷たい土の上に横たわっている。その状態で、男たちに気づかれぬように薄目を開けて辺りを確認した。

黒々とした木々が周囲を取り囲んでいた。頭上には下弦の月が怪しげな雲を纏《まと》って浮かんでいる。

すぐそこにはこんもりと盛り上がった土の山があり、そこにスコップが三本、無造作に突き刺さっていた。そしてその横には長方形の穴があった。これから七瀬が落とされる穴だ。

男たちを薄目で捉えた。暗くて誰が誰なのか、しっかりと視認はできないが、三人が頭に巻きつけているヘッドライトの光の一つは七瀬に向けられている。

ダメだ。この状況では逃げられない。

いや、何としても逃げ切るんだ。

「颯太、女の服を切れ」

命令された颯太が地面に膝をつき、七瀬の服にハサミを入れようとした次の瞬間、七瀬は動いた。

颯太を両手で突き飛ばし、バッと立ち上がった。

そして尻餅をついている颯太を横目に、七瀬は脱兎《だっと》の如く駆け出した。

男たちの怒声が森の中にこだまする。

七瀬は無我夢中で駆けた。裸足のまま、地面を蹴りつづけた。

だが、三十メートルほど進んだところで、張り出していた木の根に足が突っ掛かり、ヘッドスライディングをするような形で転んでしまった。

すかさず男たちに体を押さえつけられた。

それでも七瀬は暴れ回った。ありったけの声で叫び、手足を激しくバタつかせた。

「このアマ、大人しくしてやがれっ」

誰かが馬乗りになってきた。

颯太だった。

「おれがぶっ殺してやる！」

颯太は鬼のように目を剝き、歯を食いしばって、両手で七瀬の首を絞めた。

「てめえはここで死ぬ運命なんだよ！　あきらめやがれ！」

だが、すぐに奇妙なことに気がついた。

「早く死ねオラア！」

颯太の言葉は荒いものの、その手にはまったく力がこもっていないのだ。

颯太と目を合わせる。

彼の瞳は必死に何かを訴えていた。

七瀬は彼の意図するところを察し、目を閉じた。そして全身の力を抜いた。

そのまま十秒、二十秒、三十秒が経過した。

「おい、もういいだろう」シゲが言った。

「ああ、さすがにもう死んださ」とユキナリもつづく。

「ったく、手を煩《わずら》わせやがって」

颯太が吐き捨てるように言い、その手が首から離れた。

それから七瀬は颯太に抱きかかえられ、元の場所へ連れ戻された。

そして改めて衣服をハサミで切られ、下着も同様に切り裂かれた。この一連の作業中、七瀬は人形のように指先一つ動かさなかった。

全裸になった七瀬は、深い穴の中に仰向けに寝かされた。もう冷たさを感じることもなかった。それほど全身の感覚が麻痺しているのだ。

「よし、埋めるぞ」

男たちがそれぞれスコップを手に取り、七瀬に向けていっせいに土を振り掛けていく。その間も七瀬は微動だにせず、なされるがままだ。

やがて顔に土が掛かった。どんどんとその重みを増してゆく。すでに七瀬の身体は一部分も見えなくなっていることだろう。

七瀬は土の中で小さな呼吸を繰り返した。大丈夫。まだギリギリ酸素を取り込める。だが、すでに口や鼻の中は土まみれだ。

やがて、かろうじてできていた呼吸もままならなくなってきたそのとき、「あとは自分がやりますから、兄貴たちは車で一服しててください」と、颯太のくぐもった声が微かに聞こえた。

「なんでだよ。もうあと半分じゃねえか」シゲが応えた。

「いいえ、最後は自分が。だって、この女を殺したのも、埋めたのも自分ってことにした方が都合がいいでしょう」

「都合?　もしパクられちまったときの量刑が変わるって言いてえのか」

「そういうことです。万が一のときはすべて自分が被ります」

「日頃から兄貴たちには世話になってるんで当然っス。ですから、遠慮なく車で休んでてください」

「なんでだよ」

颯太がやや強引に言った。

すると、「こいつがそう言ってんだ。あとは任せようぜ」とユキナリがシゲを促した。

それでもシゲは迷っているのか、すぐに返答をしなかったが、最後は「わかった。さっさと済ませろよ」と、下っ端の申し出を受け入れた。

二人の兄貴分が去ったのだろう、「七瀬、起きれるか」と地上から囁かれた。

だが、七瀬は反応ができなかった。声が出せないのだ。身体もまったく動かせない。

ここから七瀬を覆っている土の重みが少しずつ軽くなっていった。颯太が手で土を掻き出してくれているのだろう。

やがて月明かりが見えた。ようやく地中から顔が出たのだ。

七瀬は大口を開け、ハア、ハアと息をして、体内に酸素を取り込んだ。まさに九死に一生を得た気分だった。

颯太に両手を取られ、七瀬は上半身を起こした。次に颯太は後ろに回り込み、七瀬の両脇に自身の手を差し込んで、一気に七瀬を立ち上がらせた。

「七瀬、早く逃げろ」

鬼気迫る顔で囁かれた。

「颯太……」

「いいから早く」

七瀬は頷いた。

「あ、これ持ってけ」

手に何かを握らされた。それはジッポーだった。

七瀬はよろよろとよろめきながら、その場を離れた。手足がかじかんでいて、足取りがおぼつかないのだ。

途中、一度だけ後方を振り返った。

颯太はスコップを使って、死体のない穴にせっせと土を落としていた。きちんと埋めたとして、偽装するつもりなのだとわかった。

たぶん、彼は最初からこうするつもりだったのだ。


七瀬は一糸纏わぬ姿で、猛々しく燃え盛る炎を睨みつけている。

初めこそ小さな火種だったが、今や七瀬の身長をも凌ぐほどの巨大な炎に成長していた。

そこらに落ちている枯れ葉や枝を手当たり次第に投げ込んでいたら、あっという間に炎が大きくなったのだ。

これによって、寒さから解放された。むしろ熱いくらいだった。

メラメラと踊る炎の中に、いくつかの人相が浮かんでいた。

矢島國彦《くにひこ》。浜口竜也。池村大蔵。藤原悦子。ユタカ。

こいつらを、一人残らず、抹殺する。

これを完遂するためなら、バケモノにだって、なんにだってなってやる。

七瀬の決意に呼応するように、炎がさらに苛烈さを増した。このまま山火事にでもなってしまいそうな勢いだった。

だが、それもいい。跡形なく、すべて燃え尽きればいい。

この業火《ごうか》でもって、あの外道《げどう》共を焼き尽くしてやるのだ――。

ふいに、七瀬は炎に手を伸ばした。

燃え盛る炎の中に、亡き友人の顔が浮かび上がったからだ。

「愛莉衣……」

その名を口にした瞬間、彼女は炎に溶けて消えた。

第二部

平岡颯太

二〇二四年四月十二日

「あい、お待ち！」

威勢のいい声を発して、湯気が立ったラーメンを二つ、ドンと音を立ててカウンターに置いた。二人連れの酔いどれ客はそれぞれにラーメンを引き寄せ、一人は割り箸を手に麺を、もう一人はレンゲでスープをすすった。

「やっぱシメにはこれだよなあ」と、赤ら顔の中の目を細めて言う。

その言葉を聞けて、店主の平岡《ひらおか》颯太は満足だった。一日の疲れが吹き飛びはしないまでも、小さなエネルギーチャージにはなる。

颯太が歌舞伎町でラーメン屋を始めたのは今から約四年前、二〇二〇年の春のことだ。始めたといっても、自ら開業したわけではなく、前任者から店を引き継いだ形だった。つまり颯太は二代目にあたる。

もともと颯太は店の常連で、初代の大将とは浅からぬ縁があった。親切にしてもらったし、時に喧嘩をしたこともある。出刃包丁の切っ先を突きつけられたときは本気でビビった。

そんな初代の大将は四年前、新型コロナウイルスでポックリこの世を去ってしまった。颯太は告別式に顔を出すべく彼の遺族に連絡を取ったのだが、感染防止のため式は行わないということだった。

そこで後日、颯太は大将の自宅を訪れ、線香をあげさせてもらった。そしてその場で遺族から「もしよかったら」と、二代目を継ぐ話を持ちかけられたのが、ことの発端である。

まさに降って湧いたような話だったが、颯太はその場で承諾した。神仏ごとには縁遠い自分だが、このときばかりは神に導かれたような、そんな運命めいたものを感じたのだ。

もっとも、最初は苦労の連続だった。

大将の残したレシピ通りに作っているのに、常連客たちからは「味が落ちた」と苦言を呈され、颯太は悔し涙を流す毎日だった。

それでも心が折れなかったのは、自分の作ったラーメンをどうしても食べさせたい人がいたからだ。

「にしても、まさか総理が殺されちまうだなんてなあ」

客の一人が箸を止め、嘆くように言った。

「ああ。こんなのジョン・F・ケネディ以来だろう」と、相方の男が応じる。

やれやれ、またこの話か、と颯太は肩をすくめた。

今、日本中がこの話題で持ちきりなのだから、仕方ないこととはいえ、毎日毎日こうして同じ話を聞かされている――勝手に盗み聞きしているだけなのだが――と、うんざりする。《総理暗殺の話題は禁止》と店の中に貼り紙をしたいくらいだ。

元東京都知事であり、現内閣総理大臣であった池村大蔵が殺されたのは先週のことだった。場所は西新宿の都庁前で、池村総理は街頭演説中に、何者かにライフルで頭を撃ち抜かれ、即死したのである。

この白昼の惨劇は日本中に、いや、全世界に衝撃を与えた。なにせ現職の内閣総理大臣が多くのメディア、国民の目の前で殺害されたのだ。

「いったいどこのどいつが犯人なんだろうな」

「やっぱり過激派とか、そっちの方の奴らなんじゃねえか」

「おれは外国人テロリストの仕業だと思うけどな。中国とかロシアとかのさ。もしくは北朝鮮の秘密工作員」

「工作員ねえ。まあ、なんにしても、実行犯は殺しのプロにちがいねえだろうな」

「そりゃそうだ。スナイパーライフルなんて素人が扱えるシロモノじゃねえだろう」

そう、犯人は未だ捕まっていないのである。専門家の話では、池村総理は五百メートル以上離れた場所から狙撃されたとのことだ。

「おれは思うんだけどよ、そのうちきっと犯人は死体で見つかるぜ。水死体とか、首吊り死体とかでさ。ただ、そいつは本物の犯人じゃねえんだ」

「スケートゴープってやつか」

「スケープゴートな」

「ああ、そっちの方ね」

「そっちしかねえんだよ」

「けど、そんな映画みてえな陰謀があるもんかねえ」

「あるだろう。だっておまえ、知ってるか？　オズワルドだって、実際はやってねえって話じゃねえか」

「誰だ、そのオズワルドってのは」

「ダメだこりゃ。話にならねえ」

こんなふうに国民たちは、全国津々浦々でこの事件をああだこうだと議論しているのだろう。あまり大きな声じゃ言えないが、颯太はあまり興味がなかった。政治のことなんてちんぷんかんぷんだし、池村大蔵のことだって、一癖ありそうなおっさんくらいにしか思っていなかった。だから彼の政治的主張も、行っていた政策もまったく知らない。

ただ、もし仮に、この不景気の責任の一端が総理にあったのだとしたら、この死は天罰だったのだと思う。

今、多くの国民は物価高騰に苦しみ、賃金が上がらないことを嘆いている。当然、その影響はラーメン屋にも及んでいた。一杯七百円のラーメンに財布を開けない世の中は、誰がどう考えてもまちがっている。

壁掛けの時計の長針と短針が仲良く真上を向いて重なったとき、出入り口の扉がガラガラと音を立てて開いた。

「へい、いらっ――」

颯太は言葉を途切らせてしまった。

暖簾をくぐって現れたのが、息を呑むほど美しい女だったからだ。年齢は二十歳くらいだろうか、身なりは夜の女のそれで、ただ一目で只者じゃないとわかる風貌だった。

客たちも全員が箸を止めて、突然現れた美女に目が釘付けになった。

女はそんな男たちの視線をよそに、カウンターの端にサッと腰を掛け、「ラーメンと餃子」と慣れた口調で注文をした。初めて見る顔なのに、まるで常連客のような口ぶりだった。

「あ、あいよ」

と、颯太は我に返って言い、作業に取り掛かった。

鉄板に油を塗り、火を点ける。鉄板が温まったところで、作り置きしている餃子を五つ縦に並べて置き、湯をバシャと浴びせた。ジュワーと音を立てて水が弾け、それを封じ込めるように蓋を被せた。

つづいて自家製の手揉み麵をてぼと呼ばれるざるに放り込み、タイマーをセットした。麵が茹で上がるまでにスープ作りに取り掛かる。

慣れた作業だったが、颯太はそわそわして落ち着かなかった。女がカウンターに頰杖をつき、観察するような目で、颯太の一挙手一投足を見つめているからだ。

「どこの店の女だろうな」

「さあ。たまんねえな」

と、爪楊枝を咥えた男たちが女の方をチラチラと見て、ささやき合っている。すでに食べ終えているのに、中々席を立とうとしないのがおかしい。

そんな彼らもやがてお代を置いて、名残惜しそうに店を出て行くと、店内には女だけが残った。

颯太は餃子にほんのりと焼き色が付いたのを確認してから、それをフライ返しに載せて皿に移し、「お先に餃子どうぞ」と女に差し出した。

女は割り箸を割り、餃子をつまんでかじりついた。

「うん。美味しいじゃない」

それは独り言のようであったので、颯太は鶏のように顎をひょいと突き出すだけの反応にとどめておいた。

「ビール、もらおうかしら」

「あいよ」

颯太は冷蔵庫から瓶ビールを取り出し、女の目の前で栓を抜いて差し出した。

すると女が手の中のグラスを揺らし、「注いでくれないの?」と、口元に微笑を浮かべた。

「え、ああ」

颯太は瓶ビールを両手で持ち、女が傾けたグラスにゆっくりとビールを注いだ。

「あれ? 指、ないんだね」

女が颯太の手を見つめて言った。

欠けた小指が目に入ったのだろう。颯太の左手の小指は欠損しているのだ。

ただ、こんなふうに他人にストレートに指摘されたのは初めてのことだったので、颯太はどう返答していいものかわからず、結果、ビールを溢れさせるという失態を演じた。

「す、すんません」

慌てて布巾でカウンターを拭く。

女はそんな颯太を見て、おかしそうに肩を揺すっている。なんだかからかわれているような気分だった。

「で、どうしたの、その指」

「昔ちょっとね」

「ふうん」と、女は意味深に目を細める。

この小指は五年前、任侠の世界から足を洗うと決めたときに自ら詰めた。詰めろ、と組から命令されたわけではなかったし、そもそも正式に盃を交わしていないような小僧の身分であったのだが、自分の中でどうしてもケジメをつけたかった。

ただ、今でも後悔しているのが、根元からごっそり切り落としてしまったことだ。ふつうは第一関節から先を落とすもの、という極道の常識を颯太は知らなかった。そんなことすら知らないほど、当時の自分はひよっこだったのだ。

タイマーが鳴った。颯太はてぼを手に取り、頭上高く持ち上げて、床に向けて思い切り振り落とした。それから麺を器に移し、盛り付けを行った。

「お兄さん、元ヤクザなんだ」女がビールで唇を湿らせて言った。

「まあそうっスね」颯太は手を動かしながら素っ気なく答える。

「どうしてやめたの」

「どうして……」

「訊かれたくない？」

「そうっスね」

「いいじゃない。教えてよ」

なんだこの女、と思った。

「向いてなかったから。ただそれだけだよ」

あっちもタメ口なのだから、こっちも敬語を使うのはやめた。それに、この女は明らかに自分よりも歳下だろう。

「どうぞ」

ラーメンを差し出した。

すると女は麺をすするでも、スープを飲むでもなく、真っ先に酢を手に取り、ぐるっと一周させて丼に垂らした。

颯太がその様子をまじまじと見ていたからだろう、「ラーメンにお酢がそんなにめずらしい？」と女が言った。

「いや、ちょっと懐かしくて」

「懐かしいって、何？」

颯太は鼻の頭を指でぽりぽりと掻いたあと、「いや、なんでも」とはぐらかした。

それから女はズズッと大きな音を立ててラーメンをすすった。見た目に似つかわしくない豪快な食べっぷりだ。

「お味はいかがっスか」

颯太が訊ねると、女は器に目を落としたまま、一言「懐かしい」と言った。

「懐かしいって、お客さん、前にうちに来たことあんの？」

「あるよ、何度も」

「マジ？」

「うん。前の大将のときね」

「ってことは、お客さん、歌舞伎町は久しぶり？」

「そ。五年ぶりくらいかな」

五年前となると、この女は十代半ばだったことだろう。人のことを言えた義理じゃないが、そんなに若くして歌舞伎町で遊んでいたのなら、この女もまた不良娘だったのかもしれない。

それから女は無言でラーメンをすすりつづけ、あっという間に平らげた。すでに餃子も皿から綺麗に消えている。そこらの男よりよっぽど早食いだ。

「ごちそうさま。この店、今も煙草吸える？」

「ああ、吸えるよ」

颯太は灰皿を差し出した。

女がポーチから煙草の箱を取り出す。その銘柄がハイライトだったので驚いた。

偶然とはいえ、これもまた、あいつと同じだ。

女は似つかわしくない百円ライターで、煙草に火を点けた。

「歌舞伎町もずいぶん変わったね」

女が紫煙を燻《くゆ》らせて言った。

「そう？　毎日いるとあんまり変化がわかんねえけど」

「五年前は歌舞伎町タワーなんてなかったもん」

「ああ、それはたしかに――あのさ、一本、もらってもいい？」

颯太が言うと、女がハイライトの箱を差し出してきた。そこから煙草を一本抜き取り、チャッカマンで火を点けた。

一口吸い込んでむせた。久しぶりのニコチンに肺がびっくりしたのだ。

「煙草って、こんな感じだったかな。めっちゃきついわ」

「禁煙中だったの？」

「うん。それこそ五年ぶり」

そもそも自分はどうして煙草など求めたのだろうか。この五年間、一度も吸いたいなどと思わなかったのに。

「ねえ、おにいさんはずっとこの街にいるの？」

「そう。十八歳からずっと歌舞伎町」

「一度も離れたことないんだ?」

「ないね」

「なんで?」

「なんでって……なんとなく」

いつか、あいつが歌舞伎町に戻ってくるかもしれないから——もちろん、今日会ったばかりの人間にそんなことを言うつもりなどないが。

「ところで、おねえさんはどこの店の人?」

颯太は二口目を吸いつけて訊いた。どうせ水商売の女だろう。

「『Ranunculus』ってとこ」

その名称を聞いて、颯太は思わず息を止めた。

浜口竜也がオーナーをしているキャバクラ店の一つだ。『Ranunculus』は昔はぼったくりバーだったのだが、何年か前に普通のキャバクラに生まれ変わったのだ。

昔は陰でこそこそと汚い商売をする、小賢《こざか》しい半グレだった浜口も、今や歌舞伎町でキャバクラやホストクラブを何店舗も手掛ける成功者として、夜の街にその名を轟かせていた。

「と言っても、まだ働き始めたばかりなんだけどね」

「へえ、そうなんだ」

「おにいさん、今度お店に遊びに来てよ」

冗談じゃない。あの男の店に金を落とすなど、死んでもしたくない。

個人的な恨みがあるわけではないが、浜口もあの一件に関わっている一人なのだ。

浜口然り、あの当時――自分がヤクザの端くれだった頃――に知り合った連中とは、金輪際、関わり合いたくない。

女がスッと名刺を差し出してきた。

受け取り、目を落とす。店名である『Ranunculus』の文字と、《愛》という源氏名が書かれている。

「愛ちゃんって言うんだ」

「シンプルでいいでしょ」

「うん、いいね。でも悪いけど、遊びには行けないよ」

颯太は名刺を胸ポケットにしまって言った。

「あら、どうして」

「ラーメン屋に夜の店で散財する甲斐性なんてないの。その日暮らしで精一杯さ」

「そう。残念」

「それに、おれが行かなくても、おねえさんならいくらでも稼げるだろう」

おそらく瞬く間に人気に火がつくはずだ。この女は美貌もさることながら、どこかミステリアスな雰囲気を纏っている。摑みどころのない美女というのは夜の街で一番モテるのだ。

「きっとおねえさんが店のナンバーワン、いや、歌舞伎町の女王になる日も近いさ」

颯太がそう告げると、愛は一笑に付した。

「なんだよ。本気で言ってるんだぜ」

「あたしは、そんなものになりたくて歌舞伎町に戻ってきたわけじゃないの」

「でも稼ぎたいわけだろう？」

「ううん。お金なんかに興味ないもの」

不可解な返答だった。金以外に夜の街で働く理由があるだろうか。

愛が煙草を灰皿に押しつけて消した。だがすぐに二本目の煙草に火を点けた。

どうやらまだ店に居座る気らしい。美人だからなんでも許されると思っているのだろう。

「ねえ、歌舞伎町浄化作戦って、知ってる？」

愛が手の中の煙草の火種を見つめながら、そんなことを訊いてきた。

「知ってるよ。昔の都知事がやったやつだろ？」

「そう。あたしはそれをしたいの」

「違法な店を潰したいわけ？」

「というより、ゴミを排除して、この街を綺麗にしたいの」

「ゴミ？」

「そう。歌舞伎町に棲息するゴミ」

これまたよくわからない返答に、颯太は中途半端に相槌を打った。

「なんで、おねえさんがそんなことをするわけ？」

訊くと、愛は自ら吐き出した煙に目を細め、「この街が好きだから」と、なお要領の得ないことを言った。

やっぱり変な女だ。こいつは案外、イタいタイプのヤツなのかもしれない。

愛の腕と手首をこっそり見る。注射痕やリストカットの傷痕は見当たらなかった。

「今、あたしのことをヤバい女だと思ってるでしょ」

「んなこと思ってねえよ」と慌てて否定する。

「ま、別にどう思われてもいいけどね」

愛が煙草を消して、腰を上げた。ようやく帰るらしい。

「ねえ、またラーメン食べに来てもいい？」

「もちろん。毎日だって食べに来てよ」

颯太が大真面目にそう答えると、愛は薄く笑み、「ごちそうさま。お釣りは要らない」と、手の切れそうな一万円札をカウンターに置いた。

「お、おい。なんだよこれ。貰えねえよ」

「いいの。ご祝儀だから」

「ご祝儀？」

「そ。遠慮なく貰っといて」

愛は困惑する颯太に背を向け、すたすたと出入り口に向かった。そしてドアをスライドさせて振り返り、「またね」と告げ、去って行った。

颯太はお札を掴み、厨房を出て、愛のあとを追った。店先まで出て、「おーい。本当にまた来てくれよな」と、ちいさくなっていく愛の背中に叫んだ。

颯太は一万円札をひらひらさせながら店内に戻り、カウンターのスツールに腰掛けた。

「いったい、なんのご祝儀だよ」と独り言ちる。

つづいて、愛から貰った名刺を胸ポケットから取り出し、改めて目を落とした。

愛――おかしな女だったな。

ただ、彼女と交わしたやりとりは、どこか懐かしい感じがした。

そのときなぜだろう、ふいに七瀬の顔が頭に思い浮かんだ。

七瀬がこの街から姿を消して、すでに四年半の月日が流れていた。

これまであの少女のことを思い出さなかった日は、一日たりともなかった。何をしていても、どんなに忙しい一日を送っていても、颯太の頭の片隅には常に七瀬がいた。

あいつは今、何をしているのだろう。どこで、どんな生活を送っているのだろう。

考えてもわかるわけはないのに、いつだって考えずにはいられなかった。

七瀬は自分が初めて、一目惚れをした女なのだ。

あれは颯太が内藤組の門を叩き、行儀見習いとして生活を始めて、二ヶ月が経った頃だった。

ある日、兄貴の遣いで街中を歩いているときに、気だるそうに煙草を吹かす少女を見かけた。それが七瀬だった。

七瀬は特別な美人でもなければ身なりもダサく、全体的にイモ臭かった。いかにも田舎から出てきた家出娘といった風貌だったのだ。

だが、なぜか心惹かれる自分がいた。歌舞伎町にはそんな少女がごまんといたはずなのに、どういうわけか、颯太の目には七瀬がその他大勢とちがって映ったのだ。

とはいえ、すぐには声を掛けられなかった。七瀬は人を寄せつけないオーラを漂わせており、思い立ったらすぐに行動に移す颯太も、二の足を踏んだのだ。

そこで颯太はストーカーのごとく、彼女の行動を調べることにした。七瀬は当時流行っていたトー横キッズの一人で、大半の時間はゴジラヘッド近くの広場で、同世代の仲間たちとダベっていた。そんな彼女が一人でよく通っていたのが、このラーメン屋だったのである。

そこで颯太は彼女がやってくる時間帯を狙って、偶然を装い、この店に足を運んだ。そうして七瀬がラーメンに酢を垂らすのが好みであると知り、そのうち自分も真似をするようになった。

やがて、初めてカウンターでとなりに座った日、「あ、おれと一緒じゃん。ちょっと入れると美味いんだよな」と、勇気を出して声を掛けた。

以来、街で見かけるたびに口を利く間柄になった。交際を申し込まなかったのは、自分が女を作っているような身分ではないのと、単純にフラれるのが嫌だったからだ。

仮に思いの丈を告白したとしても、七瀬から快い返事が戻ってこないことはわかっていた。七瀬は男に、というより、他人に興味がないのだ。

誰に対しても心を開かない女、それが七瀬だった。

けれどもいつか、そんな彼女と深く打ち解けたいと、颯太は願っていた。

そんな矢先、所属している組の若頭であり、もっとも慕っていた矢島から耳を疑う命令が下った。

——七瀬を山に埋めてこい。

これはのちに知ったことだが、矢島は七瀬にとある仕事を任せていたらしい。だが、七瀬が粗相をしたことで、矢島の怒りを買ったようだった。

颯太は無い知恵を絞って必死に考えた。どうすれば七瀬を救い出すことができるのか。

矢島に頼み込んでも無意味だと思った。それこそ指を詰めて、土下座をしたところで、矢島が翻意してくれることはないだろう。

そこで颯太は、七瀬をこっそりと逃がす作戦を考えた。共に行動する兄貴たちの目を欺き、彼らに七瀬は始末したものと認識させるのだ。

この作戦は功を奏し、間一髪のところで七瀬を逃がすことができた。

全身泥だらけの一糸纏わぬ姿になり、よろよろとした足取りで、森の中に分け入っていく七瀬の背中——これが颯太が見た、彼女の最後の姿だった。

実はその翌日、颯太はかっぱらったバイクに跨がり、一人で改めて山を訪れていた。上手いこと逃がしたつもりであったが、彼女が途中で力尽き、山のどこかで野垂れ死んでいるのではないかと、不安に駆られたからだ。

だが幸いにも、颯太が七瀬を発見することはなかった。

そのかわり、自分たちが掘った穴から少し離れた場所で、焚き火の痕跡を発見した。ここで彼女は暖を取ったのだろうと颯太は考えた。別れ際、颯太は彼女に自前のジッポーを手渡していたのだ。

だからきっと、七瀬は生きている。颯太はそう自分に言い聞かせている。そして、いつか必ず自分に会いにきてくれると、信じていた。だからそれまでは、自分は歌舞伎町を離れることはできないのだ。

もしかしたら彼女は自分を恨んでいるかもしれない。

それでも、もう一度だけ、七瀬に会いたい。

どうしても、会いたい。

「七瀬……」

ふいにその名をつぶやいてみた。

するとなぜか、今度は愛の顔が思い浮かんだ。

颯太は肩を揺すって自嘲した。似ても似つかない二人なのに。

そのとき扉が開き、「まだやってる?」と客が入ってきた。

「へい。いらっしゃい」

颯太は椅子を離れ、厨房の中に入った。

ユタカ

二〇二四年四月十六日

ホストクラブ『Dream Drop』が契約しているサロンでヘアーセットをしてもらっている間、ユタカはスマホ画面に忙しなく指を滑らせ、ＬＩＮＥを送りまくっていた。送信相手は全員女で、自分の客だ。

「後ろはこんな感じでどう?」と、中年の女のスタイリストが鏡越しに言った。

彼女が持つ二つ折りのバックミラーには、複雑に編み込まれた金色の後髪が映し出されている。トレードマークだからという理由で髪型をあまり変えないホストもいるが、ユタカは毎日ちがうスタイルに挑戦していた。客を楽しませる目的もあるが、それよりもユタカ自身が新たな自分と出会いたいのだ。

「うん。悪くないじゃん」

ユタカは角度を変えてチェックしながら答え、すぐにまたスマホに目を落とした。ホストにオフの時間はない。

ＬＩＮＥが一段落したところで、「ユタカちゃん、最近調子いいみたいじゃない」と再びスタイリストが馴れなれしく話しかけてきた。

ちなみにユタカというのは源氏名で、本名は西川裕隆《にしかわひろたか》という。ただ、この源氏名はホストになってからつけたものではなく、それ以前から自らをユタカと名乗っていた。裕隆という字面も、読み方もダサいから嫌いなのだ。

「ついにお店のＮｏ．３になったんでしょう」

「まあね。でも所詮、三番だから。まだまだこっからさ」

「その向上心があれば、いつかＮｏ．１になれるかもね」

「なるよ、必ず。それも店のじゃなくて、歌舞伎町のＮｏ．１ホストにね」

そう宣言すると、スタイリストが「ふふふ。可愛い」と笑ったので、イラッとした。

歌舞伎町にはホストクラブが三百店舗近くあって、そこにおよそ七千人のホストが在籍していた。その中でトップを取るというのは、たしかに至難の業だろう。だが、けっして叶わぬ夢ではないとユタカは思っている。

ヘアースタイリングを終え、ユタカは財布を出さずにサロンをあとにした。請求は『Dream Drop』に回されることになっている。ユタカが売れっ子だから許されることであって、そうではない二流ホストは自腹を切らなくてはならない。

肩で風を切り、夕方前の花道通りを闊歩した。これから同伴の予定が入っていて、待ち合わせ場所であるゴジラヘッド下に向かっているのだ。

道すがら、ビルの窓ガラスなど、自分の姿が少しでも反射して映るものは、漏れなく目をやった。正面、左右、どの角度から見ても自分はイケている。

待ち合わせ場所には十分前に到着した。学生時代、遅刻魔だった自分からは考えられない。ユタカはホストになったことで、時間厳守の男に生まれ変わったのだ。

もっとも、ユタカの学生時代とは小学校までだ。中学校は不良グループに目をつけられたことから通えなくなり、高校は来るもの拒まずのバカ校に入ったものの、一ヶ月足らずで自主退学した。そのあと親に無理やり入学させられた通信制高校もすぐに辞めた。

それからというもの、ユタカはここ歌舞伎町で暮らしている。始まりは今から六年ほど前のことだ。

歌舞伎町にはユタカのように、学校や社会に馴染めなかった若者がわんさかいた。所謂《いわゆる》、トー横キッズと呼ばれる少年少女たちで、ユタカはその一員になったのだ。

ビルの壁に背中をもたせ、トー横広場の方に目をやった。今日も今日とて十代のガキ共が群れて騒いでいた。そう、あいつらこそかつての自分だ。

彼らがあそこにいることに理由などない。生きる意味も、目的も、何もない。彼らはほかにいる場所もないし、やることもないし、できることもないから、ただここにいるだけなのだ。

彼らを見ていると、哀れだなと思う一方、ふつふつとした怒りが込み上げてくる。それはかつての自分に対しての怒りだ。

弱者たちの群れの中に居場所を見出し、いつしかリーダーを気取って、イイ気になっていた。意味もなく騒いで、オーバードーズでぶっ飛んで、落ちて眠るだけ——そんな毎日に幸福を覚えていた自分は絵に描いたような愚か者だった。

腕時計に目を落とした。先月、買ったばかりのHUBLOT《ウブロ》のゴールドでダイヤが鏤《ちりば》められている。定価は国産の高級車が買えるほどだ。

とはいえ、これは中国産のスーパーコピーだった。ただし、驚くほど精巧にできていて、まだ誰にも偽物だとバレていない。ホスト仲間たちにも本物だと言い張っており、知人の成金社長からお下がりを譲り受けたということにしている。本当は客に買わせたことにしたいのだが、周囲の者はユタカにそんな太客がいないことを知っているため、その手は使えない。

やがて待ち合わせ時間になり、客がやってきた。名前を和美《かずみ》といい、年齢はユタカより一つ年上の二十四歳で、ホストクラブの客にしてはめずらしく、地味な見た目の女だ。

彼女は千葉の松戸に住んでいて、仕事は教材販売の会社で派遣事務をしていると聞いている。二ヶ月前に新規客として初めて――ホストクラブ自体、初めてだったそうだ――店にやってきて、そこでユタカが彼女のハートをがっちり摑み、以来、週に二回くらいのペースで店に通っていた。

同伴するのは今日で三回目だ。

「遅えよ。おれを待たせるとはいい度胸じゃねえか」

ユタカは冗談めかして凄み、和美の額に軽くデコピンをした。

「ごめん。家を出るのに手間取っちゃってて」

連れ立って、西武新宿駅の方へ向かった。

「和美。飯、何食いたい?」

「ユタカと一緒ならなんでも」

「そう言うと思った。おまえさ、遠慮すんのがイイ女だと思ったら大まちがいだからな」

「だって本当なんだもん。逆にユタカは何食べたいの？」

「おれはパスタだな。昼食ってないから腹減ってんだ」

本当は金を使いたくないからだ。寿司や焼肉は出費がでかいので、ここぞというタイミングでしか連れて行かないことにしている。

ホストクラブは基本的に、同伴やアフターで掛かる費用はすべてホスト側が持つ。ここがホストクラブとキャバクラの大きなちがいだった。

駅前通りの安価なイタリアンチェーン店に入り、窓際の席で向かい合ってパスタを食べていたところ、和美が聞き捨てならない発言をして、ユタカはフォークを動かす手を止めた。

「それ、どういう意味だよ」

今日で店に行くのは最後、と和美は言ったのだ。

「もう、貯金が尽きちゃって……」

「ああ、前にそろそろヤバいかもって言ってたもんな」

「うん。本当にすっからかんになっちゃったから、だから今夜は最後の晩餐ってやつ」

「ふうん。そっか」

ユタカは鼻から息を漏らした。それからテーブルの下でこっそりスマホを操作し、知人の男に今すぐこの場に来るようにＬＩＮＥでメッセージを送った。

「っつーかさ、和美はおれと会えなくなってもいいんだ？」

「それは……もちろん嫌だけど。けど、仕方ないじゃん」

「カケでも店には通えるぜ」

「……でも、わたし、支払う能力ないし。もしもカケを払えなかったら、ユタカに迷惑掛けちゃうし。それだけは絶対に避けたいから」

カケとは売掛金のことで、所謂《いわゆる》ツケのことである。

ユタカは窓の外に目をやって、「そんなもんか。和美がおれを想う気持ちって」と突き放すような台詞を吐いた。

「あーあ。ショックだわ」フォークをパスタの皿に雑に放る。「食欲失せちまった」

「わたしだって、ユタカに会いたいんだよ。気持ちわかってよ」

「じゃあ会いに来いよ」

「だって――」

「だってじゃねえ。何がなんでも会いに来い。地べたを這いつくばってでもな」

ここで強く出られないような男はホストとしてセンスがないし、向いていない。とくに和美のようなタイプの女に優しくスマートな接客をしてはならないのだ。この子はまだ学生だから、ふつうのOLだから、そんなふうに客の背景を考えるような男は、夜の世界で絶対に売れない。

「なあ和美。おまえ、おれと出会って人生変わったって言ってなかったか？　毎日が楽しくなったって言ってただろう。またつまらねえ人生に戻っていいのかよ」

ユタカが前のめりで告げると、和美は目を潤ませた。

「……じゃあ、消費者金融でお金借りる」

「バカかおまえ。んなもんに手ェ出すんじゃねえよ」

「だって、わたしの手取りって二十万ちょっとしかないんだもん。その中から家賃とか生活費とか払ったら、手元に残るのなんて――」

「知らねえよそんなの。けど、消費者金融はやめとけ。そのうち必ず闇金に手ェ出すようになっから。そうなったら人生終わっちまうぞ。おれはそういう女をごまんと見てきたんだ」

ユタカが身振り手振りで熱く言い聞かせていると、「あ、ユタカさん。こんちはっス」と迷彩柄のパーカーを着た若い男が声を掛けてきた。

「おお、トオルじゃねえか。久しぶりだな。何してんだ、こんなところで」

もちろん偶然ではなく、今し方ＬＩＮＥでこの場に来いとメッセージを送った相手がこいつだ。

「何って、一人で飯食いに来ただけっスよ――すんません、デート中にお邪魔しちゃって。それでは」

トオルは和美の方に丁寧に頭を下げてから去り、近くのカウンター席に座った。

「あいつはおれの可愛がってる後輩の一人なんだ」と、ユタカはトオルに向けて顎をしゃくる。

「で、なんだっけ。そうそう、街金だ。いいか、おまえよくよく考えろよ。借りた金っつーのはいつか必ず――」

ユタカは再び説教を始め、キリのいいところで腕時計に目を落とした。

「クソ、そろそろ出勤の時間だ」

「……ごめん。こんな話に時間使わせちゃって」

「まったくだよ。楽しく飯食いたかったのに」

「ほんと、ごめん。でも、ちょっぴりうれしかった。ユタカがわたしのためにこんなに真剣に怒ってくれて」

「たりめーだろ。おれにとっておまえは大事な女なんだから」

本当は「大事な客」だが、そうとは口にしない。ユタカは基本的に色恋営業――ホストと客が擬似的な恋愛関係を持つこと――スタイルでやっている。

「けど和美、おまえ、今日は店来んなよ」

ユタカが冷たくそう言い放つと、和美は伏せていた顔を上げ、「どうして」と眉を八の字にした。

「このまま店で遊んだって、幸せな気分になれねえだろう。とてもじゃないが最後の晩餐になんかならねえぞ。おれはそんなおまえから金を取りたくねえ――おいトオル」

ユタカはカウンターでパスタを食べている後輩の背中に声を掛け、「ちょっとこっちに来てくれ」と手招きした。

トオルはコップの水で口の中の物を流し込み、早足でやって来た。

「こいつの名前は和美。おれの大事な女なんだ。今ちょっと悩んでることがあってさ、よかったら相談に乗ってやってくれ。おれは今から出勤なんだ」

「はい。わかりました」

「すまんな、忙しいところ」

「いえ、ユタカさんの頼みなら全然です」

「和美、そういうことだ。ちょっとトオルに相談してみろ。こいつは歌舞伎町が長いし、いろいろ詳しいから、いいアドバイスをくれると思うぜ。じゃあな。あとでＬＩＮＥしろよ。絶対だぞ」

ユタカは和美が頷くのをしっかり確認してから店を出た。

路上に出たところで、薄暗くなってきた空に向かってセカンドバッグを軽く放り、「一丁上がり」とつぶやいた。

トオルの職業はスカウトだった。和美のような女を口説き落とし、キャバクラ、おっパブ、デリヘル、ソープのいずれかに沈めるのが主な仕事だ。和美の容姿だと、キャバクラじゃ使い物にならないだろうから、おそらくは段階を踏まず、直でソープ行きになるだろう。

たとえ和美が消費者金融で金を借りたとしても、そんなのは一時の泡銭《あぶくぜに》に過ぎず、返済に難儀することは目に見えている。そうなれば徐々に店を訪れる回数が減り、いつしか歌舞伎町からも消えることになる。

そんな先細りの助言などユタカはしない。それならば和美の収入をアップさせた方がこちらにとってよほど都合がいいのだ。昼の仕事を辞めさせ、ソープ一本でやらせれば器量のよくない和美でも月に百万は稼げるだろう。そしてそのほとんどはユタカのために使われるのだ。

世の男たちは一瞬の快楽のために風俗嬢に金を落とし、風俗嬢は幻想の愛を求めてホストに万札を垂れ流し、そんな風俗嬢に寄生するようにスカウトはこぼれ汁を啜《すす》る。ピラミッドで表すと、上から順にホスト↓スカウト↓風俗嬢↓一般男性客となり、これが歌舞伎町の食物連鎖である。

ユタカは長らくこの街で暮らしていて、その摂理を自然と悟り、そしてホストになることを決めたのだ。

人生ってマジ最高だな――ユタカはしみじみと思い、ネオンの灯り出した街並みに目を細めた。

そんなユタカの前を大型トレーラーが派手なＢＧＭを撒き散らして横切っていく。ボディには歌舞伎町を代表するホストたちの顔写真がでかでかと描かれていた。

ペッ。路上に唾を吐いた。

いつか必ず、おれもあそこに載ってやる――。

二〇二四年四月十九日

歌舞伎町で五指に入る一流ホストクラブと比べても、『Dream Drop』は内装の豪華さで引けを取らない。

天井から吊り下げられたバカでかいシャンデリアにはクリスタルがふんだんに鏤《ちりば》められていて、どこから見ても眩しい。このスペイン製のシャンデリアこそが『Dream Drop』が醸す高級感の核を担っていた。もちろんソファーやテーブル、カーテンやカーペットもすべて上質な素材で仕立てられており、壁にはモダンなアート作品が随所に飾られている。これらすべてが客を甘く優雅な世界へと誘うための舞台セットだ。

この日は売上の出やすい金曜日ということもあり、開店前に行われた営業ミーティングでは、ふだんにも増して店長の怒声が響き渡っていた。唾を浴びているのは売上の立っていない雑魚ホスト共だった。

「ったく、テメェら情けなくねえのかよ。とくにおまえ、客を取れねえならせめて酒くらいガンガン飲んでくれよ。ええ？」

矛先を向けられたのは最近入った新人の真凰《まお》だ。こいつはアルコール耐性がなく、一杯飲んだだけでいつも顔を赤くしている。ホストの中には酒を飲めない者もいるが、そういうヤツは飛び抜けてルックスがいいか、話術に長けているものだが、真凰はそうした武器を何一つ持っていなかった。

なぜこんなヤツがホストを目指したのかと、世間は不思議に思うだろう。だが、こういう勘違い野郎がホストクラブの門を叩いてくることは珍しくなかった。楽して大金を稼いで、女ともヤりたい放題――ホストにそんな浅はかなイメージがあるからだろう。だが実際はまったくちがう。だから大半はすぐに過酷な現実に打ちのめされて、すごすごと去っていく。

「おれが現役だった頃は死ぬほど気合い入れて飲んでたもんだぞ。鼻から逆流しても飲み干して、シャンパンコールが終わるまで笑顔で我慢して、終わったら速攻でトイレに駆け込んで――」

そんな話を傍で聞きながら、ユタカは苦笑した。この四十代の店長はちょくちょく時代遅れな武勇伝を語る。

「そういう壁を一つ一つ乗り越えて、おれはホストとして成り上がっていったんだ。夜の世界で男を磨くってのはそういうことだぞ。要するにテメェらは根性が足りてねえんだ——なあ、そうは思わねえか、ユタカ」

ユタカは「そうっスねえ」と、もったいつけて顎をさすった。

「おまえら、一つ訊くんだけどよォ、野心は持ってるか？」

誰も答えなかった。みな下唇を嚙んで俯いている。

「持ってねえなら、さっさと辞めた方がいいと思うぜ。ふつうに就職して、ふつうの、つまらねえ人生を送れよ」

ユタカはみなにそう言い渡したあと、ゆっくりと一人の男に歩み寄った。先ほど槍玉に上がっていた真凰だ。

「ここはおまえみたいなクソ陰キャが居ていい場所じゃねえんだよ」耳元で囁いてやった。

ユタカが十代の頃、周りによく揶揄されていたワードがこの「陰キャ」だった。これはユタカにとってもっとも屈辱的な言葉で、だからこそあえて多用している。

「はいはい」と、手を叩いたのは店のNo．1ホストの蓮《れん》だった。「ユタカも店長も、ちょっと新人くんを詰め過ぎ。みんなで仲良くやろうよ。仲良くさ」

場が一気に白けた。こいつはいつも後輩たちの前でいい格好をしようとするので気に食わない。

使えない雑魚ホストが中々辞めないのも蓮がいるせいだ。だが、圧倒的な売上を誇る彼には店長はおろか、誰も何も言えない。

たいしてイケメンでもなく、色恋営業もせず、ただ客の話をうんうんとうなずいて聞いているだけのこいつがなぜNo．1なのか。実に摩訶《まか》不思議である。

ユタカはこの蓮を忌み嫌っていた。彼に何かされたわけではなく、むしろ駆け出しの頃は私生活においても世話になったくらいだが、自分が頭角を現してからはうざったくなり、嫌悪するようになった。だから事故にでも遭って死ねばいいと思っている。

やがて開店時間が迫り、みんながせっせと店内清掃をする中、ユタカは堂々とソファーに陣取り、テーブルに鏡を立てて化粧直しをした。メイクはホストを始めた二年前からやっている。

ほどなくして営業時間となり、盛りのついた猫共がぞくぞくと店に押し寄せてきた。

今夜は自分の客である二十七歳の風俗嬢のレイラと、二十一歳のパパ活女子のヒナノがやってくる予定だ。二人は犬猿の仲なので、いい具合に競い合って、売上に貢献してもらいたい。

まずやってきたのは風俗嬢のレイラだった。こいつは典型的な病み系で、ちょっとしたことですぐに「死にたい」と言う。そんなときユタカは必ず、「じゃあさっさと死ねよ」と突き放すことにしている。それがまた、レイラを感じさせるのだ。

「今日ね、ちょっと凹んでるんだ」

乾杯したあと、レイラが肩を落として吐露した。彼女が手に持っているのはコカレロのトニックウォーター割りで、ユタカも同じ物を飲んでいる。

「どうせまた客と喧嘩して、店にクレーム入れられたんだろ」

図星だったようで、彼女は唇を尖らせた。

「でもね、今回は喧嘩なんてしてないんだよ。プレイが終わったあとになって、客のオヤジが『いつまでもこんな仕事してたらダメだ』とかほざいてきたから、『やることやってから言うのはカッコ悪いですよ』って言い返しただけなの。それも冗談っぽくね。なのに、あとで店にクレーム入れやがって、そしたら店長が謎にガチギレしてきて――」

レイラの話はいつもこんな感じだ。もちろんユタカはうんざりしていて、それを態度にも出している。この女にはその接客が正解で、このからくりが理解できないようなホストはすぐに辞めた方がいい。

レイラの延々とつづく愚痴にテキトーに相槌を打って付き合っていると、パパ活女子のヒナノが店にやってきた。彼女は案内されたテーブルにつくなり、さっそくユタカを呼びつけた。

「またあとでな」

レイラの膝の上にぽんと手を置いて立ち上がり、ヒナノのもとへ向かった。

「ちょっとユタカ、今あのブスの膝に触ったでしょう。ちゃんと見てたからね」

「っせーな。じゃあおまえのも触ってやるよ。ほれほれ」

ヒナノの膝をわしわしと揉み込んで、彼女を笑わせた。

客にボディタッチをするホストと、しないホストがいて、ユタカは前者だった。もっとも手や足くらいのもので、それ以外の部分は触らないことにしている。

ホストの中には客とキスをしたり、セックスをする者もいるが、そういうヤツはきまって二流だった。

ユタカは色恋営業の手法を取っているが、絶対に客と寝ないと決めていた。理由は二つあって、一つは前述したもので、もう一つは単純に嫌だからだ。底辺の女共相手に一発でも出したくない。例のごとく、ヒナノはキャハハハと店中に響く声で笑っていた。この女はレイラとは真逆で、底抜けに明るい性格をしている。二人の共通点は頭が悪いということだ。

ヒナノのグラスが空になったので、ユタカはおかわりを作ってやった。ヒナノはハイボール一本やりの女なのだ。ほかの酒が好みじゃないのは仕方ないが、ボトルキープの角だけで済まそうとするのはタチが悪い。そういう意味では、たまにシャンパンを入れてくれるレイラの方がありがたい。

「おまえさあ、たまにはおれのためにザキヤマを入れてやろうとか思わないわけ？」

ユタカがマドラーでウイスキーとソーダを混ぜながら言った。

「思わなーい。だって二十万くらいするじゃん」

「金持ってるくせによォ。パパたちに貢がせた金を」

ヒナノは愛人契約しているパパが四人いて、それぞれから月に一度、金を受け取っている。金額は会う回数とデート内容によるらしい。海外旅行に行って金まで貰える職業は、おそらくパパ活女子だけだろう。

このパパ活女子というのは妙なもので、本人たちにはウリをしている意識はなかった。「友達に風俗で働いてるとは言えないけど、パパ活は言えるよね」という、よくわからない線引きが彼女たちの中には存在しているようだ。

「お金なんて持ってたらカケなんてしないでしょ。あ、そういえばあたし、今いくらくらいカケ溜まってる?」

「今日の分を入れないで、七十くらいだっけかな」

「マジ? もうそんなになってんの?」

「そう、なってんの」

「えーむりー。払えなーい。飛んじゃいたーい」

「どうぞご自由に。地獄の果てまでも追い込みかけるけどな」

もしも客が飛んだ場合、業界の掟として、未精算のカケはすべて担当ホストの負担となる。仮に売掛金まで店の責任となるのであれば、ホストは可能な限り客に売掛をさせた上で、回収に本腰を入れることなどないだろう。ゆえに事前に借用書などを作成しておき、法律に基づいて取り立てるホストもいれば、客の実家を押さえておき、親に直接アプローチするホスト、取り立てる労力を考慮して自腹を切るホストもいる。

ちなみにユタカも過去に客に飛ばれ、そいつのカケを自腹を切って店に払ったことがある。もしも今後、そいつを街で見かけようものなら、顔面をボコボコにしてやるつもりだ。

その後、レイラとヒナノの間で担当ホストの取り合い合戦が勃発し、ユタカは何度も彼女たちのテーブルを往復した。互いに「あの売女《ばいた》」と罵るのがおかしい。

「なんとなんと！　素敵な姫君からルイ・ロデレール・クリスタルのシャンパンタワーが入りましたーっ！」

店長がマイクを片手に高らかとアナウンスした。

誰かと思えば蓮の客が頼んだものだった。

クソが――ユタカは舌打ちした。これで今夜の売上も蓮に勝てないことが確定してしまった。

ホスト全員がフロアの中央にぞろぞろと集まり、蓮とその客を取り囲んだ。シャンパンタワーが入るとホスト全員で、祝福のコールをし、乾杯をするのが店の習わしだ。

「今夜はサイコー！（今夜はサイコー！）ほんとにサイコー！（ほんとにサイコー！）」

みながコールを叫ぶ中、ユタカは口パクで声を出しているフリをした。

「祭りだワッショイ！（祭りだワッショイ！）ワッショイワッショイワッショイワッショイ！（ワッショイワッショイワッショイワッショイ！）そーっれそれそれ（シャンパンタイム！シャンパンタイム！）一年三百六十五日（シャンパンタイム！シャンパンタイム！）そしたら行くぜっ、せーの！（いただきまーーす！）」

ユタカはシャンパンタワーに手を伸ばし、グラスを一つ手に取って、天井を見上げて一気に飲み干した。ああ、クソ不味い。

おざなりの拍手をして、すぐに元いたレイラのいるテーブルに戻り、「おれもあんなふうに気持ちよくなりてえもんだな、おい」と当てつけを言った。

「ごめんね。誕生日には頼んであげるから」

「まだ半年も先じゃねえか」

半年後、自分は二十四歳になる。それまでに何がなんでも店のNo．1になっていたい。早いところ蓮を越えなければ歌舞伎町のトップオブトップになるなど、夢のままで終わってしまう。

それからユタカがまたヒナノのテーブルに移動したところ、スタッフが出入り口の扉の前で、「ご新規一名、初回のお客様いらっしゃいましたー」と、やや上擦った声で叫んだ。

すると、場内の空気が一変した。一瞬、このフロアの中の時が止まったかのような、少なくともユタカはそういう感覚を抱いた。

スタッフの背後に佇む、黒いワンピースに身を包んだ小柄な女が、客をも含め、フロア中の視線を惹きつけたからだった。

歳は二十歳過ぎくらいだろうか、遠目にも美人だとわかった。だが、それ以上に、彼女は周囲を圧倒するオーラを放っていた。

「お名前は愛お嬢様です！」再びスタッフが叫び、「愛お嬢、ようこそおいでなすって！」と、ホストたちが応える。

こんなお決まりの掛け合いも、どこかぎこちなくフロアに響いた。

愛はホストの誘導のもと、悠然とフロアを歩いていく。その途中、ユタカと目が合い、彼女は足を止めた。

そして愛がフッと口元を緩めた瞬間、ユタカは心臓を射貫かれた。

一目惚れしたとか、そういった比喩ではなかった。文字通り、矢が心臓を貫いたような痛みが走ったのだ。

愛が案内されたソファーに身を沈めると、フリーのホスト四人が彼女を中央に置く形で座った。新規客にはまずはこうして団体芸で盛り上げ、その後にＮｏ．１から順に十五分ずつ接客をするルールになっていた。その十五分の持ち時間の間に、客のハートを摑めるかどうかが勝負となる。もちろんこのあと、ユタカにも打順が回ってくる予定だ。

「ちょっとユタカ、いくらなんでもあっち見過ぎ」

ヒナノが不貞腐《ふてくさ》れて言った。ユタカは愛のテーブルが気になってチラチラと視線を送っていたのだ。

「わるい、わるい。あいつらがご新規さんに粗相してないか気になっちゃってさ」

愛のテーブルについたホストたちはふだんにも増して張り切っていた。とびっきりの美女を前にして興奮しているのではなく、無理してでもテンションを上げないと目の前の女に太刀打ちできないのだろう。

「今わたしの時間だって、わかってる？　この瞬間も料金発生してるんだけど」

「ああ、もちろんわかってるよ」

愛は口元に手を添えて、控え目に笑みを溢《こぼ》している。その微笑がまた、余裕と見て取れた。

もしかしたら愛は初回荒らしなのかもしれない。どこのホストクラブも大抵、最初の一回は格安料金で遊べるシステムになっており、それだけを目当てにさまざまなホストクラブを渡り歩く女たちがいるのだ。彼女たちはけっしてリピートをしない。こういう女たちのことを初回荒らしという。

「わたし、帰る」

ヒナノがバッと立ち上がった。

「なんだよ、急に」

「ユタカ、早くご新規さんのところに行きたいんでしょ」

「誰がそんなこと言ったよ」

「言ってなくても、顔に書いてあるもん。目もハートの形になってるし」

「意味わかんねえこと――」

「たしかにあの子、美人で可愛いもんね。ま、どうせ整形しまくりのサイボーグだと思うけど」

そんな捨て台詞を残して、ヒナノは去って行った。見送るために背中について行ったら、「来ないで。キモい」とキレられた。ふだんならキレ返すところだが、「あっそ」と告げて別れた。

こうしてユタカは自動的にレイラの接客をすることになり、だが、その間もずっと心ここに在らずだった。どうしても愛が気になって仕方ない。

今現在、愛の接客には蓮がついている。二人は楽しそうに話し込んでいるようだった。愛は白い歯を見せて、手を叩いていた。

頼むから蓮なんかに誑《たぶら》かされるなよ――胸の内で願った。新規は全部自分が取り込みたい。とくにあの女は自分の虜《とりこ》にしてしまいたい。

レイラのくだらない話に相槌を打つこと三十分、ようやくユタカのもとにスタッフが声掛けにやってきた。

いよいよユタカの出番が回ってきたのだ。レイラの相手は別のホストに任せて、スタッフと共に愛のテーブルに向かった。

足を進めるたびに胸が高鳴り、気持ちが昂揚していく。なるほど、近づけば近づくほど、愛の美しさが一層際立って見えた。

まずは赤いカーペットの上に片膝をつき、身を低くして、「お初にお目にかかります。ユタカと申します。以後お見知り置きを」と、丁寧かつ堂々と名刺を差し出した。

だが、愛は名刺を受け取らなかった。そればかりか、「チェンジで」とスタッフにすげなく告げた。

意味がわからず、ユタカはきょとんとしてしまった。

「悪いけど、タイプじゃない。だからチェンジ」

ユタカはまだ身動きを取れずにいる。

やがて、ふつふつと怒りが込み上げてきた。拳も震え始めた。

こんな屈辱、ホストになって以来、一度たりとも経験がない。

「またまた、ご冗談を」

ユタカは迫り上がる憤怒《ふんぬ》を抑えつけ、なんとか笑顔をこしらえた。

「これが冗談を言っている顔に見える?」

愛が前のめりになって、ユタカの顔を覗き込んできた。至近距離でジッと見つめ合う。彼女の黒々とした瞳は、か弱い小動物のような、それでいてどこか勝ち気で、強靭さをも感じさせた。

次の瞬間、ユタカの中で奇妙な既視感が湧き上がった。

この瞳、どこかで見たことがあるような——。

やがて、愛はフッと口元を緩め、「やっぱりね」と謎の一言を溢した。

「何がやっぱり？」

「わたしね、相手の目を見れば、その人がどういう人かなんとなくわかっちゃうんだ」

「じゃあ、おれはどういう人？」

「小心者。根暗」

「……」

「そういう自分を必死に隠して、一生懸命大きく見せようとしてる、イタい男の子」

カチカチと音が鳴る。怒りに打ち震えたユタカの歯がぶつかり合っているのだ。

「だからごめんね、ボク」

ユタカの視界がグニャリと歪んだ。

「おまえ。どうせ初回荒らしだろ」立ち上がって言った。「たいして金も持ってねえくせに偉そうにしてんじゃねえよ」

「ユタカさん。まずいです」スタッフが慌てて耳元で囁いてきた。「ここは我慢してください」

ユタカはそのスタッフを手で押し退け、「おまえごときにおれはもったいねえ。こっちから願い下げだ」と、なおも罵倒した。

「そう。それなら互いに都合がいいじゃない。バイバイ」

愛は顔に余裕の笑みを張りつけたまま、胸の前で手の平を振った。

ユタカは歯軋りをして身を翻し、大股でレイラのいるテーブルに戻った。乱暴にソファーに座る。

「あれ、どうしたの？　早くない？」とレイラ。

「っせーなブス。おまえ、溜まってるカケ、きっちり払ってくれるんだろうな。飛んだら容赦しねえからな」

「いきなりなに？　どうしちゃったのユタカ」

「っせーって言ってんだろ。話しかけるなアバズレが」

怒りに任せて暴言を連発した。いくらオラオラキャラでやっているとはいえ、こんなひどい言葉を客に浴びせたことはない。

ユタカは激しい暴力衝動に駆られていた。人の目がなかったら、きっとレイラをぶん殴っていたことだろう。

「愛お嬢様から初めてのご指名が入りましたーっ」

スタッフが叫び、ユタカはバッと背後を振り返った。

どうせ蓮かと思いきや、指名をもらったホストはまさかの真凰だった。

真凰自身、なぜ自分に声が掛かったのか不思議でならないのだろう、彼は困惑と緊張の面持ちで、愛のテーブルにてくてくと向かっている。

ユタカの口はだらしなく開いていた。

信じられない光景を前に、唖然とするほかなかった。

二〇二四年五月二日

また睡眠薬に手を出す日が訪れようとは思わなかった。

オーバードーズが目的だった昔とはちがい、純粋に脳と体の休息を求めて服用しているのだが、やはり薬に頼るのは気が進まない。

ここ最近、ユタカは深い眠りに浸ることができていなかった。意識の縁で常にあの女のことを考えているからだ。だから目覚めの気分はいつだって最悪だ。

「ユタカくん、目の下にクマができてるよ」

『Dream Drop』のオーナーから指摘され、ユタカはぎこちなく笑った。

オーナーの名前は浜口竜也と言い、彼を前にすると、ユタカはいつも体が強張ってしまう。

浜口は恵比寿天のような柔和な顔と体形をしていて、言葉遣いも穏やかなのだが、その昔はぼったくりバーを経営する半グレだったという。そんな中途半端な不良をしていた男が、今では歌舞伎町でホストクラブやキャバクラ、飲食店を多数手掛ける成功者になっているのだから、この街は実力次第でいくらでも成り上がれるのだろう。

そんな浜口から電話があったのは昼過ぎだった。〈営業前にちょっとご飯でもどうかな〉と、急に呼び出されたのだ。浜口と二人きりで食事をするのは初めてのことだった。

「眠れないほどの悩みごとでもあるのかい?」

浜口がトングで網の上の肉を裏返しながら言った。

電話で何が食べたいと訊かれたので、なんとなく焼肉と答えてしまったのだ。本当は胃に脂を入れたくないのだが。

「いえ、そんなのはまったく」

「そう——さ、どうぞ」

浜口がユタカの小皿の上に肉を置く。ユタカは「いただきます」と断ってから口に運んだ。上質な脂が舌の上に溢れ、口いっぱいに広がった。美味いのだが、やはり今はキツい。

「最近、がんばってるみたいじゃない。店長がすごく褒めてたよ。ユタカくんと真凰くんは『Dream Drop』の未来だって」

舌打ちが出てしまいそうになった。

ここ最近の真凰はやたら調子づいていた。なぜなら彼の売上が右肩上がり、いや、爆上がりしているからだ。

愛が新規客として店を訪れたのは、今から半月ほど前だろうか。以来、あの女は頻繁に店にやってきては真凰を指名し、彼に金を使っていた。それも湯水のごとくジャブジャブと——。

一体全体、真凰のどこを気に入ったのか知らないが、とりあえずあのクソガキは絶対に許さない。

昨日の営業ミーティング中、真凰はずっとユタカに向けて薄ら笑いを浮かべていた。真凰の売上は、今にもユタカを追い越さんとしているのだ。

「けど、真凰にはたった一人の太客がいるだけですから」

ついそんな言葉が口をついて出た。

「あ、そうなの」

「ええ、だからその客が消えたら真凰は終わりですよ」

「ふうん。それにしてもそのお客さん、何者よ。どこかのマダム？」

「いいえ、若い女です」

「じゃあきっと、どこぞの令嬢か、もしくは金持ちの愛人だろうね」

おそらくそうだろう。そうじゃなければ若い女がホストクラブであれだけの豪遊はできないはずだ。

「まあ、どんな客であれ、ありがたいことだ」

あんたからすりゃそうだろう。ユタカにとっては殺してやりたいほど、愛が憎い。

それからしばらくして、「ほんと、世知辛い世の中だよなあ。このままじゃホスト業界はどんどん衰退していくよ」と、浜口が肉を網の上に載せながら吐露した。

そのボヤきは狭い個室に切実に響いた。

ここ数年、ホスト業界に対する世間と行政の風当たりが強かった。彼らの言葉を借りれば、いたいけな少女たちが安易に売春に走り、身を滅ぼしてしまうのはホストクラブのせいだというのである。とりわけ新宿区は、日本一の歓楽街の歌舞伎町があるだけに、行政の指導はめっぽう厳しかった。聞いた話によれば、売掛のシステムを規制しろだなんてことまで要求してきているらしい。

これらの話をユタカが振ると、「まったく、ひどい話だよね」と、浜口は憤慨した。

「先月ね、この件でホストクラブのオーナーたちが厚生労働省に呼び出されて、そこで話し合いが行われたのよ。でもって、お役人さん方が我々に向かってこう言うわけ。『ホストクラブにハマって身を滅ぼしている女性がいるのは事実でしょう。かわいそうじゃありませんか。みなさんはそうは思わないんですか』って。だからおれは返す刀でこう言ってやったね。『キャバ嬢にハマって破産したおっさんたちはかわいそうじゃないんですか。彼らと彼女らで、いったい何がちがうのでしょうか。どうぞ納得のいく説明を』ってさ。そうしたら役人たちはみーんな黙ったね」

「あはは。それこそ男女平等の概念はどこ行ったって話ですよね」

「まさしく。だいたい、おれに言わせればホストクラブの文化を作ったのは、この国だろうって話なのよ。長らく男尊女卑でやってきて、女性を虐《しいた》げてきた結果だろうって。要するにそうした文化の反動としてホストクラブは誕生して繁栄したわけ。ちなみに、ユタカくんはホストクラブがこれまで日本にしかなかったことを知ってる？」

「そうなんですか」

「そうなんだよ。海外だと、メンズのストリップクラブみたいなもんは結構あるんだけど、日本のように男性が女性をもてなして、サービス代を頂戴する商売はなかったんだよね」

「へえ。勉強になります」

「ところが近年、アメリカや韓国、上海やマニラなんかにも日本のホストクラブと似たようなクラブが出来始めてるわけ。この事実をきみはどう捉える？」

「どう捉える？　ええと――」ユタカは頭を掻いた。「世界的に満たされない女性が増えてるってことですかね」

「きっとそれだろうね。これはおれの持論なんだけど、男女平等を叫べば叫ぶほど、逆に女性が生きづらい世の中になっていくと思うんだよね。ま、この辺りは男女平等に限らずだけど。SOGIESC理解増進法なんて、あんなもん作ったばかりにどんどんおかしな世の中になってるだろう」

SOGIESC理解増進法――レズ、ゲイ、バイセクシャル、トランスジェンダーなど、セクシャルマイノリティの人たちが生きやすい社会を、という目的で定められた法律だった。ただ、新宿二丁目の住人たちはちっともありがたがっていないようだ。

ちなみにこの法案を声高に叫び、強く推し進めていたのは現在の東京都知事の藤原悦子である。その藤原悦子と、ユタカは小さな接点があった。彼女がPYPの代表を務めていた頃、ユタカはトー横キッズとして、食事などの面でそれなりに恩恵に与《あずか》っていたからだ。

ただし、今は憎き相手だった。藤原悦子こそがホストクラブは悪であると訴えている張本人なのだ。

ユタカがその話をすると、「たしかに藤原は邪魔だよね」と、浜口は不快そうに鼻に皺を寄せた。

「ただ、あの女と真っ向から揉めると危険だからな」

「オーナーは都知事とお知り合いなんですか」

「知り合いというか、過去にちょっとだけ関わりを持ったことがあってね――まあ、この話はよそう」

よくわからない話にユタカは曖昧に頷いた。そもそも、こんな世間話をするために浜口は自分を呼び出したのだろうか。

それからしばらく、ユタカはひたすら肉を食いつづけた。オーナーが焼いてくれた肉を食べないわけにはいかない。

ただ、さすがに限界が見えてきたところ、「ところでユタカくん」と、浜口は居住まいを正した。

「きみのお友達に『Butterfly』でスカウトをやってるトオルくんって子がいるでしょう」

『Butterfly』とはトオルが所属する大手スカウトグループのことだ。

「ええ、いますけど」

「彼、あまりお行儀が良くないみたいだね」

「と言いますと?」

「どうやら他所《よそ》の腕のいいスカウトに声を掛けて、どんどん引き抜いちゃってるらしいじゃない。

その辺りの話を彼から聞いたことある？」

「いえ、とくに。でもたぶん、引き抜いてるっていうか、あいつは顔が広いんで、よかったら一緒に働かないかみたいな感じで、周りを誘ってるだけだと思いますけど」

「それを世間では引き抜きって言うんだよ」

「はあ。でも、それの何がいけないんですか」

すると、浜口は苦笑した。そんなこともわからないのかと、小馬鹿にされたようで不快だった。

「ほかのスカウトのグループの幹部たちが『Butterfly』にえらくおかんむりでね。その中でもトオルくんって子は率先して引き抜き活動をしてるそうだから、ちょっと怖い人たちからも目をつけられちゃってるんだよ」

「怖い人たちって、ほかのスカウトグループのケツ持ちですか」

「そう。隠す必要もないから言うけど、内藤組」

内藤組――歌舞伎町で幅を利かせている任侠団体だ。組長の矢島という男は巷《ちまた》では有名で、彼の怒りを買った者は即刻、街から姿を消すことになるという。

そういえばいつだったか、浜口と矢島が繋がっているという噂話を誰かがしていた気がする。

「うちの『Dream Drop』の客の中にも、トオルくんが面倒を見てる女の子が少なくないんだってね」

それはユタカがトオルに女を紹介しているからだった。

なるほど、状況が理解できた。内藤組の怒りを買っている『Butterfly』と、『Dream Drop』

が繋がっていると思われては、浜口にとって都合が良くないのだろう。

「わかりました。トオルに大人しくするように忠告しておきます」

「いや、縁を切ってくれ。今すぐ」

「へ？」

「金輪際、彼や『Butterfly』とは関わり合わないでくれ」

「ええと、そこまでのことなんですか」

「ああ。実はもう、『Butterfly』とほかのスカウトグループは関係を修復できるような状態じゃないんだ。おそらく今後、戦争が起きる」

「戦争って……」

「とにかくそういうことだから、よろしく。ユタカくんの立ち振る舞い次第じゃ、うちもタダじゃ済まないかもしれないからね」

ユタカはごくりと唾を飲み込んだ。


焼肉店を出て、浜口と別れ、『Dream Drop』に向かった。道すがら、トオルに電話を掛けた。

ユタカが今し方、浜口から聞かされた話をしたところ、〈ああ、なんかそんなことになってるみたいっスね〉と、呑気な返事があった。

「何を他人事みたいに……いいか、おまえが狙われてんだよ。マジでシャレにならねえ状況なんだぞ」

〈わかってますよ。けどおれ、もう腹括ってますから〉

「なんだよ、腹を括るって」

〈うちのバックに誠心会《せいしん》がついたのって、ユタカさんはご存じですか〉

「いや、知らねえけど」

〈なんだ、意外と歌舞伎町の裏事情に疎いんスね〉

ムッとした。

話を聞けば、誠心会とやらは西日本を中心に活動する指定暴力団で、近年、関東に枝を伸ばしてきているらしい。

「けど、歌舞伎町には内藤組がいるだろう」

〈内藤組のことなんか誠心会の方々は恐れてないんですよ。むしろ上等だって思ってるくらいなんです〉

そんな話を聞きながら、ユタカは想像を巡らせた。もしかしたら誠心会は内藤組と揉めたいがためのきっかけ作りとして、『Butterfly』の連中にスカウトの引き抜き行為をさせたのじゃないだろうか。

「誠心会は歌舞伎町を牛耳るつもりなのか」

〈さあ。けどもし、ユタカさんが内藤組側に立つんだとしたら、自分ら、ここで割れるしかないっスね〉

ユタカは息を呑み、足を止めた。思いがけない発言に当惑を隠せない。

〈それじゃ〉

電話を切られた。スマホを路上に叩きつけたい衝動に駆られる。

歌舞伎町で生きていると、こうしたことが頻繁に起こる。『昨日の敵は今日の友』もあるが、その逆もまた然りなのだ。

ユタカは夜支度に入った空を見上げ、深呼吸をした。

この騒動に自分はいっさい関係がない。裏社会の奴らの揉め事に巻き込まれるなんてまっぴらごめんだ。

おれはホストとして、あくまで表の世界で成り上がっていくのだ。

二〇二四年五月二十一日

「ユタカさん、勘弁してくださいよ。この通りですから」

スタッフの黒辺《くろべ》が泣きそうな顔で懇願してきたが、「ダメだ。やれ」とユタカは撥《は》ねつけた。

二人は『Dream Drop』のバックヤードでひっそりと向かい合っている。

「もしバレたら自分もユタカさんもクビですよ」

「どうしてバレんだよ。おまえさえ黙っていればそんな心配はいらねえだろう」

「だけど、こんなことって――」

「じゃあチクらせてもらうからよ」

「チクるって何をですか」

「おまえがブラックな店の常連だってことをだよ」

この黒辺というスタッフはギャンブル依存症で、歌舞伎町にある違法カジノに足繁く通っていた。店長はまだしも、オーナーの浜口に知れたら、即刻解雇を言い渡されるだろう。今、浜口はコンプライアンスに敏感になっているのだ。

「な、そうなったら困るだろう。だからここは大人しくおれに従っておけよ。なあに、ちょっとクスリを盛るだけじゃねえか」

ユタカは黒辺の肩に手を回して言った。

真凰に出す飲み物に下剤を混入しろ——これがユタカが彼に与えた指示だった。

先ほど行われた営業前ミーティングで、真凰はユタカの耳元で、「ついに陰キャが売上を抜いちゃいましたね。サーセン、パイセン」と囁いてきた。さらにはミーティング後、周りのホストたちが清掃に勤しむ中、真凰はソファーに陣取って、堂々とメイクをしていやがった。そこはいつもユタカが座っている定位置だった。

ユタカはあまりの怒りで、頭がどうにかなってしまいそうになった。だから天誅《てんちゅう》を下すことにしたのだ。

やがて営業が始まり、さっそくユタカの客がやってきた。和美だ。彼女はついこの間、昼の仕事を辞め、ソープ嬢になった。

諸々の手引きをしたのはトオルだった。ゆえに彼の懐には、和美が働いている限り、永遠にマージンが入る。そしてそのマージンの中から、ユタカもキックバックをもらうことになっていた。

しかし、トオルと疎遠になったということは、今後はそういうおこぼれにも与れない。これはよくよく考えると、頭の痛い問題だった。ホストをやっていると、入ってくる金も多いが、出ていく金もまたでかいのだ。

「ユタカ、今日はアフター大丈夫そう？　身体は平気？」

和美が腕を絡ませてきて言った。

前に和美が店を訪れた際、ユタカは彼女とのアフターをドタキャンしていた。理由はどうにも体調が優れなかったからだ。眠れない夜がつづくと、こうして仕事にも影響を及ぼす。昨夜も睡眠薬を飲んだにも拘わらず、二時間程度しか眠れなかった。

「ああ、もう平気だ。体調も万全だよ」

「よかった。ユタカが元気になってくれて」

「つーわけで快気祝いに果物が食いてえな。苺やメロンやマンゴーで腹を満たしたい気分だ」

「もう。すぐそうやって調子に乗る」

だが和美はフルーツ盛りを注文してくれた。金額は七万円で、ここにＴＡＸが乗る。彼女はソープ嬢になってから金遣いが荒くなった。実によろこばしいことだ。

しかし、気分が上がったのは一瞬だけだった。

ユタカに対抗するように、真凰のいるテーブルからもフルーツ盛りのオーダーが入ったのだ。それも和美が頼んだものより、ワンランク上の十二万円もするフルーツ盛りだった。

注文したのはもちろん愛だ。

ユタカは愛と真凰のいるテーブルを遠くから睨みつけた。すると、真凰と目が合った。挑発的にウインクを飛ばされた。

「ユタカ、なんか怖い顔してるよ」

和美が指でユタカの頬をつついてきた。その手を邪険に振り払う。

フロアの中央に立つ黒辺を見た。気まずそうに目を逸らされた。まさかあの野郎、与えた任務を遂行しなかったのかと、そう思ったのだが、しばらくして、真凰が下腹部を押さえてトイレに向かった。彼は額に脂汗を浮かべていた。

どうやら黒辺はしっかりと役割を果たしたようだ。

ざまあみやがれクソガキが——ユタカは一転してほくそ笑んだ。

「今度は笑ってるし。今日のユタカ、ちょっと変」

「そんなところも魅力的だろ」

「まあね。ユタカのすべてが大好き」

和美の頭を撫でてやった。

それから五分が経ち、十分が経った。真凰は一向にトイレから出てこなかった。おそらく便座を離れたくても離れられないのだろう。

遠くの愛を見る。彼女はテーブルで一人、さくらんぼを口に含んでいた。担当ホストが席を外した場合、ヘルプで別のホストがテーブルにつくものだが、彼女が断ったのかもしれない。

愛は無表情で、果物を口に運んでいる。その様は暇を持て余しているようにも見えたし、何か考えごとをしているようにも見えた。

ここで真凰がようやくフロアに戻ってきた。だが、すぐに引き返し、またトイレに駆け込んでいた。その表情は苦悶に満ちていた。

ユタカは胸の内で快哉を叫んだ。

結局、真凰は早退をした。ウケるのが、どうやらあいつはクソを漏らしたらしい。さすがに汚れたスーツで営業はできないだろう。

こうして担当がいなくなったというのに、妙なことに愛は帰らなかった。

今は黒辺と店長をテーブルに呼びつけて、何やら話し込んでいる。クレームでもつけているのだろうか。

何はともあれ、ユタカの気分はすこぶる爽快だった。

今後、真凰には下剤を飲ませて、定期的に苦しめてやることに決めた。そうすればいつか愛から三行半《みくだりはん》を突きつけられることだろう。

ほどなくして、「ユタカさん。ご指名です」と、黒辺がテーブルにやってきて言った。

ユタカは眉をひそめた。今日は和美以外に自分の客は来ていない。

「あちらのテーブルへお願いします」

黒辺が手で促した先を見る。まさかの愛のテーブルだった。

ユタカは訝《いぶか》った。あの女、いったいどういうつもりだ。

「それおかしくないですか。だってあの女の人、ユタカ担当じゃないでしょう」

いきり立ったのは和美だ。

「どうしてユタカを呼べるんですか。乗り換えはＮＧですよね」

これはどういうことかというと、客は一度担当ホストを決めると、その担当ホストが店を辞めない限り、ほかのホストに乗り換えてはならないのだ。これは永久指名というシステムで、多くのホストクラブがそうであるように、『Dream Drop』もこの制度を採用していた。

「まあまあ、そう怒るなよ。アフターでいくらでも一緒にいられるだろ？　それに、すぐに戻ってくるさ」

膨れっ面の和美の頬に手を添えて、ユタカは席を立った。

「いったいどういうことだ」

フロアを歩きながら、斜め後ろをついてくる黒辺に小声で訊ねた。

「愛さんが、担当の真凰から長い時間放置されたんだから、その埋め合わせをしろと。じゃないと、今後店には通わないって」

「なるほど。そういうことか」

今や、愛はこの店で一番の太客だった。そんな彼女を失うリスクと天秤に掛けて、店長はイレギュラーな対応を取ることにしたのだろう。

「でもなんでおれなんだ？」

「さあ。自分にはさっぱり」

「まあいい。それより黒辺、さっきはナイスだったぞ」

ユタカが後方を向き、口の片端を吊り上げて言うと、彼はきょとんとした顔つきになった。

そんな彼と共に愛のテーブルまでやってきた。

ユタカは冷めた目で愛を見下ろし、「どうもご指名に与りましてありがとうございます」と、高圧的に告げた。

それでも愛は余裕の構えだった。涼しげな顔で、ユタカを見上げている。

「なぜ、自分なんかをご指名くださったんでしょうか」

「気になる？」

「そりゃなりますよ。なぜなら自分は、小心者で、根暗で、イタいボクなんですから」

「ふふふ。ずいぶんと根に持ってるのね」

「当たり前じゃないですか。いったい、どういうつもりですか。新たな嫌がらせですか」

「そうつんけんしないでよ。ほら、となり座って」

促され、ユタカはやや警戒しながら愛の横に腰を沈めた。女の甘い香りが鼻腔をくすぐる。

「とりあえず、お酒作って。ロックで」

ユタカは舌打ちをして、卓上のウイスキーの瓶に手を伸ばした。銘柄はスプリングバンクの二十五年モノだった。これは店にも一本しかない貴重なウイスキーで、ユタカも飲んだことがない。

「あなたも飲めば？」

「よろしいんですか？　自分なんかがこんなお高いお酒をいただいちゃって」

思いきり卑下して言うと、愛は手を差し出し、「どうぞ」と勧めてきた。

ユタカは氷を入れずにウイスキーをグラスに垂らした。ふだんは酔わないために水割りかソーダ割りしか作らないが、滅多に飲めないものなので、どうせならストレートで味わうことにした。

「じゃあ、仲直りの乾杯」

愛がグラスを近づけてきた。

「仲直り？」

「そ。仲直り」

「すると思いますか」

「あら、してくれないの？」と、不敵な笑みで迫られる。

自分とそう変わらない年齢だろうに、この余裕と貫禄はなんなのか。

ユタカにそのつもりはなかったのだが、気がついたら自らグラスを重ねていた。なんだか操られたようで悔しかった。

ウイスキーを一口舐めてみる。バニラやハチミツなどの甘い香りと、焚き火を思わせるウッディ感が鼻腔を突き抜けた。そしてその余韻は長くつづいた。

なるほど、こりゃあ高いわけだ。であるにも拘わらず、愛はそんな貴重な酒を一口で飲み干した。

「おかわり」

指示通り、もう一杯、ウイスキーロックを作り、愛に差し出す。

「ねえ。わたしが初めてこの店に来てから今日までの間、あなたどういう気分だった？」

「答えたくありません」

「聞かせてよ。それともう敬語はやめて」

ユタカは鼻を鳴らし、愛がしたように、ウイスキーを一気に飲み干した。

「最悪さ。夜も眠れないほどあんたにムカついてた。店に来るたびにぶっ殺してやりたいって思ってた」

正直に告げると、愛は愉快そうに手を叩いた。

「毎回、あたしのこと睨みつけてたものね」

「ちなみに今だってムカついてるぜ」

「あら、執念深いことで」

愛は肩をすくめ、またも一気に酒を呷る。この女の肝臓はどうなってるのか。とはいえ、真凰といるときはこんなハイペースで飲んでいないはずなのだが。

「なあ、そろそろ教えてくれよ。これはなんのつもりなんだ？　なぜおれを呼びつけた？」

「だから仲直りだって言ったじゃない。以後、お近づきになりましょ」

「ふざけるなよ。永久指名のルールを知らないわけじゃないだろう」

「そんなのどうだっていい。あたしがルールだから、すべてあたしが決めるの」

女王様のような台詞をサラッと口にする。悔しいことに、それがまた板についていた。

「真凰のことはどうするんだよ。捨てるのか」

「捨てるも何も、あんな坊ちゃん、最初から相手にしてないもの」

ユタカは眉をひそめ、首を傾げた。

「意味がわかんねえな。だったら、これまではなんだったんだ」

「お遊び」

「は？」

「わたしね、気に入った男を、まずは嫉妬させたり、怒らせたりするのが趣味なの」

「ってことは、つまり……」

「そう。わたしの狙いは最初から――」愛の両手が伸び、ユタカの頬に添えられる。「あなた」

ユタカは石化したかのごとく硬直してしまった。瞬きすらできない。まるでメデューサに睨まれたかのようだった。

やがて、

「なんだよ。そうだったのか。そういうことだったのかよ」

と、ユタカは唇だけで独り言ちた。

「ふふふ。そういうこと」

とはいえ、まだ半信半疑だった。

もっとも、愛の告白を真実だと受け入れている気持ちがやや勝っている。冷静に考えれば、このおれが真凰のようなションベン臭いガキに負けるわけないからだ。

愛の瞳を突き刺すように凝視する――嘘偽りないと判断した。

直後、歓喜の雄叫びを上げたい衝動に駆られた。

その衝動を抑えるのは容易ではなかった。ユタカはきつく腕を組み、自らの肉体を拘束したほどだ。

「どうしたの、平気？」

まったく平気ではなかった。不合格だと思っていたものが、実際は合格していたのだ。平静を保つことなど誰ができよう。

「今までごめんね。たくさんプライドを傷つけちゃったね」

「まったくだ。いくらなんでも悪趣味過ぎるぜ」

「許していただけるかしら？」

「ああ。お嬢様の火遊びってことで、大目に見てやるよ」

「ありがとう。じゃあ、お詫びに新しいお酒を入れてあげる」

愛が黒辺を呼びつけ、新たなボトルを注文した。

耳を疑った。それがまさかのヘネシーリシャールだったからだ。店がつけている価格は三百万を下らない。

「ヘネシーリシャールで、おまちがいないでしょうか」

黒辺が念を押すように確認をした。彼もまた驚きを隠せない様子だ。

「そう言ったつもりだけど」

「かしこまりました。すぐにご用意いたします」

黒辺は愛に深々と腰を折ったあと、「ユタカさん、ちょっと」と、ユタカに目配せをしてきた。

ユタカは愛に断って席を離れ、フロアの隅で黒辺と向かい合った。

「やべえなおい。ヘネシーリシャールだってよ。おれ、初めてだよこんなの。おまえもこんなオーダー受けたことがねえだろう」

ユタカが鼻息荒く捲し立てる。

「で、なんなんだよ」

「和美さんが早くユタカさんを呼び戻せと」

「ああ」

すっかり忘れていた。和美の方を見る。般若《はんにゃ》のような顔でこちらを睨みつけていた。

「あの通り、ひどくご立腹です」

「そりゃそうだろうな。ちょっと待ってろ」

ユタカは和美のもとへ足早に向かった。

「和美。すまないが今日は帰ってくれ」

立ったままそのように言いつけると、和美は「はあ?」と眉根を寄せた。

「どうやらあちらのお客さんに真凰が粗相をしちまったようでな、おれがその埋め合わせをしなきゃならなくなっちまったんだ」

「どうしてそれをするのがユタカなのよ」

「おれしかいねえんだよ。こういうトラブルを上手いこと処理できんのは。つーわけで、すまないが今夜は帰ってくれ」

「じゃあアフターは？」

少し考えた。もしかしたら、このあと愛とアフターに行く流れになるかもしれない。

「それもキャンセルだ」

「冗談でしょう。こんなの納得できると思う？」

「そこをなんとか。もちろん埋め合わせはちゃんとするから」

「やだ。絶対にイヤ」

「なあ、わがまま言わないでくれよ」

「これわがままなの？　ちがうでしょう」

「そうか。おれがこんなに頼んでもダメか。じゃあおまえ、もういいや」

「もういいって、なによ」

「だからもういい。二度と店に来ないで結構」

そう言い渡すと、和美が目の色を変え、顔を赤くした。

「おれを困らせるような女に用はねえんだよ」

「ひどい。これまであんたにいくら使ってきたと思ってるの」

「知らねえな。ほれ、今夜の金はいらねえからとっとと帰れ」

追い払うように手をひらひらと振って告げると、和美は顔を震わせて歯軋《はぎし》りをした。そして平手でテーブルを叩きつけ、大股で出入り口へ向かった。

ユタカはその背中に向けて鼻を鳴らした。

あんな女、もうどうだっていい。愛さえ手に入れてしまえば、自分はこの店の、いや、歌舞伎町のトップホストになれる。

「よかったの？　あの人、ユタカのお客さんだったんでしょう」

愛のもとに戻ると、彼女は悪戯《いたずら》っ子のような表情でそう訊いてきた。

「平気さ。おれはおまえさえいればほかに何もいらない」

するりとキザな台詞が出た。本心だから恥じることもなかった。

「うれしい。でも、おまえはやめてね。ちゃんと名前で呼んで」

「おっと悪かった。愛さえいればほかに何もいらない」

ここからはヘネシーリシャールを味わいながら、互いの身体を寄せ合い、密度の濃い時間を過ごした。

もっとも、ユタカは自身のことをしゃべらされてばかりいた。愛が執拗に質問を浴びせてくるからだ。一つ答えると、すぐにまた次の質問が降ってくる。

「いい加減おれの話はいいだろう。おれは愛のことをもっと知りたいんだ」

今、彼女についてわかっていることは、年齢がユタカより三つ年下の二十一歳であること、先月、歌舞伎町にやってきたということだけだ。ほかの質問はすべて、「さあ」とか、「ふふふ」といった微笑ではぐらかされてしまっていた。

改めて問うてみたものの、やはり愛はのらりくらりとかわし、いっさい答えようとしてくれない。

「じゃあこれだけ教えてくれよ。愛はどうしてそんな金を持ってるんだ？」

ユタカは焦《じ》れったくなり、核心に触れた。彼女の財源についてはなんとしても知っておきたい。

「家が金持ちなの。ただそれだけよ」

「親は何をしてる人？」

「ホテル経営とか、いろいろ」

「なんていうホテル？　社名は？」

「急にがっつかないでよ」

「ごめん。でも教えてくれよ」

「どうしよっかな。もう少し仲良くなってからね」

このもったいつけ方は誰でも知っている有名企業だと踏んだ。おそらく愛は大富豪の娘なのだ。

仮に、この女と結婚したら、自分もまた、そっちの世界の住人になれるということか。

それはつまり、上級国民になるということである。わずか数年前まで、新宿の片隅でドブネズミのように棲息していた自分が、だ。

「ねえ、口元が緩んでるよ。何を想像してるの？」

「何を？　素敵な未来に決まってるだろ」

この夜、ユタカは身も心も酔いしれていた。超高級な酒と、目の前の女がそうさせたのだ。

「やってないって、どういうことだ？」

ユタカは痺れた頭を捻って訊ねた。

閉店後の深夜、締め作業に一人残っていた黒辺を捕まえ、バックヤードに連れて行き、真凰を貶めた一件を改めて褒めてやると、この男は「自分は何もしていません」と不可解なことを口にしたのだ。

「それはつまり、クスリを盛ってねえってことか？」

「はい」

「嘘をつけよ。だったら、なんで真凰はあんなに苦しんでたんだよ」

「だから自分もわけがわからなくて。自分はユタカさんが自らやったんだって思ってたくらいです」

「おれがそんなことをできるはずがねえだろう」

自分は営業開始からずっと客の相手をしていたのだ。真凰のグラスに近づくことなどできやしない。

「たしかにキャストには物理的に不可能ですよね。となると、真凰くんは食当たりとかだったんじゃないですか」

「偶然ってことか？　そんなことあるわけないだろう」

さすがに神様がそこまでお膳立てしてくれたとは考えられない。

「なあ、正直に言えよ。おまえなんだろ？」

キャストのドリンクを作り、テーブルに届けているのはスタッフなので、その行為が可能なのは黒辺を含む数名だけ。だが、黒辺以外の者がそんなことをする道理がない。

「ですから、本当に自分は――」

「いや、待てよ」ユタカは手の平を突き出した。「おまえらのほかにもそれができるヤツがいるな」

客だ。担当のキャストが席を外した際に、もしくは目を離した隙をついて、そのグラスにクスリを盛る――客ならば造作もないことだろう。

しかし、だとすると、下手人《げしゅにん》は愛ということになってしまうのだが。

愛がなぜそんなことを――そうか、なるほど。

おそらく真凰をあの場から退けるためにやったのだろう。そしてそのことで店にクレームをつけ、ほかのキャストを寄越せといった無理難題を押し通す。あの女ならばやりかねない。

「ククク」思わず笑い声が漏れ出てしまった。

愛はそうまでして、自分に近づきたかったのだ。ならば笑わずにはいられない。

ユタカの笑い声は徐々に力強さを増し、ついには「アーハハハーッ」と、高らかな声を店中に響かせた。

黒辺はそんなユタカをしばし気味悪そうな目で見つめていたが、やがて離れていった。

ユタカは帰り支度をして、千鳥足で店を出た。酒には強いと自負しているが、今夜はさすがに足元がおぼつかない。おそらくふだんの三倍は飲んでいるだろう。

いつもならどこかで飯を食ってから帰るのだが、今夜は直帰することにした。きっと久しぶりにぐっすり眠れるはずだ。

タクシーを捕まえようと通りに向かうと、セカンドバッグの中のスマホがメロディを奏でた。これは私用のものではなく、仕事用のものだ。

レイラかヒナノか、いや、おそらく和美だろう。用件は文句か、もしくは謝罪か。

あのように邪険に扱われてなお、客はホストに媚《こ》びてくる。ホストにハマる女に共通するのが、みな依存体質であるということだ。DV夫から離れられない妻と通じるものがあると思う。

いずれにしても今対応するのは億劫なので、ユタカは電源を落とすべく、スマホをセカンドバッグから取り出した。すると、着信相手がまさかの愛だったので、慌てて応答した。

〈やっぱりアフターに行こうかな〉

電話の向こうで愛が軽やかな第一声を発した。

先ほど店で連絡先を交換した際、ユタカが彼女をアフターに誘ったところ、「また今度ね」と、すげなく断られていたのだ。

〈もう歌舞伎町を離れちゃったかしら?〉

「いや、まだいるけど」

〈よかった。じゃあこれから合流しましょ〉

ユタカは鼻から息を漏らした。

「まったく、女王様ってのは気分屋だな。どうして急に行く気になったんだ?」

〈あたしって心が移ろいやすいの。風任せに生きてるから〉

そんな小生意気な台詞を口にする。そしてそれがまたよく似合う。

ほかの女なら絶対に取り合わないし、罵声の一つでも浴びせてやるところだが、愛ならば仕方ない。むしろ願ったり叶ったりだ。

「わかった。で、どこに行きたい？　寿司か？　焼肉か？」

いずれにしても超高級店に連れて行ってやろう。費用はこっち持ちになるが、愛が落としてくれる金と比べれば小銭のようなものだ。

〈ううん。お腹空いてないもの〉

「だったらどこがいい？」

〈スナック〉

「スナック？」声が裏返った。

〈そ。ゴールデン街にある『きらり』って店に来てちょうだい〉

聞いたこともない店だった。そもそもゴールデン街なんて陰気臭いエリアに足を踏み入れたことなどない。あそこはしみったれた中高年の巣窟《そうくつ》だ。

「どうしてまたそんなところに？」

〈わたしのお気に入りなの。静かだから落ち着けるし、ママも素敵な人なの。そこでしっぽりと飲み直しましょ〉

「オーケー。じゃあ今から向かうよ」

通話をしながら、ユタカはすでに足を踏み出していた。ゴールデン街なら歩いた方が早い。

〈知ってると思うけど、迷路のように入り組んでるから、詳しい場所は電話で案内する。ゴールデン街に入ったら電話して〉

そう告げられ、勝手に通話を切られた。とことん、自分本位な女である。それなのに気分は悪くないのだから不思議だ。

愛はこれまでどういう人生を歩んできたのだろうか。深夜の花道通りを歩きながら、ユタカは改めて思った。

きっと数多《あまた》の男を手玉に取ってきたのだろう。そうじゃなければ、あの歳であの貫禄は絶対に出ない。

ほどなくして『新宿ゴールデン街』と表示された看板の下を通り、目的のエリアに足を踏み入れた。顔を赤くした飲んだくれがそこら中をうろついている。

ユタカは指示通り、愛に電話を掛けた。彼女はワンコール目で応答した。そこからは愛の案内を受け、ユタカは入り組んだ細い通りを人とぶつかりながら進んだ。

「ここか。着いたよ」

愛がお気に入りというのだから、少しは洒落《しやれ》た外観をしているのかと思いきや、『きらり』は周囲の店と比べてもボロく、もの悲しいほどに寂れていた。外壁には亀裂が伸びていて、入り口の木製の扉は塗装が剥がれ落ちている。

その扉がギイィィと鈍い音を立てて開き、その向こうからにこやかな笑顔の愛が姿を現した。

「さ、入って入って」と手招きされる。まるで自宅へ招き入れるかのような仕草だった。

外観から想像はついていたが、案の定、中もひどく廃れていた。猫の額ほどのスペースに細長いカウンターと、年季の入ったスツールが五脚、所狭しと並んでいる。

「いいところでしょう」

とてもじゃないが頷けなかった。愛はこんな店のどこを気に入っているというのか。

「ほら、ユタカも座りなよ」

先にスツールに腰掛けた愛が言った。彼女の前には飲みかけのトマトジュースが置かれている。ほかに客はいない。

ユタカは仕方なく、愛のとなりのスツールを引いて座った。

「そういえば店の人は？」

そう訊ねた直後、ユタカは思わず「わっ」と声を上げた。店内が薄暗いため、壁と同化してしまっていて気づかなかったのだが、カウンターの向こうに急勾配な階段があり、そこから小柄な老婆が後ろ向きで、手をつきながら下りてきていた。その動きがホラー映画さながら、不気味だったのだ。

「おやおや、いらっしゃい」

老婆が口を開いた。ひどくしゃがれた声だ。

「ママのさっちゃん」と、愛が紹介する。

ママなんて年齢ではないだろう。おそらく九十歳近いはずだ。

「おにいさん、飲み物は?」と、老婆が黄ばんだ入れ歯を覗かせて言った。

ユタカはそれに答えず、愛に顔を近づけ、「なあ、店を変えようぜ」と声を落として告げた。

「あら、どうして」

「だってさ……」

「いいじゃない。こうして貸切なんだし」

「いや、けど……」

「こんな汚い店じゃ飲めないかい?」老婆が口を挟んできた。

どうやらババアのくせに耳がいいらしい。それにどういうわけか、妙に目がギラついている。

「わかったよ。付き合うよ」ユタカは脱力して言った。

焼酎の水割りを頼み、愛と乾杯をした。

ここからの愛は人が変わったように、自身のことをよくしゃべった。時折、トマトジュースに塩を振り掛け、喉を潤しながら、自らの過去を滔々《とうとう》と述べる姿は実に不可解だった。

いったい『Dream Drop』での時間はなんだったのか。あのときはこちらがいくら訊ねても、いっさい答えようとしなかったくせに。

「本当によくわからねえ女だな」ユタカは苦笑して言った。「にしても、驚いたな。まさか愛が京都で芸妓やってたなんて」

「正しくは芸妓じゃなくて、舞妓だけどね」

「何が違うんだ?」

「芸妓は一人前、舞妓は半人前」

「ふうん。いずれにしても酔っ払いのおっさん共の相手をすんだろ？　どうしてそんな仕事をしようと思ったんだよ」

「あるお爺さんに勧められたの」

「お爺さん？」

「そ。強欲でわがままで、心優しいお爺さん」

「よくわからねえけど、なんにしてもキツい仕事だろ？　おれが女なら絶対にやりたかねえけどな」

「あら、わたしからしたら、キャバクラの方がよっぽどキツいけど」

愛は現在、歌舞伎町にある『Ranunculus』というキャバクラに在籍しているらしい。といっても、まだ片手で収まる程度しか勤務していないようだが。

「社会勉強のつもりで入ったんだけど、学ぶものなんて何もないわね」

「じゃあやめちまえよ。金持ってんだし、働くことねえだろう」

ユタカはつまみに出されたナッツを口に放り込んで言った。愛には極力、ほかの男と接してほしくない。客にこんな感情を抱いたのは初めてだ。

「ところで知ってるか？『Ranunculus』は、うちの『Dream Drop』と繋がりがあるんだぜ」

「オーナーが同じなんでしょう。浜口竜也」

驚いた。彼女の口から浜口の名前が出てくるとは思わなかった。

「浜口さんを知ってるのか?」

「知ってるわよ。会ったこともあるし」

「どこで?」

「お店で」

「店で? あの人、滅多に自分の店には顔を出さないはずなんだけどな」

「ただし、昔の『Ranunculus』だけどね」

「昔? 昔ってなんだよ」

「昔は昔」

「よくわからねえな。だって愛はずっと関西にいて、歌舞伎町にやって来たのは先月の――」

ふいに出たあくびが言葉を遮った。なんだろう、突如として猛烈な眠気が襲ってきた。そして一瞬にして、身体が怠《だる》くなった。オンからオフへ、一気に電源を落とされたような、そんな感覚だった。こんなこと初めてだ。

ユタカは左手首に巻いている腕時計に虚ろな目を落とした。すでに午前三時を回っていた。このままでは落ちると思った。それほど、身体が急激な変化を起こしているのだ。

「愛、悪いけど、そろそろこの辺で――」

ユタカが退店を匂わすと、「実は愛って名前、本名じゃないんだ」と彼女はぽつりと言った。

「親友の名前に、愛って文字が入っていて、そこから拝借したの」

「ふうん。そう」

つい空返事をしてしまう。眠くて眠くて、怠くて怠くて、仕方がない。今この瞬間にも意識を失ってしまいそうだった。

「じゃあ、本名は?」

かろうじて質問をしてみたものの、愛はユタカの声が聞こえなかったかのように、「その子ね、五年前に死んじゃったんだ」と、勝手に話を進めた。

「ほんとバカな子でさ、身体を売って稼いだ金をホストなんかに貢いで――」

愛の声が徐々に遠のいていく。

「周りの仲間にも金をせびられてばっかりで――」

ダメだ。もう瞼が重力に逆らえない。

「最後はそいつらに見捨てられて、呆気なくあの世へ行っちゃった」

「愛、すまない。おれはもう限界だ」

ユタカはそう言って、カウンターに突っ伏した。

そのまま目を閉じようとしたところ、「愛莉衣《らぶりぃ》――っていうんだ。その子」という声が鼓膜に触れた。

愛莉衣――。

ユタカの遠い記憶の扉が微《かす》かにノックされた。

「ねえ、あんた覚えてる? 愛莉衣のこと」

愛が冷たい目でこちらを見下ろしていた。

ユタカは唇を動かした。だが、声は出なかった。声帯が上手いこと動かなかったからだ。そしてそれは声帯だけではなかった。手も、足も、この肉体のすべての感覚が麻痺している。脳からの伝達がしっかりと行き届いてくれないのだ。

そのとき、背中の方で、ギィィィと音を立てて、扉が開いた。

そして、この瞬間、記憶の扉も同様に開いた。

直後、ユタカは戦慄した。

そんなユタカに、黒い人影が覆い被さる。

ユタカは虚ろな目を、ゆっくりと、人影へ向けた。

そこには真っ黒な巨人が立っていた。

「ナナセ。ゴキゲンイカガデスカ――」

浜口竜也

二〇二四年六月十日

週始めの月曜日は、風林会館の洋食レストラン『パリジェンヌ』で豚テキ御膳を食べ、食後にフルーツパフェとガムシロップたっぷりのアイスコーヒーを合わせるのが、浜口竜也のルーティンだった。かれこれ十年以上つづけていて、おかげでこうしてぶくぶくと肥えてしまったわけだが、浜口にこの習慣をやめる気はなかった。

だがしかし、今日をもって、この愛すべき『パリジェンヌ』から足が遠のくことになりそうだ。

浜口はコーヒーのグラスを唇に当て、遠く窓際のテーブルに目を細めた。そこでは四人の男たちが卓を囲み、両足をおっ広げて談笑している。

時折、浜口の方に視線を送りながら。

男たちの正体は誠心会の若い衆だ。誠心会は近年、関西圏で急速に勢力を拡大している指定暴力団で、そんな余所者《よそもの》の彼らが数ヶ月前から歌舞伎町を我が物顔で闊歩するようになっていた。

浜口はコーヒーを半分残し、伝票を手にして立ち上がった。すると、浜口のあとを追うように、男たちもまた席を離れた。

レジの前に立ったところで追いつかれ、「浜口さん、どうもこんにちは。奇遇ですね」と、一人の男が関西弁のイントネーションで言った。

浜口は鼻を鳴らし、「本当だね。ここのご飯は美味しいでしょう」と話を合わせた。

「ええ。これから足繁く通わせてもらいますわ」男はニヤニヤしている。「にしても、お一人で呑気にランチとは、ずいぶん余裕なんですね」

浜口はこれには返答をせず、会計を済ませるべく、セカンドバッグから財布を取り出した。

「やっぱり、身の振り方を変える気はあらへんのですか」

不穏な空気を感じ取っているのだろう、レジを打つ店員の指先は震えていた。

「浜口さんは義理堅い人なんやなあ。せやけど、浜口さんが仲ようしとる内藤組は沈みゆく船でっせ。早いところ脱出せんと、一緒に溺れて――」

「大きなお世話だね。余所者のおたくらにそんなことを言われる筋合いはない」

「そうですか。ほんなら、今後はもう少し警戒した方がええですよ」

浜口は店員から釣り銭を受け取ったあと、彼らに笑顔を見せて「おおきに」と告げ、出入り口に向かった。

おもてに出たところで、大きく息を吐く。今日は梅雨の中休みで、雲の切れ間から太陽が顔を覗かせていた。だが、せっかくのお天気も、浜口の心は晴れない。ここ最近、一貫して曇り模様だ。

大手スカウトグループ『Butterfly』が引き抜き行為をしていると噂が流れたのは三ヶ月ほど

前だろうか。『Butterfly』は他のグループに所属する腕利きのスカウトに好条件を提示し、次々に自分たちのもとに取り込んでいるのだという。

浜口は初めてその噂を聞いたとき、危険だなと思った。ただ、すぐに収束するだろうとも考えた。楽観的でいられたのは、歌舞伎町のスカウトグループを取り仕切る内藤組の存在があったからだ。

もともと歌舞伎町にはいくつかのスカウトグループが存在し、それぞれに縄張りが決められていて、共存共栄の関係で活動をしていた。それでも時に瑣末《さまつ》な諍《いさか》いはあり、そうしたときに出張って事の鎮静化を図っていたのが内藤組だったのだ。

ゆえに『Butterfly』の引き抜き行為が問題視されたときも、即刻やめるよう、内藤組から幹部連中に対し、厳しい注意勧告があった。

だがしかし、『Butterfly』はそれ以降も引き抜き行為を自粛することはなかった。『Butterfly』がこのような強硬な姿勢に出たのは、彼らのバックに誠心会がついたからだった。

どういう背景があって、誠心会が『Butterfly』のケツを持つことになったのか、詳しい経緯は知らないが、いずれにしてもこれは内藤組への宣戦布告にちがいなかった。

内藤組は古くから歌舞伎町を牛耳る任俠団体であり、そんな彼らの大切なシノギに手を出すということは、真っ向から喧嘩を売ったことにほかならない。

よって今、歌舞伎町は異様な緊迫感に包まれていた。

最近では制服警察官の姿がやたら目につくようになってきた。両陣営が街の至るところで衝突するため、警戒を強化しているのだろう。つい先日も、花園神社の境内で刃傷沙汰《にんじようざた》が発生し、内藤組の若い構成員が意識不明の重体に追い込まれたのだ。

そのような緊迫状態の中、浜口もまた、非常に苦しい立場にあった。

浜口は歌舞伎町でキャバクラを四店舗、ホストクラブを三店舗手掛けていて、前者のキャバクラに在籍していた女たちに、次々と店を辞められてしまっているからだった。

去った者はみな、『Butterfly』のスカウトが引っ張ってきた女たちだった。要するに、内藤組側に立つオーナーのもとでは働かせられないという理由から、彼らが女たちを強制的に店から引き上げさせているのだ。

さらにはこれに加え、供給が途絶えていることも大きな痛手だった。新規の女たちが入店してこないのである。これは『Butterfly』以外のスカウトが活動を自粛している影響だった。彼らは誠心会に怯えているのだ。

浜口が深々とため息をついたとき、手の中のスマホが震えた。相手は歌舞伎町で風俗店を展開するオーナー仲間だった。彼とはたまにゴルフをする間柄だ。

〈いよいようちも、あっちの陣営に移ることにしたよ〉

五十代のオーナーは疲れ切った声で言った。あっちとは誠心会のことだ。

浜口は驚かなかった。日々、ケツ持ちを乗り換える店が増えているのだ。今、歌舞伎町で水商売をしている店は、内藤組側と誠心会側とで、真っ二つに分かれている。

「そうですか。内藤組にはきっちり仁義を切ったんですか」

〈そんなの切れるはずがないじゃない。わかってるくせに〉ため息混じりに言い返された。〈内藤組にはうちの創業以来、ケツを持ってもらってきたわけだし、何度かトラブルを処理してもらったこともあるけど、それでも、これ以上は持ち堪えられないもの〉

このオーナーもまた、店に在籍する嬢がどんどん減り、それに比例して売上も下がっているらしい。客がやってきても、あてがう女がいないのだから商売になるはずがない。

〈ここ数ヶ月のうちの売上、例年の半分にも満たないんだよ。浜口さんはホストクラブもやってるからいいだろうけど、うちは風俗一本だから、本当に死活問題なんだよ〉

「うちだってつらいのは同じですよ。それにホストクラブの売上も下がってますしね」

事実、ホストクラブの方もまた、キャバクラほどではないが、集客減に伴い、売上が落ちていた。

集客が減っている原因はもちろん、歌舞伎町で連日起きている抗争にある。客もわざわざ危険な戦地に遊びに行こうと思えないのだろう。

「ま、話はわかりました。自分は悪手だと思いますけど、それぞれのご判断がありますからね。ただ、内藤組は黙っていないと思いますよ。ご多幸を祈ります」

嫌味を浴びせ、電話を切った。そしてまた、ため息をつく。

実のところ、内藤組から誠心会に鞍替えしたいのは、浜口も同じだった。なぜなら今回の抗争は、誠心会優勢と見る向きが多数なのだ。

もしも内藤組に代わり、誠心会が歌舞伎町を牛耳るようなことがあれば、最後まで転向を拒否した者は街から追いやられるだろう。

ただ、周りのオーナーたちとは違い、浜口には寝返ることなどできなかった。それは内藤組への恩義どうこうではなく、親分の矢島國彦との腐れ縁があるからだった。あの男とはけっして親しい間柄ではないが、切っても切れない関係にあった。なぜなら自分たちは、過去に結託して、一人の少女を手に掛けてしまっているのだ。

花道通りを外れ、歌舞伎町一番街に入ったところで浜口はふと足を止め、斜め前方を見た。視線の先には十代の若者が群れをなしていて、好き勝手に騒ぎ立てている。トー横キッズという名称が叫ばれて久しいが、彼らこそがそれである。

自分たちが葬った少女もまた、トー横キッズの一人だった。

少女の名は七瀬、愛らしい顔立ちのわりに、どこか冷めた目をしている、華奢《きゃしゃ》な子だった。

そんな七瀬とは、当時はまだしがないぼったくりバーだった『Ranunculus』で初めて顔を合わせた。浜口の顔見知りのスカウトが路上で声を掛け、ガールキャッチ要員として連れて来たのだ。十五歳という年齢を知って驚いたが、浜口はお構いなしに雇うことにした。今なら考えられないが、当時は浜口もイケイケで、リスクなど二の次だったのだ。

七瀬は驚くほど優秀だった。彼女は街に出れば必ずカモを捕らえ、店に引っ張ってきた。その成功率の高さには、これまで数多の女を見てきた浜口も舌を巻かざるをえなかった。

であるからこそ、ケツモチだった矢島に対し、『だったら、おあつらえ向きな子がいますよ』と、七瀬のことを紹介――いや、献上したのだ。

矢島は当時、どこからともなく歌舞伎町に現れたＰＹＰという団体の弱みを握るべく、画策していた。それは彼自身が望んでいたことではなく、人から依頼されたもので、所謂シノギの一つであった。

ＰＹＰに近づくためにトー横キッズを利用したい、と矢島は言った。ならば、七瀬ほどうってつけな人物はいない。浜口は強く推薦した。だが、用心深く、何事にも慎重を期す彼は、七瀬が本当に刺客として使えるかどうか、テストを実施したいと言った。

そうして、三文芝居が打たれることとなった。七瀬が『Ranunculus』でハメた客が代議士の息子で、父親のバックについているヤクザから呼び出しがかかったという、お粗末なストーリーだ。

はたして、この茶番劇の末、矢島は七瀬と手を組むことに決めた。「聞いていた以上だ」と、彼は七瀬を大いに気に入った様子だった。

そうして矢島からの命を受けた七瀬は、ＰＹＰの内部に潜り込み、見事に任務を成功させた。だが、ここで風向きが変わった。ＰＹＰの背後に潜む大物――池村大蔵――の存在を知った矢島が、依頼主を裏切り、ＰＹＰ側に寝返ったのだ。

そして問題は起きた。七瀬がＰＹＰの秘密を世間に公表すると言い出したのだ。

これによって七瀬の存在は、矢島をはじめ、藤原悦子、池村大蔵にとっても、放っておくことのできない脅威となった。

結果、危険分子は即刻排除せよ――指令が矢島に下った。

浜口は、矢島に加勢するか否か、ひどく悩んだ。なんと言ったって、一人の人間を手に掛けるのである。

もっとも良心の呵責《かしやく》に苛まれたわけではない。万が一、事が発覚してしまったときのリスクを思い、二の足を踏んだのだ。

その一方で、ここが自分の人生の岐路であり、飛躍のチャンスであるとも考えた。矢島は裏社会で幅を利かせているヤクザであり、池村大蔵はその肩書き通り、東京のドンだ。彼らに恩を売り、パイプを作っておけば、この先、様々な面でプラスに働くことだろう。

そうして浜口は七瀬を罠に嵌めて捕らえ、その身柄を矢島に差し出した。

その先のことは結末のみ、知らされている。七瀬がどこの地で、どのようにして最期を迎えたのかは教えてもらえなかった。浜口としてもそれで構わなかった。

何はともあれ、これを機に浜口はアングラな商売に見切りをつけ、表舞台で堂々とビジネスを始めた。そして成功を収めた。

浜口に限らず、あの一件に携わった者はそれぞれ上り詰めていった。若頭であった矢島は組の親分になり、藤原悦子は東京都知事に当選を果たした。そして、池村大蔵は日本の頂点、内閣総理大臣にまでなった。

そう、自分たちはこの上なく順調だった。七瀬という少女の死が自分たちに幸運をもたらしたのだ。

そんな幸福の日々が今、音を立てて崩れようとしている。池村大蔵は何者かに暗殺され、矢島は突如として現れた大敵によって、組ごと潰されかかっている。そして、その矢島と鎖で繋がっている浜口もまた、破滅の文字が見え隠れしてきた。

なぜこのタイミングで自分たちに不幸が舞い込んできたのかはわからない。

はたしてこれらすべて、神の悪戯《いたずら》で片付けていいものだろうか。浜口にはどういうわけか、そうとは思えなかった。

根拠はないものの、何か引っ掛かるものがあった。オカルトめいたものが嫌いな自分であるが、得体の知れない、それこそ死神がにじり寄ってきているような、そんな気がしてならないのだ。

「この先、おれはどうなっちまうんだよ」

浜口が弱音を吐露したとき、カシャ、カシャと、シャッターを切る音が聞こえた。

脇を見る。すぐそこにいる外国人女性が一眼レフカメラを構え、周囲の目などお構いなしに騒ぎ立てるトー横キッズを熱心に撮影していた。彼女は彼らを、何者として捉えているのだろう。

二〇二四年六月十四日

しとしと雨がそぼ降る夜、浜口はタクシーを飛ばして『Ranunculus』に向かっていた。店長を任せている飯島《いいじま》から、ヘルプの連絡があったからだ。

店に、誠心会の団体が客として訪れているという。

もっとも、連中が浜口の店に来店するのは初めてのことではなかった。これまでも時折、ふらっとやって来ては小一時間ほど飲んで、あっさりと帰って行っていたのだ。この行為は浜口に対する牽制以外のなにものでもないのだが、しっかり金を払い、行儀良く利用していたため、追い払うこともできなかった。

だが、今回はそうではなかった。連中はあろうことか、こちらが提供したドリンクに虫が混入していたなどといった、とんでもないイチャモンをつけてきたらしい。

つまり、いよいよ行動に出たということだ。鳴かぬなら鳴かせてみせよう、というところなのだろう。いや、鳴かぬなら殺してしまえ、なのかもしれない。

「あークソ」

浜口は頭を掻きむしった。

奴らはとことんおれを追い込む気だ。どうしておれがこんな目に遭わなくてはいけないのか。ただ、ここでイモを引くわけにはいかない。伊達にこれまで歌舞伎町で商売をやってきたわけではないのだ。

「これは人生最大の危機。だが、必ず乗り切ってやる。そのためには頭を使え、頭を」

浜口は自らを鼓舞するように口に出して言った。

「やっぱり、ここは矢島に連絡して兵隊を寄越してもらうべきか。本来、そのためのケツ持ちなんだから」

浜口はスマホを取り出そうと鞄に手を突っ込んだ。だが、すぐにその手を引っ込めた。

「いや、ダメだ。うちの店でドンパチが始まっちまったらどうする。万が一、死人なんか出たらシャレにならんぞ」

今度は腕組みをして、しばし呻吟《しんぎん》した。

「かといって、サツなんかに頼ったらナメられちまう。となると——」

自ら両頬を叩いた。

「やはりここは一人で行くしかないな。さすがに奴らも堅気のおれに手を出してはこないだろう。それに、おれが誰にも頼らずに一人でやってきたことに、奴らも一目置くはずだ」

客が後部座席でぶつぶつと独り言を漏らしているからだろう、運転手が「あのう、大丈夫でしょうか」と、気味悪そうに声を掛けてきた。

「ああ、大丈夫だ。おれは必ず乗り切ってみせる」

「はあ」

「そこを右に曲がったところで降ろしてくれ」

乗車賃を支払い、タクシーを下車する。店はすぐそこなので傘を差さずに向かった。

店のドアを開け、フロアに足を踏み入れると、その場にいる全員の視線がいっせいに浜口に注がれた。

フロアの中央に誠心会の連中が七、八人固まって立っていて、その前で店長の飯島をはじめ、ボーイスタッフらが土下座をしていた。女たちは距離を取るように、壁に沿って横一列に並んでいる。その表情は一様に恐怖に歪んでいた。

ほかに客はいなそうだった。きっと巻き添えを食いたくなくて帰ったのだろう。

何はともあれ、想像していた以上の切迫した状況に、浜口は当惑を隠せない。

「貴様、従業員にどんな教育をしとるんじゃコラ」

一人の男が椅子を蹴り上げて叫んだ。

「この度は当店の不手際により、お客様にとんだ不快な思いをさせてしまいました。誠に申し訳ありません」

浜口は声を張って言い、その場で頭を垂れた。

「しかしながら、飲み物一つでここまでなされるのは、さすがにいかがなものでしょうか」

「飲みもんだ？　おれらがそんな細《こま》いことで怒っとると思うとんか」

「ちがうのでしょうか」

「全然ちゃうわ。こっちがグラスに虫入っとるぞと指摘したら、『うちはそんな飲み物を出した覚えはない。おたくらが自分で入れたんだろう』こう吐《ぬ》かしよったんや」

まさか――飯島を見た。この男に限ってそんな火に油を注ぐようなことを言うはずがないのだが。飯島は冷静で、誰よりも腰が低い男なのだ。もちろん彼は堅気である。

次にボーイスタッフらを見回した。きっとこいつらの中の一人だろう。若さゆえ、怖いもの知らずの愚か者がいたのだ。

「なあ、たしかにそう言うたよな、お嬢ちゃんよ」

お嬢ちゃん――？

男の視線の先を見る。そこには浜口の見知らぬ、真っ赤なドレスを纏った女がいた。ほかの女たちが壁に沿って立っている中、その女だけは堂々と足を組んでソファーに座っている。それも、大胆不敵に煙草を吹かしていた。

「さあ、覚えてない」

女が気だるそうに、紫煙を吐き出しながら言った。

「覚えてねえだ？　ええ加減にせえよ、このアマ。道頓堀に沈めたろか」

「ここ、東京だけど。バカなんじゃない」

耳を疑う発言に浜口は唖然とした。

男を見る。目を剝いていた。そして女に向かって足を踏み出した。すると、男の後ろに立っていた年嵩の者が、「まあ、待てや」と制した。

年嵩が浜口に視線を向ける。

「わしは宇佐美鉄次《うさみてつじ》ゆうもんじゃ」

やはりそうか。その貫禄からおそらくそうだろうと思っていた。宇佐美は誠心会の若頭だ。

「初めまして、この店のオーナーの浜口竜也と申します」

「あんたが浜口さんか。一つよろしゅう頼みますわ。で、あっこのお嬢ちゃんがそう発言したんは事実や。わしもこの耳でしかと聞いとる。さっきのあんたの台詞やないけど、さすがにいかがなもんか思うわな。この落とし前、どうつけてくれるつもりや」

「ここのお代は結構です」

「それはまあ、当然やろな」

「迷惑料もお支払いいたします」

「それはちゃうな。わしら、別に金が欲しいわけやない」

「ならばこの通り、頭を下げるほかありません。従業員に不適切な発言がありましたこと、心からお詫びさせていただきます」

「そらどうも。けど、できたら、わしらあのお嬢ちゃんから一言詫びがほしいんだわ」

「かしこまりました」

浜口は新しい煙草に火を点けている女のもとへ足早に向かった。そして女の前に立ち、「さあ、お客様に謝って」と促した。

「どうして?」

「どうしてって。きみはお客様に失礼な発言をしたんだろう。さあ、早く立って」

「イヤ。だってわたしは事実を言ったまでだもの。あいつらの自作自演に決まってるじゃない」

女が咥え煙草のまま答えた。

浜口は言葉に詰まった。なんて強情な女なのか。

「そんなことはおれだって百も承知だ」浜口は女の耳元に顔を近づけてささやいた。「だけど、証拠がないだろう。だから泣き寝入りするほかないんだ。きみがまちがっていないのはわかるけど、ここはオーナーのおれに免じて折れてくれ。頼む」

浜口が懇願すると、女は鼻から紫煙を吐き、煙草を灰皿に押しつけて立ち上がった。

そして宇佐美のもとへ向かって行き、「さっきはごめんなさいね。あたしがまちがってたみたい」と、挑発的に言い放った。

「お嬢ちゃん、そんな誠意のない詫びはないな。正しい謝罪ってのは、床に額を擦りつけてするもんや」

「誰が決めたの、そんなの」

「決まっとるんや。常識やろう」

「ごめんなさいね、非常識で。そんな常識知らずなわたしだから、正しい謝罪の仕方がわからないの。まずはあなたがお手本を見せてくださる?」

宇佐美が肩を揺すって笑い出した。

「まいったな。ほんまどうしてくれるかな。なあ、お嬢ちゃん、教えてくれよ」

「とことん話し合うほかないんじゃないかしら」

「ほう。ここでか」

「いえ、みなさんの迷惑になっちゃうし、場所を変えましょ」

女はそう言うなり、出入り口へ向かった。この場にいる全員が呆気に取られていた。

「東京には肝の据わった女がいたもんやな——ほんなら、そうしよか」

宇佐美が若い衆を促して女のあとを追った。

だが、途中で足を止め、

「浜口さん、勘違いせんといてくれな。わしらがこのお嬢ちゃんを攫《さら》ったわけとちがうぞ」

と、釘を刺すように言い残して、店を出て行った。

一団が嵐のように去ったあと、浜口は店の女たちとボーイスタッフらを帰らせ、店先の電光看板の灯りを落とさせた。こういうことがあった以上、これから営業再開はできないだろう。浜口は店長の飯島と膝を突き合わせ、くだんの女についてあれこれと質問を浴びせた。

いったいあの女は何者なのか。

女の名前は愛、『Ranunculus』に入店したのは三ヶ月ほど前だそうで、スカウト経由ではなく、自ら応募して面接にやって来たという。

「あのルックスでしょう。もちろんその場で即、採用しましたよ」

たしかにあんな上玉は、凄腕のスカウトだって滅多に連れてこない。

いずれにせよ、それほど前から在籍しているのなら、浜口が知らないはずがないのだが。

「採用してから、数回ばかり出勤したんですが、それから一向にシフトに入ってくれないものだから、『じゃあ気が向いたらおいでよ。うちはいつでも歓迎するから』とだけ伝えていたんです。そうしたら今日になって急にやってきて、今夜働かせてほしいって――」

そして誠心会の連中から愛に指名が入ったのだという。おそらく見てくれが良かったからだろう。

「で、VIPルームで、愛ちゃんと何人かの女の子が接客しているときに、ああいうことが起きてしまって……」

「なるほど。そういう流れだったか」

だが、愛はどこで連中の自作自演を疑ったのだろう。まさかその行為を目撃したわけでもあるまい。

「にしても、自分は愛ちゃんがあんな爆弾娘だとは思いませんでした」

「そりゃあな。あんなはねっ返り、そうそういねえもん」

今頃、愛はどうしているだろうか。きっとこの期に及んで、不遜な態度を取っていることだろう。あの女は意地でも泣き寝入りはしなそうだ。

「あの子、大丈夫ですかね。そのまま拉致《らち》られたりしないですよね」

「それはないだろう。ビンタの一つくらい食らってるかもしれないけどな」

連中だって堅気の女相手に、そこまで手荒な真似はできないはずだ。

「あの子、どこかの富豪の娘らしいんですよ」

「そんな子が水商売なんてしないだろう」

「いや、たぶん本当だと思います」

「その根拠は？　本人がそう言ったのか」

「本人は何も。でも、店の女の子たちが噂してたんです。愛ちゃんがホストクラブで湯水のようにお金を使って遊んでるって——あ、それこそ『Dream Drop』だって聞きましたけど」

「なんだって？」

思わず声が大きくなった。『Dream Drop』は浜口が手掛ける三つのホストクラブのうちの一つだ。

「ええ、自分はそう聞きましたけど。オーナーはご存じなかったですか」

「いや、それがさっきの子なのかわからないけど、ちょっと前に、そういう若い女がいるっていう話を小耳に挟んだな」

「じゃあ、きっとあの子がそうですよ」

浜口はすぐさまスマホを取り出し、『Dream Drop』の店長の中西《なかにし》に電話を掛けた。中西は歌舞伎町の元ホストで、あまり賢くはないが熱意だけは人一倍ある男だ。

その彼に問いただしたところ、『Dream Drop』で散財していた女が、先ほどここでおてんばしていた愛であることを確信した。

〈まさか愛ちゃんが『Ranunculus』の嬢だったなんてびっくりです〉

「中西は知らなかったのか」

〈ええ、まったく。だって、キャバ嬢の遊び方じゃないですもん。ドンペリなんか平気で開けるし、この前なんてヘネシーリシャールですよ。どんな売れっ子だとしても、水商売の女の稼ぎじゃ、あの遊び方はできないでしょう〉

それはそうなのだが、だとしたら、なぜ愛は『Ranunculus』に入店してきたのか。

〈そういえば愛ちゃん、最近、店に来てくれなくなっちゃったんです。これは言い訳になりますけど、うちの売上が落ちちゃってるのも、その影響が大きいんです〉

「来なくなったってことは、真凰は飽きられちまったってことか」

〈いえ、真凰じゃなくてユタカがいないからだと思います〉

「ん？　彼女は真凰の客だったんじゃないのか」

〈そのはずだったんですが、ユタカに乗り換えたっていうか。まあ、実際のところはよくわからないんですけど〉

要領を得ない話にイライラした。こいつはいつもこうなのだ。

「で、そのユタカがいないってのはなんだ？」

〈それが自分らも困ってるんですが――〉

ユタカが三週間ほど前から無断欠勤をつづけているらしい。連絡も取れないというので、おそらくは飛んだのだろう。

これはけっしてめずらしいことではなかった。この街では客同様、ホストもまた、ある日突然消えることが少なくないのだ。

〈たしかにそういうヤツはごまんといますけど、ユタカは売上も伸びてたし、とくにトラブルを抱えている様子もなかったんで、本当にどうしちゃったんだろうって〉

「おまえにはそう見えていただけで、本当は問題を抱えてたってことだろ。おれからすると、彼はいかにもトラブルメーカーってタイプに見えてたけどな」

ついこの間、初めて二人でユタカと飯を食ったときのことを思い出す。その際、利己的で薄情そうなガキだという印象を受けた。人のことを言えた義理じゃないが、あの手のタイプは至るところで人の恨みを買っていることが多い。

〈まあ、きっとそうだったんでしょうね。結局は何かあったから逃げたんでしょうね〉

「ああ、そうにちがいないさ」

そう発言したあと、浜口の中である疑念が頭をもたげた。

もしかしたらユタカは、今歌舞伎町で起きている抗争に巻き込まれたのではないか。彼は今問題となっているスカウトの引き抜き活動に一枚嚙んでいて、そこで何かしらのトラブルが発生した結果、行方をくらませることにした。

根拠はないが、なんとなくこれが正しい気がした。ひょっとすると、浜口が『Butterfly』のスカウトと縁を切れと忠告をしたことも影響しているかもしれない。

いずれにせよ、この先、ユタカが歌舞伎町に戻ってくることはないだろう。

中西との電話を終えたあと、浜口は勝手に店の酒を飲み始めた。こんな日は酔わなきゃやっていられない。

誠心会が本腰を入れて、自分に圧力を掛けてきたのだ。今後、その行為はもっと過激になっていくだろう。

「万が一、内藤組が誠心会に負けるようなことがあれば、おれもおまえも路頭に迷うことになるんだぞ。おいわかってるのか、飯島」

浜口が部下相手にくだを巻いていると、店の扉が開いた。

入ってきたのは、まさかの愛だった。

「ああ、よかった。無事だったんだ」飯島が安堵のため息を漏らし、立ち上がった。「奴らに何もされなかった?」

「ええ、全然。むしろ打ち解けちゃったくらい」

「冗談でしょう」

「ほんとですよ。個人的に連絡先も交換したし」

「おいおい、それは困るな」浜口が口を挟んだ。「あの連中とプライベートで親しくするようなら、うちには置いておけないよ」

「わかりました。じゃあ辞めます」

愛は二つ返事でそう言い放ち、「裏に荷物置いたままなんで」と、バックヤードへ消えた。

そして再びフロアに姿を見せた愛は、店長の飯島に向けて、「わたし、お腹空いちゃった。退職祝いってことでご飯に連れてってくださいよ」と、軽い口調で言った。

「まあ、別に構わないけど」

と、承諾した飯島を、浜口は「待て」と制した。

「愛ちゃんだったか。おれが飯に連れてってやるよ」

この謎めいた女について、もっと深く知りたい。彼女が持つ財力もさることながら、その人間性にも興味が湧いたのだ。

だが、「遠慮しときます」と、あっさり断られてしまった。

「どうして？」

「だって、説教するつもりでしょう。わたし、そんなの聞きたくないもの」

浜口は笑った。

「しないさ。約束するよ。さあ、行こう」

浜口は愛と連れ立って店を出た。


「ちょ、ちょっと待ってくれ」

薄暗い個室の中で浜口はたまらず声を上げた。

たった今、この女はこう告白したのだ。誠心会の連中のドリンクに細工したのは自分であると。

「本当の本当に、きみが自らやったのか」

「だからそうよって」と愛は軽く答え、脂の乗ったせせりの串を口に運んだ。

彼女が焼き鳥が食べたいというので、深夜営業をしている、ちょっとお高い店に連れて行った。この店は知人オーナーが手掛けていて、ＶＩＰのために一つだけ個室が用意されているのだ。浜口が訪れると必ずここに通される。

「なぜそんなことを？」

浜口は卓に身を乗り出して訊ねた。

「あいつらに近づくため」

「近づいてどうするんだよ」

「真相を調べたいの」

「真相？」

「そう。わたしの〝推し〟が歌舞伎町から消えた真相」

その〝推し〟というのがユタカのことらしい。愛は彼が誠心会の連中によって消されたのではないかと疑っているのだという。ユタカは以前から誠心会の連中に怯えていたのだそうだ。

「だから絶対にあいつらの仕業だと思うの。そうじゃなかったら、彼が突然消息を絶つはずがないもの」

たしかに今回の両陣営の抗争に巻き込まれた可能性はなくはない。だが、そのことよりもこの女の神経を疑ってしまう。いったいどこに、ヤクザにイチャモンをつけ、それをきっかけに接近しようなどと考える女がいるのか。

浜口は腕組みをして、焼き鳥を黙々と頬張る女をまじまじと見た。たぶん、こいつは頭のネジが数本ぶっ飛んでる。

「何か?」

「いや」と、かぶりを振る。「で、何かわかったのか?」

「何も。ハナっから探りを入れたんじゃ怪しまれるじゃない。でも、近いうち必ず尻尾を摑んでやるんだから」

「もし、尻尾を摑んだらどうするつもりだ?」

「ユタカがまだどこかで生きてるなら大人しくしてるつもり。ただ、もしもそうじゃないなら、相応の仕返しをさせてもらう」

相応——具体的なことは訊かないでおいた。この女はとことんやりそうだ。どんな手を使っても。

「でも、誠心会じゃなくて、内藤組の仕業ってことも考えられるんじゃないか」

浜口は何気なくそんなことを口にしてみて、むしろその可能性の方が高いのではないかと思った。ユタカは『Butterfly』のスカウトのトオルという、イケイケ小僧と繋がっていた事実がある。仮にユタカもまた、誠心会側と密接な関係にあり、陰でよからぬ働きをしていたのだとしたら、内藤組の怒りを買ってもおかしくない。

はからずも矢島の顔が脳裡に浮かんだ。このあとあの男と接触し、それとなく詮索してみようか。

いや、よした方がいい。この一件に深く関わると、厄介なことになる気がする。それに、きっと矢島は何も語らないだろう。あのヤクザは基本的に秘密主義者なのだ。今回の覇権争いにおいても、浜口は大局を知るべく、何度か探りを入れてみたのだが、毎度煙に巻かれていた。

「きみは内藤組のことは疑ってないのか」

愛は脂で光った唇をおしぼりで軽く拭ったあと、「いいえ、その可能性も考えてるわよ。だからいずれ内藤組にも近づくつもり」と、またも驚くべきことを口にした。

「近づくって、どうやって？」

「方法なんていくらでもあるわよ――この店、煙草は？」

浜口は店員を呼びつけ、灰皿を用意させた。愛がポーチの中から煙草を取り出し、ジッポーで火を点ける。

クロムハーツのゴツいジッポーだった。明らかに男物で、まったく柄に合っていない。

「ところで浜口さんは内藤組とべったりなんでしたっけ？」

一口吸いつけ、彼女が訊いてきた。

「べったりなんてことはないさ」

「でも、繋がりはあるんでしょう？　そのせいで今日の連中から圧力を掛けられてるんだと思ったけど」

愛は紫煙の中で悪戯っぽい笑みを浮かべて言った。

「今、歌舞伎町の水商売オーナーたちは究極の選択を迫られてるんですってね。内藤組と誠心会、どっちの陣営につくかで」

小娘の分際で、ずいぶんと歌舞伎町の裏情勢に詳しいようだ。もっとも、この女はそこいらのガキと一線を画すのだろう。

そのためか、「本当に、まいったよ。マジで」と、浜口はつい弱音を吐露していた。

「勝ち馬に乗ったらいいじゃない」

「そんな簡単な話じゃないのさ」

「さっき宇佐美がこんなことを言ってたけどね。内藤組が倒れるのは時間の問題だって」

「内藤組だってついこの間、誠心会はもう終わりだって言ってたさ」

ただ、実際は誠心会の方が優勢なのだろう。それは周囲の声からしても、まちがいなさそうだ。

「ねえ、わたしが情報を流してあげましょうか」

「情報って？」

「だから両陣営の最新の動向とか、そういうこと」

思いがけぬ申し出に、浜口は唾を飲み込んだ。もしも、そんなものを得られるのなら、願ってもない。それが今後の身の振り方の判断材料になるのだから。

「けど、そんなことをして、きみになんの得が——なるほど、〝推し〟の消息について調べろってことか」

「そ」愛がにっこりと笑んだ。「わたしは連中に近づいて、できる限りの情報を得る。あなたはこれまで築いてきたコネクションを駆使して、ユタカに何があったかを調べる。お互いの目的のために協力し合いましょ」

浜口は、はあー、と息を吐き出した。それはある種の嘆息だった。

本当に、この女は何者なのか。

「まあ、考えておく」

浜口は返事を先送りにし、連絡先だけを交換して愛と別れた。


それから三日後、誠心会の宇佐美から、折り入って相談があるので一席設けさせてほしいと、浜口のもとに連絡があった。その知らせを持ってきたのはほかならぬ愛だった。

「相談内容はわたしも知らないし、同席するつもりもないから、受けるも断るもどうぞご自由に」

急展開に浜口は戸惑い、そして判断に迷った。折り入った相談——中身は考えるまでもない。

内藤組と手を切り、今後は誠心会をケツ持ちにしろと迫られるだけだ。

「ちなみに、これは最初で最後の申し出だそうよ」

つまり、これを断ったら本格的に浜口を敵とみなし、潰しに掛かるということだろう。懊悩《おうのう》の末、浜口はこの申し出を受けることに決めた。先日、内藤組の枝である三次団体、四次団体の組織が、次々と今回の抗争から撤退しているという情報を入手したからだ。撤退の理由は本家からそうするように命令が下ったというものだった。

もともと今回の抗争において、内藤組の本家である吉川《よしかわ》会は、どういうわけか傍観を決め込んでいた。直参《じきさん》である内藤組の抗争となれば、本家が出張ってくるのが自然で、ともすれば関東対関西の全面戦争になってもおかしくはないのだが、実際はそうなっていなかった。

これについて矢島は、以前このように語っていた。「この程度のことで本家を頼りたくねえんだ。借りを作ることになっちまうだろう」と。

そのときも浜口は半信半疑でいたが、やはりあれは矢島の強がりであったのだろう。理由は知らないが、おそらく内藤組は本家から見捨てられているのだ。

「内藤組が孤立しとる理由？　そら浜口さん、親分の矢島が吉川会の幹部連中から嫌われとるからに決まっとりますがな」

赤ら顔の宇佐美が肩を揺すって言い、浜口の猪口《ちょこ》に冷酒を注いできた。

この関西ヤクザはあまり酒に強くないようだ。まだ二本目だというのに、目まで充血してきている。

ここは横浜にあるこぢんまりとした懐石料理屋で、この店を指定したのは浜口だった。まさか手を出されることはないと思うが、何があるかわからないため、安全な場所を求めたのである。東京を離れたのは無論、周囲の目を気にしてのことだった。万が一こんな場面を内藤組の連中に見られでもしたら、たまったものではない。

はたして浜口は一人でこの場に臨み、一方、宇佐美は舎弟を二人、引き連れてやってきた。その二人は今、となりの個室で待機している。

「わしは直接会うたことはないが、矢島っちゅうのはずいぶんとまあ、傲慢な男らしいな。よくない噂がゴロゴロ転がっとるもんで、こちらから拾わんでも、勝手に耳に入ってきよるわ。実際のとこ、そうなんやろ？　あんたの前でも傍若無人に振る舞っとったんちゃいますの？」

浜口は「さあ、どうでしょう」とはぐらかしたが、宇佐美はこれを無視して、話を進めた。

「浜口さんな、こっちの世界は何より義理を大事にせなあきませんのや。日頃、我欲ばかり優先して動いとるヤツは、いざっちゅうときに力を貸してもらえん。聞けば抗争から手を引いた枝も、もともと本意じゃなかったそうやで。立場上、仕方なく内藤組に助太刀しとったんやと」

「そうなんですか」

「らしいですわ。枝の連中からしてみたら、本家がなんもせんのに、どうして自分らが動かなあかんねんってなところやったんでしょうな。せやから本家からもうええと、正式に命令が下って、ホッとしとるんちゃいますか」

「どうなんでしょう。わたしにはなんとも」

実際にまったくわからなかった。矢島はこの辺りの内部事情について、いっさい語ってくれないからだ。

「それにしても、宇佐美さんはずいぶんとお詳しいんですね。そういった裏話はどこから?」

この男が敵陣営の事情について、やたら詳しいのが解せない。

「そらな。抗争ゆうもんは肉弾戦に強い武闘派が勝つんやない。情報戦を制する頭脳派が勝つんや」

まったく答えになっていなかったが、これ以上の詮索はしないことにした。

「まあ、真っ向からドンパチしてもうちは負けへんけどな。まず兵隊の数がちゃう。うちはこっちに来とる者だけやないで。まだまだぎょうさん後方に控えとるんや。一方、内藤組はどうや。もともとより小世帯の上、ここ数ヶ月で逮捕者も出とるし、怪我で戦線を離脱しとる者もおる。もう虫の息やろう。ええ?」

浜口はわずかに頷いた。

すると、宇佐美は口の片端を吊り上げ、「そんな話も出たところで、そろそろ本題に入りましょか」と、仰々しく居住まいを正した。

「今言うた通り、内藤組は息も絶え絶え、身内からも村八分の状態や。この戦争に勝つんはどっちか、誰の目にも明らかやろ」

今度は深く頷いた。そうせざるをえなかったからだ。

「あんたがこの場にこうしておるっちゅうことは、そういうことやとわしは受け取っとるけども、その口からはっきり聞かせてもらいたい。今後、うちと仲良うしてくれるか」

「……はい。お世話になります」

いいのか、本当に。だが、そんな自問自答も意味をなさなかった。もう、後戻りはできない。

「ああ、よかった。歌舞伎町で顔の広いあんたがうちについてもらえたら、二の足を踏んどるほかのオーナー連中も一気にこちらに──」

「ただし」と、浜口は言葉を遮り、「一つお願いが」と、卓に両手をついて申し出た。

「このことはしばらく内密にしていただきたい」

宇佐美は目を糸のように細めた。

「それはつまり、あんさんが表向きはまだ、内藤組の側に立ったままでいたいと、そういうことですか」

「しばらくの間だけです」

「そらあんた、都合が良すぎるわ」

「そうでないと、自分は命の危険に晒されます。矢島という男はけっして寝返った自分を許しません」

「心配せんでも、護衛なら付けたるがな。二十四時間きっちり──」

「お言葉ですが、自分は堅気です。そちらのみなさんと表立って行動を共にするわけにはいきません」

「堅気ねえ。おたくもグレーな商売で成り上がったゆう噂を小耳に挟んどるけどな」

「昔のことです。今はまっとうな生業だけで食ってます」

「あんたの言い分は結構やけども、わしはあんたがこっちについたっちゅうことを周知したいんやわ。そうでなければわしらにメリットがないやろう」

「その分、わたしが個人的に裏で周囲に働きかけます。自分が動けば必ず周りのオーナーたちも聞く耳を持ち、大多数がそちらに移るはずです」

「ほう。それは浜口さん自ら、乗り換えキャンペーンの呼び込みをしてくれる──そういう捉え方をしてええんやな」

「はい」

「結果も、約束してもらえるか」

「ええ。もちろん約束いたします」

リスクは百も承知だ。どれだけ慎重に、秘密裡に動いたとしても、どこで噂が立つかわかったものじゃない。もしも自分が裏切ったことが内藤組の耳に入ったらただじゃ済まないだろう。だが、いかに危ない橋でも、ここを渡らない限り、自分は生き残れない。この橋の先にしか未来はないのだ。

「よし、わかった。ほんなら、その条件を呑んだるわ」

「ありがとうございます。助かります」

もっとも、浜口にこうするように提案し、背中を押してきたのは愛だった。「その矢島ってヤクザが怖くて踏ん切りがつかないんだとしたら、口先だけ忠誠を誓っておいて、肚《はら》の中で笑っていればいいじゃない」彼女はこのように助言してきたのだ。それは浜口にとって、悪魔の囁きであった。

それから小一時間ほど飲んで、共に店を出た。

別れ際、宇佐美は浜口に対し、「一つ、よろしゅう頼んますわ」と握手を求めてきた。

浜口がその手を握ると、彼は痛いくらいに握り返してきた。

二〇二四年六月二十六日

途絶えることのない雨音は、薄暗い街の隅々にまではびこり、まとわりつくような湿気と共に人々の不快指数をひたすら高めている。

ここ数日、ずっと雨だった。けっして雨脚が強まることはないが、かといって弱まる兆しもない。

宇佐美と横浜で会食をした日から、今日でちょうど一週間が経った。

浜口はあの日の翌日から、歌舞伎町で水商売を営む知人オーナーたちと密会しては、ケツ持ちを乗り換えるよう、彼らに懇切丁寧に説得して回っていた。その甲斐あって、一人、また一人と、内藤組側から誠心会側へ、その立ち位置を変えていた。

これによって宇佐美はすこぶる上機嫌、一方、矢島は恐ろしく不機嫌だった。

矢島とは数日前、別件で顔を合わせていた。そのときの彼はふだんの冷静さは影を潜め、怒り狂っていた。自分たちを切ったオーナー連中に対して、「そのうちケジメを取らせてやる」と、目を剝いて息巻いていた。

ちなみに別件というのは、先月消息を絶ったユタカの件である。これを依頼してきた愛には、誠心会との橋渡し役を務めてくれたという意味で、小さな恩がある。だとしたらそれに報いなくてはならない。

もっともそれは建前で、実際は浜口自身がユタカの失踪の真相を知りたいというのが本音だった。仮に彼が犯罪被害に遭ったとして、もしもそれが内藤組の仕業なのだとしたら、今の自分にとってこの上なく都合がいいことに思いが至ったのだ。

これによって矢島が塀の中にブチ込まれるようなことがあれば、それは望むべくもない。あの男さえシャバから消えてくれれば、我が身の安全は担保されるのだから。

だが結局、矢島からは何一つ情報を引き出せなかった。彼はユタカというホストの存在さえ認識していなかった。

ただし、別のところから一つ、耳寄りな情報を入手した。ユタカが初めて職場を無断欠勤した日の前夜、彼がゴールデン街に入っていくのを見たという者がいたのだ。それはユタカ担当の客の和美という女だった。

「何やらその和美って女、ユタカと口論をして『Dream Drop』を飛び出したあと、おもてでずっと張ってて、彼を待ってたんだとよ。で、深夜になって退勤してきたユタカに声を掛けようとしたところ、彼が誰かと電話をしながら歩き出したから、そのあとをつけて行ったんだってさ。そうしたら彼はゴールデン街に入って――」

浜口はフルーツパフェを頬張りながら、対面にいる愛に向かってしゃべっている。場所は洋食レストラン『パリジェンヌ』だ。またここに通えるようになって本当によかった。

「どの店に入ったかまでわかってるの?」

愛が真剣な眼差しで訊いてきた。彼女は注文したコーヒーを一口も飲まずに、浜口の話に耳を傾けている。

「いや、それがわからないらしい。というのも途中で姿を見失っちまったんだと。ほら、ゴールデン街は迷路のように入り組んでるだろう。和美は一軒一軒店を覗いてユタカを探し回ったらしいが、一向に発見できなかったから、しばらくして帰ったそうだ」

「そう」と、愛は吐息を漏らし、ここでようやくコーヒーを一口啜った。

なぜか残念がっている様子はなく、むしろ安堵しているように見えるのは気のせいか。

「今の話はその和美って女から?」

「いや、うちの従業員で『Dream Drop』の店長をやらせてる中西って男からだ。愛ちゃんも知ってるだろう」

「ああ、あの髪の薄いおじさんね」

「あれでも、一昔前は歌舞伎町で名の知れた人気ホストだったんだぞ」

「へえ。そうなんだ」

「で、その中西が和美から相談を受けたんだよ。どうやら彼女もまた、ユタカのことを必死に探し回ってるそうだ」

「そう。よくわかったわ」

「あ、中西から和美の連絡先を聞いたから、愛ちゃんに教えてあげるよ」

そう告げると、愛はあっさりと「いい。要らない」と断ってきた。

「どうして？　同じ目的を持つ者同士、情報交換をすればいいだろう」

「和美からすればわたしは敵だろうし、それはわたしだって同じ。同担拒否ってやつ」

「そんなこと言ってる場合か？　有益な情報を取りこぼすことになるかもしれんぞ」

「だとしても構わない。キャットファイトなんてご免だもの」

なんだ、その程度のものか。浜口は鼻白んだ。

ヤクザに接近してまで〝推し〟の消息を調べるくらいだから、草の根を分けても情報を欲しているものと思ったら、意外とそうでもないらしい。

この女の考えていることはよくわからない。

「ところであなた、矢島ってヤクザに会ったんでしょう。平気だったの？」

「ああ、とりあえずは大丈夫そうだった」

矢島は浜口の裏切りに、まったく感づいていないようだった。ここで呑気にフルーツパフェを食べていられることが何よりの証だ。

「もし、あなたが謀反をはたらいたことがバレたら、どうなっちゃうのかしら？」

「謀反って、おれは矢島の臣下じゃないぞ」

「でも、主従関係にあったんでしょう」

「ないさ。あくまで対等の立場だ」浜口は語気を強めて言った。「とはいえ、バレたらシャレにならんな」

万が一、この裏切り行為が矢島の知るところとなったら終わりだ。最悪、命を落とすことになりかねない。だから誠心会に引き込んだオーナー連中には、浜口が手引きをしたことは絶対に他言無用だと、きつく緘口令《かんこうれい》を敷いてある。

「そんなもの守られるわけ？　その人たちに売られちゃうんじゃない？」

「まずないね。おれが声を掛けたのは、長年持ちつ持たれつの関係でやってきた信頼の置ける仲間だけだし、そもそもみんな反社とは極力付き合いたくないっていう、堅気連中なんだ。彼らがおれを売るメリットなんか何一つないさ」

浜口は己に言い聞かせるようにしゃべった。

実のところ、とてつもなく不安だった。人という生き物は、いつどこで裏切るかわかったものではないのだから。

「じゃあ、あなたの心配はわたしだけね」

浜口は眉をひそめ、瞬きを繰り返した。

「わたしが矢島に密告するかもしれないじゃない。あなたが誠心会と結託したことを」

背筋が凍った。

「ふふふ。冗談よ。それこそ、そんなことをするメリットがないもの」

愛が白い歯を見せて笑う。浜口もそれに合わせて笑ったが、口元が引き攣っているのが自分でもわかった。

「じゃあ、また何かわかったら教えて」

愛がサッと席を立ち、浜口を残して、一人出入り口へと向かった。リズミカルに上下する尻を目で追う。

これまで思いが至っていなかったが、よくよく考えてみればたしかにあの女は危険だ。もしかしたら、今一番敵に回してはならないのは愛なのかもしれない。


その翌日の夜、早めに仕事を終えた浜口が自宅でくつろいでいたところ、広瀬《ひろせ》という名の知人オーナーから電話があり、物凄い剣幕でクレームをつけられた。

聞けばつい先ほど、彼が手掛けるキャバクラ店に内藤組の若い衆がやってきて、店の中を荒らして帰ったそうだ。

〈浜口さん、全然話がちがうじゃない。あなたが内藤組から報復を受けることは絶対にないって言うから、それを信用して誠心会に乗り換えたのに、さっそくこれってどういうことよ〉

「いや、わたしは絶対にないだなんて言った覚えはないですよ」

嘘ではなかった。その可能性は限りなく低いとは言ったが、絶対にないだなんて口にしていない。

〈けどあなた、こうは言ったよね？　誠心会は内藤組よりよっぽど頼りになるって。これを言っ

てないとは言わせないよ〉

「ええと、それは……」

〈言ったよね？〉

「……ええ、まあ。誠心会は助けに来てくれなかったんですか？」

〈来てくれたよ。店が散々荒らされて、内藤組の連中が去って十五分も経ってからね。おれの方がよっぽど到着が早かったくらいさ。これで用心棒の役割を果たしてるって言える？　言えないだろう〉

「まあ、そうですけど。ただ、わたしに文句を言われても……」

〈浜口さん以外に誰に言うんだよ〉

それは誠心会に決まってるだろう。自分が仲介するのはここまでだから、今後は誠心会と直接やりとりしてくれと、はっきり伝えているのだ。

このことを浜口が冷静に述べると、

〈誠心会の現場の人にも伝えたさ。こんなんじゃ困るって。そうしたら、『きっちりやり返したるから黙って見ときぃや』って、こうだもの。そういうことじゃねえんだって。こっちはやり返してほしいんじゃなくて、守ってほしいの。平穏に営業させてもらいたいの〉

ごもっともな訴えに、浜口は返す言葉がなかった。

〈ちなみに、おれは内藤組のヤツからこんな捨て台詞を吐かれたよ。『うちを切るだなんてナメた真似をするからこういう目に遭うんですよ』ってね。でもって最後の最後に、『戻ってきてもいいんですよ。今なら水に流しましょう』とも言われた。おれはよっぽど彼らに詫びようかと思ったね。『自分がまちがってました。やっぱり内藤組のみなさんにお世話になります。今回は浜口さんに唆《そその》かされてしまっただけなんです』ってね〉

「ちょ、ちょっと広瀬さん、それは――」

〈わかってるよ。約束は守るさ。ただ、あなただって、声を掛けた以上、最低限のことはしてよ。じゃないと困る〉

「……はい」

〈大きなお世話かもしれないけど、こういうことがあると、浜口さんの評判も落ちちゃうよ。みんなあなたを信用して、今回の決断をしたんだから〉

浜口は電話を切ったあと、「ああもうっ」と嘆いて、乱暴に髪を掻きむしった。

その勢いで宇佐美に電話を掛け、今し方の件を説明し、今後の改善を求めた。すると、宇佐美は〈すぐに折り返しますわ〉と言い、電話を切った。

その数分後、宇佐美から掛かってきた。

〈どうやら同じ時間帯に別のところからも、内藤組の連中から助けてくれいう要請があったみたいでしてな。若い衆がそっちに人数を取られとったもんで、広瀬さんのとこが後回しになってしもうたそうですわ。このあと、自分から広瀬さんに詫びを入れときます〉

「そうしてもらえると助かります」

〈それはそうと浜口さん〉

「はい」

〈あなたに関することで、ちいとよからぬ噂を小耳に挟んだんやけども、その真偽をたしかめさせてもろうてもええですか〉

「はあ。わたしのよからぬ噂、ですか」

〈ええ。噂の中身はこんな具合ですわ——〉

話を聞き、浜口は耳を疑った。浜口が誠心会の内部事情を内藤組に垂れ流しているというのである。

〈要するに、あなたは内藤組が送り込んだスパイやっちゅうんですわ。あっちを裏切り、こっちについたように見せかけといて——〉

「ちょ、ちょっと待ってくださいよ」浜口はたまらず声を上げた。「わたしがそんなことをするはずがないじゃないですか。そもそも、おたくさんの内部事情なんてわたしは何も知りませんよ」

〈まあ、そう怒らんといてください。わしかて、そんなしょーもない噂を信じとるわけやないですから〉

だとしたらこの確認になんの意味があるのか。

「だいいち、もしわたしが内藤組のスパイなんだとしたら、周囲のオーナーを宇佐美さんに紹介しないでしょう。それも、わたしがあなた方を信用させるためにやったとでも言うんですか」

〈ええ、そういうことらしいんですわ。あくまで噂ではね〉

開いた口が塞がらなかった。いったい、どこからこんな馬鹿げた話が湧いて出てきたのか。

この質問を宇佐美にぶつけると、〈まあまあ、みんな好き勝手なことを言うもんやからね。とくにこういう戦時中はくだらないデマが飛び交うもんなんですわ〉と煙に巻かれた。

〈ま、わかりました。浜口さんを信用しますわ。けど、もし裏切ったら、そんときは覚悟しといてください。きっちりカタにハメたりますから〉

浜口は唾を飲み込んだ――と同時に、耳に押し当てているスマホが震えた。キャッチフォンが入ったのだ。

耳から離して確認すると、相手は矢島だった。

訝《いぶか》った。このタイミングなので余計に不穏に感じられた。

〈浜口さん、どうされました?〉

「あ、いえ。とにかく、わたしは潔白ですから。おかしな噂を真に受けないでいただきたい。失礼します」

そう念を押し、電話を切った。

浜口は一つ深呼吸をして電話に応答した。

〈どこにいる?〉

「もう家ですけど」

〈ずいぶん早いな。すまないが歌舞伎町に戻ってきてくれないか〉

「今からですか」

〈ああ、そうだ〉

「どんなご用件で？」

〈おまえと相談したいことがあるんだ。内容は会ってから話す〉

相談？　危険な匂いしかしない。

「あの、今日じゃないとまずいですか」

〈ああ、急を要するんだ。なんだったら、こちらから出向いてもいいぞ〉

「いえ、それなら自分が」

〈そうか。事務所で待ってる〉

電話が切れた。

浜口は手の中のスマホに目を落とし、小首を傾げた。

いったい、なんだというのか。矢島とは長い付き合いになるが、こんな急な呼び出しはこれまで一度もない。

とりあえず出かける支度をして、自宅マンションを出た。

おもては相変わらずの雨だった。浜口は四谷の三栄《さんえい》通りに立ち、頭上に傘を掲げ、流しのタクシーを止めた。

傘を折り畳んで乗り込み、改めて想像を巡らせる。急を要する相談事——いくら考えようともまるで見当がつかなかった。いったい、矢島からどんな話が飛び出してくるのだろう。

思案に暮れていると、また手の中のスマホが着信した。今度は愛だった。

浜口は応答し、用件を訊く前に、今の状況を愛に説明した。すると彼女は、〈わたしもその件で連絡したの〉と言った。

「どういうことだ？」

〈矢島のもとへ行ったらダメよ。あなた、殺されるわ〉

「な、なんだよ、殺されるって」

〈どうやらバレちゃったそうよ。あなたが誠心会と結託してることがね〉

「バカな。どうして……」

〈おそらくウタわれたんでしょ。あなたが信頼してたお仲間の誰かにね〉

一瞬、意識が遠のき、手からスマホが滑り落ちそうになった。

〈ねえ、聞いてる？〉

返答できなかった。頭の中がしっちゃかめっちゃかで、冷静になれない。

本当に自分は売られたのだろうか。だが、矢島のこの急な呼び出しはたしかに不自然だ。宇佐美のもとに届いた根も葉もない噂といい、浜口の与り知らぬところで、ただならぬ事態が起きている。

〈あなたがユダであると、矢島が確信しているかはわからないけど、疑っていることはまちがいないわ〉

となれば、この呼び出しはその真偽をたしかめるためだろう。

だったらダメだ。絶対に行ってはならない。矢島に脅され、拷問に掛けられたら、自分には黙っていることなど不可能だ。

「きみはどこでその情報を摑んだんだ？」

〈だからそれをあなたに伝えようと思って。今からわたしと合流しましょ。ゴールデン街に来てちょうだい〉

「ゴールデン街？」

〈ええ。というのも、ユタカが最後に訪れた店がわかったのよ〉

「その件と、今の話が繫がってるということか？」

〈そういうこと。詳しいことはそこで話すわ。近くまで来たら電話をして。わかってると思うけど、このことはくれぐれも内密に〉

電話が切れた。

浜口はシートに背をもたせ、目を閉じ、両手で頭を抱えた。

もうカオスだ。一体全体、自分の周辺で何が起きているのか。

はからずも瞼の裏に破滅の文字が浮かんだ。その字は真っ赤に染まっていた。

「どの辺りで止めましょうか」

運転手が声を掛けてきて、浜口は薄目を開けた。

「止めないでくれ。降りたくないんだ」

「はい？」

このまま永遠に走りつづけてほしい。そしてどこか遠い、異邦の地まで連れ去ってもらいたい。

「冗談さ。ここらへんで降ろして。釣りはいい」

浜口は運転手に五千円札を手渡し、区役所通りでタクシーを降りた。

浜口は傘も差さずに、その場から濡れた街並みを拝んだ。歌舞伎町は相も変わらず、どぎついネオンに包まれている。

この歓楽街も今日で見納め――なぜかそんな不吉なことを思い、浜口は慌てて首を左右に振った。


「ユタカが最後に訪れたって店がここなのか?」

浜口は店内を見回し、となりに座る愛に訊ねた。

こんなうら寂れた場所に、ユタカはどんな用があったというのだろう。この『きらり』というスナックは、まちがっても若い人が寄りつくような店ではない。

「そうみたい。あのお婆ちゃんがたしかに彼を見たって」

愛がカウンターの向こうを一瞥して答えた。

そこには今にも心臓が止まりそうな、よぼよぼの老婆が腰をくの字に曲げて、浜口の注文した酒を作っている。

「あんな死に損ないのババアの記憶力をあてにしてどうすんだよ。きっと昨日のことだって覚えてねえぞ」

浜口は声を潜めて言うと、「たしかにここ数年、物忘れが激しいからねえ」と老婆が口を開いた。

なんという地獄耳なのか。浜口は身を小さくせざるをえなかった。

骨と皮だけの、骸骨《がいこつ》のような手で、「はい。召し上がれ」と、浜口の前にハイボールが差し出される。

浜口はグラスを手に取って持ち上げ、照明の光に当てて透かし見た。潔癖症なので、初めて訪れる店では毎回これをやってしまう。

案の定、グラスが薄汚れていた。

浜口が口をつけるのを躊躇《ためら》っていると、「どうしたの？　飲まないの？」と、愛が顔を覗き込んできた。

浜口は意を決して酒を一気に呷った。もうヤケクソだ。

氷だけになったグラスをドンと音を立ててカウンターに置き、「それで、おれを売ったのはどこのどいつだ」と、愛を問いつめた。

「あなたを売った相手はわからないわ。でも、矢島があなたを疑ってることだけはたしかよ」

「なぜそう言い切れる？」

「だって、わたしが頼まれたから」

「は？」

「だから、あなたのことを探るように、わたしが矢島から依頼を受けたの」

「ちょっと待て。それはどういうことだ」

聞けば愛はすでに矢島と繋がっているのだという。具体的な手法は明かさなかったが、彼女は誠心会に近づいたのと似たようなやり口で接近したそうだ。結果、宇佐美同様に、矢島は愛のことをお気に召したという。

「矢島の女になったっていうのか」

「まさか。あっちだって手駒として使えるかもと判断しただけでしょう。だいいちあの男、女相手じゃ勃《た》たないわよ」

浜口は驚き、愛に向けて身体を開いた。

「長い付き合いのくせに知らなかったの？　一目で同性愛者だってわかるじゃない」

まったく知らなかった。言われてみればたしかに、矢島が女を連れているところをこれまで一度も見たことがない。

「まあ、それはいい。矢島はどこでおれに疑いを抱いたんだ」

「さっきも言ったでしょ。あなたの周囲の人間がタレ込んだか、もしくはどこかで噂を聞きつけたか、そのどちらかでしょう。ま、わたしは前者だと思うけどね」

浜口は下唇を嚙んだ。もしも裏切り者の正体がわかったら八つ裂きにしてやる。

「で、わたしにあなたの身辺を探って報告をしろっていうのがざっくりとした流れ」

浜口は荒い鼻息を吐き、「おかわりをくれ」と老婆に告げた。

「ところで今の話と、ユタカの件はどう繋がってるんだ？」

浜口が訊ねると、愛は「そこはちょっと複雑なのよね」と言い、小皿の中の塩を指で摘んだ。

そしてそれをグラスにさらさらと振り掛けた。彼女が飲んでいるのはトマトジュースなのだ。

「複雑って、何がどう複雑なんだ?」

「焦らないの。夜は長いんだから」

舌打ちが出た。自分はこんなところに長居するつもりはない。場合によっては、すぐにでもガラをかわさなければならないのだ。

「はい。召し上がれ」

二杯目のドリンクが差し出された。グラスを持ち上げようとした瞬間、指が滑り、危うく倒してしまいそうになった。水滴で滑ったのではない。どういうわけか、指に力が入らなかったのだ。

浜口は自身の手の平に目を落とした。若干、麻痺《まひ》している感があった。

そんな浜口の様子を愛は目を細めて見ていた。

その愛が、「一つずつ、順を追って話すわね」と、静かな口調で言った。

「まず、ユタカはもう、この世にいないわ」

「いないって……本当に殺されたっていうのか」

「ええ。ただ、下手人は誠心会でも、内藤組でもない」

「じゃあ誰が?」

「女よ」

「女?」

「ええ。女」

「まさか、和美か」

「いいえ。別の女」

「そいつはおれも知ってる女か」

「ええ。知ってる女」

「誰だ？」

だが、愛はこれに答えず、話を進めた。

「すべて、その女のせい。あなたが今、こうして窮地に追いやられているのも、すべてその女が仕組んだことよ」

「どういうことだ？　わけがわからねえぞ。それに、さっきはおれの周囲にいるヤツが矢島に垂れ込んらっれ言っれ……」

あれ、なんだ——上手いこと呂律が回らない。いや、それどころか焦点も定まらない。目に映るすべてがゆらゆらと波打っているのだ。

浜口は目を擦《こす》ろうとした。だが、それは叶わなかった。腕が持ち上がらなかったからだ。

「その女は五年もの間、京都で舞妓として生きてきた。女の店には、政治家や裏社会の人間も数多く訪れていた」

困惑する浜口をよそに、愛は独り言のようにして、虚空に向けて滔々《とうとう》としゃべりつづける。

「そんなある日、女は、誠心会が歌舞伎町の覇権を狙い、東京進出を目論んでいることを知った。そのとき、女はこう思った。これはまたとないチャンスだ、と」

いったい、なんの話をしているのか――。身体の異変もあり、浜口は話を冷静に聞くことができない。

「内藤組と誠心会、彼らが起こす争乱の中に身を投じれば、念願の目的を達成できるかもしれない。女はこう考え、満を持して歌舞伎町にやってきた」

ま、まさか――。

浜口は怯えた目で愛の横顔を見た。彼女はその視線に臆することなく、なおも唇を動かした。

「女は暗躍した。裏で糸を引き、男たちを意のままに操った」

愛がゆっくりと、こちらに向き直った。

「そうして、あなたは今、ここにいるのよ」

その瞬間、マリオネットの糸が切れたように、浜口はカウンターに突っ伏した。力がまるで入らない。

浜口は冷たい卓に、頬をぴったりとつけ、かろうじて愛の顔を見上げた。

「あなたも愚かよね。自分が使った作戦に、まんまと引っ掛かるんだもの」

おれが使った作戦――?

「あなた、こんなふうに力になるフリをして、わたしを誘《おび》き出したでしょう？　飲み物の中に薬を混入させて、身体の自由を奪ったでしょう？」

ここで愛が目をカッと見開き、浜口の顔を覗き込んできた。

「忘れちゃった？　あたしのこと」

――？

その衝撃は遅れてやってきた。

漆黒の色をした大波が猛然と襲い掛かり、浜口のすべてを瞬時に飲み込んだ。そして絶望という名の深淵へと引き摺《ず》り込んでいく。その禍々《まがまが》しい力に、浜口はなす術がなかった。

愛の――いや、七瀬の顔を直視できなかった。浜口は目の前の現実を遮断するかのごとく、瞼を下ろした。

その数秒後、眼球に圧力が掛かった。そして強制的に瞼を持ち上げられた。

浜口の視界が捉えたのは愛ではなかった。

先ほどの大波と同じ、闇に溶けそうな肌色をした、大男だった。

矢島國彦

二〇二四年七月十七日

蛇口の緩んだ水道からぽたぽたこぼれる水のように、顎の先から汗が絶え間なく滴《したた》り落ちる。息を吸うたびに焼けるような熱気が喉を突き抜け、それは肺をも焦がす勢いだった。

こんなにも苦しいのに、人はなぜサウナに入るのか。

この質問の中に答えは出ている。苦しいからこそ、人はサウナに入るのだ。

少なくとも、矢島國彦にとってはそうだった。

「ああ」と、目を閉じたまま、喉を鳴らした。

ほかに客はいない。このサウナ内にも、浴場にもだ。

こうして占有できたのは貸切にしたからではなく、偶然の産物だった。ふだんからこの時間は客が少ないが、一人きりという状況は滅多にない。

そんな至福のときを過ごしていた矢島に、「よう矢島」と、しゃがれた声が降りかかった。閉じていた目を開けると、そこには全身毛むくじゃらの、熊のような男が股間をタオルで隠して立っていた。

新宿署の刑事の小松崎だ。

矢島はため息をつき、「なんのご用で?」と口を開いた。

「おまえのご自慢の真珠入りのイチモツを拝ませてもらおうと思ってな」

小松崎はくだらないことをほざいて、わざわざとなりに座ってきた。さらに室温が増した気がした。

「いくらなんでも無防備なんじゃないか。こんなところを襲撃されて、素っ裸でおっ死《ち》んじまったらみっともねえぞ」

「だからおもてにうちの若いのを立たせてるんでしょう」

「あんなひょろっとした小僧共じゃ弾除《たまよ》けにならんさ。今さっきもおれを見て怯えてたくらいだぞ」

「小松崎さんには誰だってそうなりますよ——では、自分はこの辺で」

矢島が檜《ひのき》の長椅子から立ち上がろうとすると、「にしても浜口の野郎、いったいどこに消えちまったんだろうなあ」と、小松崎の声がサウナ内に響いた。

「なあ、矢島よ」

「さあ、どこに行ったんでしょうね」

小松崎が鼻を鳴らす。

「ヤツが裏でこっそり誠心会に寝返ってたって噂はどうやら事実のようだな」

「へえ。そうなんですか」

「小賢《こざか》しい浜口のことだ。潮目を見てあっちの陣営に乗り換えたんだろう。浜口からすりゃあ背に腹はかえられんってなところだったんだろうが、昔からあいつを可愛がってたおまえからしたら、とても看過できる話じゃねえよなあ」

「別に可愛がってなんかいないですよ。あいつがおれを裏切ろうが何をしようが知ったことじゃないです」

「そうですか、とはならんぞ」

「なってくれなくても構いません」

額に玉の汗を浮かせた小松崎が矢島の顔を覗き込んでくる。

「なあ、そろそろ真実を聞かせてくれよ」

「なんですか、真実って」

「腹の虫が収まらねえおまえは浜口を粛清することにした。周囲のオーナー連中に対する見せしめの意味合いもあったんだろう。裏切り者はこうなるぞってな。なあ、そうなんだろう、矢島」

「くだらない妄想ですね。このままだと本当にのぼせ上がっちまうんで、失礼します」

矢島は腰を上げ、出入り口へ向かった。すると、「浜口が姿を消した日の夜」と、小松崎の声が再び背中に降りかかった。

「おまえ、あいつのことを呼び出したそうじゃねえか」

矢島は振り返って小松崎を見た。

「ちゃんと裏も取れてんだぞ」

「なるほど。じゃあ真実を話しましょうか」

「ああ、ぜひとも聞かせてくれ」

「あいつがおれを裏切って、敵の布教活動に勤しんでるって噂を聞いたもんで、これが本当ならぶっ殺してやろうと思って呼び出したんですよ」

「ほう」

「でも結局、あいつは現れなかった。おそらく危険を察知したんでしょう」

「そんな話を信じると思うか」

「信じてもらわなくても結構ですけど、これが真実です」

「だとしたら、あいつがこの街から消えたのは、おまえからガラをかわすためか」

「もしくは誠心会の連中に消されたか」

「どうして奴らが浜口を手に掛ける」

「可能性の話をしたまでです。では」

矢島はサウナを出て、石のタイルを歩いて、水風呂へ向かった。

蹲踞《そんきょ》の構えで桶《おけ》を手に取り、冷水をすくう。それを頭上からかぶると弛緩《しかん》し切った筋肉がキュッと引き締まった。

つづいて浴槽に足を踏み入れ、身体をゆっくりと沈めていった。熱と冷とが織りなすエクスタシーに「ああ」と喉の奥から声が漏れた。

目を閉じ、思案に耽った。

浜口竜也が忽然と姿を消したのは二十日前のことだ。いったい、あの男の身に何があったのだろうか。

小松崎が言ったように、矢島に制裁を加えられるのを恐れて逃亡した可能性はある。だが、これは限りなく低いと矢島は考えていた。なぜなら、浜口は自分のところの従業員にすら言伝《ことづて》を残していなかったからだ。そして今も、従業員たちは誰一人として浜口と連絡が取れない状況にある。これは彼らを脅してまで確認したのでまちがいないだろう。

浜口はビジネスを何よりも大切にしていた。その一切合切を放り出して飛ぶなんて、まずもってありえない。

「矢島、もう終わりにせんか。ここらが潮時だろう」

再び小松崎の声を捉え、矢島は目を開けた。全身汗だくの小松崎がタイルの上に仁王立ちし、火照った顔で矢島を見下ろしていた。

「もう出られたんですか。いくらなんでも早いですよ」

「おれにはサウナの良さがいまいちわからん。あんなもん拷問だ」

「だったら入らなきゃいいでしょう」

小松崎はガハハと笑い、矢島がしたように桶で冷水をかぶった。そして「ひゃー冷てえ」と言いながら水風呂に浸かってきた。

「で、何が潮時ですって?」

矢島は少し距離を取って訊いた。

「とぼけるんじゃねえ。本家に見放されてる以上、どう足搔《あが》いたっておまえに勝ち目はないんだ。これ以上、無意味な血を流すこたあねえだろう」

「それはつまり、おれにイモを引けってことですか。ずいぶんと見くびられたもんですね」

矢島は小松崎を睨み据え、水面から飛び出るようにして立ち上がった。せっかくの至福の時間が、こいつのせいで台無しだ。

「極道は引き際が肝心だろう。最後に潔いところを見せてくれ。背中に背負ってる紋々《もんもん》が泣いてるぞ」

矢島は構わず歩を進め、脱衣所へ繋がるドアを開けた。

「矢島。白旗を振って、幕を下ろせ。おまえは負けたんだ」

小松崎の声が広い浴室に響き渡った。

二〇二四年七月十八日

午前中から何度電話をしても相手が応答しないため、日が暮れた頃、「なんだったら兵隊を引き連れて、執務室があるという都庁の七階フロアに乗り込んでもいいんですよ」と、脅迫めいた留守電を残した。

すると、すぐに折り返しの電話が掛かってきた。

〈悪かったわね。ずっと来客対応に追われてたのよ〉

「この時間までずっと、ですか」

矢島はワークデスクの上に両足を投げ出して訊いた。

〈ええ、ずっと。それも分刻みで、何十人もの要人と面会してたの〉

「今日は終日どこぞの現場視察だと、つい先日おっしゃっていませんでしたか」

〈予定が変わったの〉

相変わらず、この女は息をするように嘘をつく。そしてその嘘がたとえめくれても絶対に詫びることも、説明することもない。そのタヌキのようなツラで平然と大衆に笑顔を振り撒く姿は、見る者にある種の感心を抱かせるほどだ。

だからこそ、先日行われた東京都知事選において、二期目を務めることが決まったのだろう。

「なるほど。そんなお忙しい中、何度も電話をしてしまい、失礼しました。藤原悦子都知事」

ＰＹＰという小さな社団法人の代表だった藤原悦子が東京都の長になったのは四年前だ。この女ほどシンデレラストーリーを地で行く者もそういないだろう。

取り立てるほどの経歴を持ち合わせていない彼女が、有力な候補者たちを蹴落とし、見事に当選を果たしたのはマスメディアの力を最大限に利用したからだ。彼女は当時、世間の注目を集めていたトー横キッズに目をつけ、彼らとの触れ合いを発信することで大衆の関心を引き、メディアにその顔を売りまくった。トー横キッズの一人の少女がオーバードーズによって命を落とした際には、持ち前の演技力と過剰なパフォーマンスで、ここぞとばかりに自分をアピールした。

そうして満を持して、東京都知事選に出馬表明をし、結果、三百万を超える票を得て、東京のトップの座に就いたのだ。

〈それで、どんな用件かしら?〉

「これまた寝惚《ねぼ》けたことを。いったい、いつになったら警察を動かしていただけるんでしょうか」

〈わたしはすでに言われた通りに、ちゃんと働きかけたわよ〉

「ガキの使いじゃないんですから、働きかけただけで終わってしまったら、それは何もしていないのと同じですよ」

警察の強大な権力を行使して誠心会を潰してもらいたい――これが矢島が要求したものであった。

もう、この手以外に、自分が勝つ術《すべ》はないのだ。

〈仕方ないでしょう。警視庁の判断なんだから〉

「その警視庁はあなたの統治下にあるじゃないですか」

〈そうは言ったって簡単じゃないの。警視総監はもとより、警視正といった幹部連中もみんな、警察庁長官の指揮下にあるんだから〉

「それが動かせない理由でしょうか」

〈そうよ。たとえばNYみたいに市長が市警察の総指揮官だったら、強制的に警察官を動かすことも可能だけど、東京都知事は警察権全体の掌握をしてないから、基本的に治安出動の要請権しかー―〉

「そういう御託は結構ですから、どんな手を使っても、今すぐに動かしていただきたいとこちらは要求してるんですよ」

〈だから無茶を言わないでよ〉

「無茶を言いたくなるほど切羽詰まってるんですよ。こちとら、そろそろ限界なんですわ」

〈そんなの、わたしの知ったことじゃないわ〉

「知ったことじゃねえだと？　ふざけたことを吐《ぬ》かしてんじゃねえぞ藤原」

矢島は卓上にあるペン立てを摑んで、壁に投げつけた。

「過去にテメェが何をやらせたか、マスコミにタレ込んでやってもいいんだぞこの野郎」

藤原が黙り込む。

「地位や名誉を失うだけじゃねえぞ。塀の中で臭いメシを食いてえのか。ああ、東京都知事様よォ」

電話の向こうから、藤原のため息が漏れ聞こえた。

〈具体的に何をすればいいのよ〉

「何度も伝えただろうが。敵の組事務所に強制ガサを入れて、幹部連中を片っぱしからしょっぴけ。罪状は銃刀法違反でもなんでも構わねえ」

〈もし何も出なかったらどうするのよ〉

「出るさ。相手は埃《ほこり》まみれの連中なんだ。叩けばいくらでも出る。万が一、何も出なかったら、そのときは適当な罪をでっち上げろ」

再び、藤原のため息が聞こえた。

〈わかった。やるだけのことはやる。ただし、一方を取り締まって、あなたのところだけ目を瞑《つむ》るようなことは不可能よ。そんなのあまりに不自然だから〉

「事前に警察の動きを知らせろ。そうすりゃ対策はいくらでも打てる」

〈そんな都合よく――〉

「黙れ」

矢島は一喝した。

「いいか、今すぐに動けよ。これ以上、待ってくださいは通用しねえからな。おれたちは一蓮托生、おれが倒れりゃ、あんたも破滅するんだ」

電話を切り、席を離れた。

冷蔵庫から炭酸水のボトルを取り出して、半分ほどがぶ飲みした。弾ける泡が痛いくらいに喉を刺激する。

盛大にゲップをした直後、ドアがノックされ、「親父、入りますよ」と、低い声が発せられた。組の若頭を務めている狩野茂《かのしげる》――通称シゲ――だ。

シゲは顔を見せるなり、「お電話の声が廊下まで漏れてましたよ」と苦言を呈してきた。

「別室に若いのもいるんですから、お気をつけください」

矢島と藤原の関係を知る者はシゲ以外にいない。いや、正確にいうともう一人、自分たちの暗い過去を共有するユキナリという子分がいるのだが、その男は現在お勤めに出ている。

「用件はなんだ？」

「先日ご相談差し上げた件、もう一度検討していただけませんか」

矢島は目を細め、長い付き合いの子分を見据えた。

「親子ですから、親父のお気持ちは重々承知しています。自分だって屈辱ですし、できることなら本家の力を頼りたくありません。しかしながら、状況が状況です。このままでは我々に未来はありません」

「しつこい。おれは考えを改めるつもりはねえ」

「けど親父――」

矢島は手の中のペットボトルをシゲに投げつけた。顔面を直撃するや、炭酸水が彼を濡らした。

「怒りはいくらでも自分にぶつけてもらって結構です。ヤキを食らっても構いません。ただこの通り、本家に頭を下げ、援軍を要請してください」

シゲは前髪から水を滴らせて言い、床に膝をついた。そして額をも擦りつけた。

足元でひれ伏す子分を、矢島は下唇を噛んで見下ろした。

本家にすがるなど、とてもできなかった。何があろうとも、絶対に。

約三ヶ月前、誠心会との抗争の戦火が上がり始めた頃、本家で定例の幹部会が開かれた。そこでこの件が議題に持ち上がり、矢島は、「この程度のボヤ、自分たちだけで消してみせますよ。みなさんの手を煩《わずら》わせるつもりはないのでどうぞご安心を」と大見得《おおみえ》を切った。

いや、切らされたといった方が正しいかもしれない。その直前、周りの幹部連中から、脇が甘いから隙をつかれるんだと散々咎《とが》められ、はらわたが煮えくり返っていたからだ。

いずれにせよ、今さらどのツラを下げて助けを求められるのか。ここで頭を下げたら最後、自分は組織の中で一生、笑い物になる。

「土下座なんてみっともねえ真似してんじゃねえ。立て」

「すみません」

「早く立て」

「いいえ、親父が思い直してくれるまで立ちません」

カッとなり、矢島はシゲの頭を足蹴《あしげ》にした。

「もうすぐユキナリが出てきますっ。そのときに戻る家がなくなっていたら、自分はあいつに顔向けできないんですっ」

もう一度、今度はさらに力を込めて蹴り上げた。後方に吹っ飛んだシゲだったが、すぐに元の位置に戻り、再び矢島の前にひれ伏した。

「ユキナリは関係ない罪を被り、ムショに入っています。あいつの漢気《おとこぎ》のおかげで内藤組の今があるんです。自分はその恩をけっして忘れてません。あいつのためにも、なんとしても組を存続させなくてはならないんです」

「なんだテメェ、それはおれへの当てつけかこの野郎」

二年前、矢島はとある企業の経営者を恐喝していた。もちろん若い衆に指示を与えてやらせていたのだが、これが警察の知るところとなり、首謀者の引き渡しを求められた。肩書きのない下っ端を差し出したのでは事態が収拾しなそうだったので、苦肉の策で組の本部長であったユキナリに罪を被ってもらったのだ。

「ユキナリは自分の兄弟分です。これまで様々なことを、それこそ先代の与り知らぬ仕事も自分たちは行ってきました。それは親父への忠誠からであり、組の繁栄のためです」

やはり当てつけのようだ。矢島は若頭時代、シゲとユキナリの二人に、汚れ仕事をいくつもさせてきたのだ。

「ですから親父、どうか頼みます」

どうやらシゲに引き下がるつもりはないようだ。この子分がこれほどまでに食い下がってきたことがあっただろうか。こいつも相当、追い詰められているのだろう。

矢島は荒い息を撒き散らした。

「おまえ、おれと藤原の会話を盗み聞きしてたんだろう」

「ええ。聞いてました」

「だったら、そういうことだ」

「お言葉ですが、自分は警視庁が動くとは思えません」

「いや、何がなんでも藤原が動かすさ。あの通り、散々脅してやったからな」

「たとえ動いたとしても、こちらの思惑通りになるとは限りません。なぜなら相手はチンピラじゃないからです。都知事とはいえ罪状をでっち上げるなんて、そんなのは現実的に不可能――」

「ごちゃごちゃうるせえっ」

矢島は一喝し、一方的に話を切り上げて部屋を出た。

荒い足取りで廊下を進み、別室のソファーでくつろいでいた二人の若い衆に、「おい、出掛けるぞ」と顎をしゃくった。二人が弾かれたように立ち上がる。

警察を動かすことがいかに困難であるかなど、シゲに言われるまでもなく、重々わかっている。だが、望みが限りなく薄くとも、今はこれに賭ける以外に選択肢はないのだ。

玄関で靴に足を通していると、「親父、どこへ？」と、シゲの声が背中に降りかかった。

振り返って見た彼の顔は痛々しく腫れ上がっており、鼻からは赤黒い血が垂れていた。

「サウナだ」

「危険ですから、あまり出歩かないでください」

「連中だって公衆の面前で襲いかかってきたりしねえよ」

「何があるかわからないでしょう。総理大臣ですら殺《や》られる世の中ですよ」

矢島は鼻を鳴らすや、「行くぞ」と若い衆を促し、玄関を出た。

じめっとした熱気に包まれながら外廊下を進む。サウナは愛せど、外気の熱はうざったいばかりだ。

エレベーターの前へ行くと、小さな蟬《せみ》が一匹、転がっているのが目についた。羽が折れて飛べないのか、もがき苦しむように床を這っている。

蹴り飛ばそうと矢島が右足を構えると、それを察知したかのように、蟬が鳴き声を上げた。けたたましく鳴き喚く声は、まるで断末魔のようだった。

矢島は右足を元に戻した。情けをかけたのではない。一瞬、哀れな蟬が自身の姿に重なってしまったのだ。

二〇二四年八月一日

八月の始まり、狂ったように太陽が照りつける日の午後、子飼いの情報屋が耳寄りな話を携えて事務所にやってきた。ふだんは取るに足らない情報ばかり寄越してくる男だが、このときばかりは矢島も身を乗り出して話を聞いた。

誠心会の若頭である宇佐美鉄次が、浜口に対し、妙な疑念に囚われていたというのである。妙なというのは、自分のところに体《てい》よく取り込んだつもりでいた浜口が、実は内藤組が差し向けたスパイではないのかと、宇佐美は疑っていたらしいのだ。

実際はそんなことはなく、浜口は文字通り矢島を裏切っただけなのだが、どういうわけか宇佐美は強い猜疑《さいぎ》心に駆られていたという。

もしこれが事実だとするならば、浜口は濡れ衣を着せられ、消されたのかもしれない。

ところが、「自分はそうは思えませんが」と、シゲが冷静な口調で否定してきた。

「いくらナメた真似をされたからといって、消しちまうだなんて、そんな浅はかなことを奴らがするでしょうか。リスクが高過ぎるでしょう」

「浜口への制裁がおれたちに対する見せしめ、牽制と考えればなくもねえだろう」

矢島は腕立て伏せをしながら返事をした。筋トレは毎日のルーティンだ。どんなに忙しい一日でも、これを怠ると気持ちが悪くて仕方ない。

「浜口は一応、堅気ですよ。そこそこ名も通っています。そんな男を手に掛けるだなんて、常軌を逸しています」

「それこそおまえの言うように、総理大臣だって殺られる世の中じゃねえか。なんだってありうるさ」

シゲがこれ見よがしに鼻息を漏らす。まだ納得していない様子だ。

「だいいちその情報自体、信用の置けるものなんでしょうか」

「さあな」

「そうでしょう。ですから――」

「だが、動いてみる価値は十分にある」

もし誠心会が本当に浜口を殺害したのなら、これは一気に形勢を逆転する切り札となる。確固たる殺人の証拠を摑み、そいつを警察に渡せば誠心会は一巻の終わりだ。

「具体的にはどのように動かれるおつもりで?」

「まずは探るさ。女を使ってな」

「またあの愛という女ですか」

「ああ」

「あんな小娘に何ができるっていうんですか」

「愛はおまえが思っているより使えるぞ。現にあいつのおかげで浜口の野郎が裏切りやがったことが発覚しただろう」

「あんなのは遅かれ早かれ、わかっていたことでしょう」

矢島は両腕を伸ばした状態で動きを止め、首を横に捻ってシゲを見た。

「おまえはどうにも愛のことが気に食わないようだな」

「気に食わないというより、不気味なんですよ」

「不気味？　どこがだ」

そう問いかけると、シゲは少し間を置いてこう答えた。

「初めて会ったときに、なぜかゾッとしたんです。第六感が働いた、とでもいうのでしょうか」

矢島は鼻で笑い、立ち上がった。

「リアリストのおまえがめずらしいことを言うじゃないか」

愛と出会ったのは六月のこと、場所は新宿二丁目にある『マーマレード』という、多種多様なセクシャリティの人々が集うミックスバーだった。

その店に深夜、矢島がお忍びで訪れたところ、場に似つかわしくない若い女が突然話しかけてきた。

女は歌舞伎町でホストをしていたユタカという男の行方を追っているのだと言った。ホストが突然消息を絶つなんていうのは歌舞伎町じゃ日常茶飯事なので、はじめは右から左に話を聞き流していたのだが、女の口から「誠心会」のワードが出たところで、矢島は真剣に耳を傾けた。

「誠心会っていうのは、最近関西の方からこっちに進出してきたヤクザたちのことよ」

「ああ、よく知ってるさ」

「ユタカはその誠心会と繋がりのあったスカウトの男と親しくしてたみたいなの。だから何かトラブルに巻き込まれたんじゃないかと思って」

「なるほどな。それでお嬢ちゃんは奴らの周辺を嗅ぎ回っている——そういうことか」

「そういうこと」

「だが、なぜこんなところで聞き込みをしてるんだ？」

「誠心会の奴らがたまにこの店を見張っているから」

「見張っている？」

「ええ。どうやら彼らはこの店に出入りしてる人物を監視しているみたいなの。もしかしたら今もおもてにいるんじゃないかしら」

さすがの矢島も背筋が凍りついた。その人物とはまずまちがいなく自分だからだ。

ただ、そうなってくると、今の状況もおのずと見えてくる。

「さてお嬢ちゃん、お芝居はここまでだ」

「お芝居？」

「とぼけるな。奴らが監視している人物がおれで、おれが何者であるかも、本当は知っているんだろう？　すべて知っていて、こうして接触してきたんだろう？」

矢島が女の細い手首を摑んで迫ると、彼女は「さすがね。組長さん」と不敵に笑った。

「そう。誠心会と敵対している組織のボスなら、当然奴らのことに詳しいでしょう。だからユタカについても何か知っているんじゃないかって、そう思って近づいたの」

そのホストについては本当に知らなかったが、矢島は目の前の女に興味を持った。この肝っ玉の据わった性格と行動力は使えるかもしれない。

「この際だから本音を言えよ。肚《はら》ん中じゃおれのこと、うちの組のことも疑ってかかっているんだろう?」

「あら、なんでもお見通しなのね」

「好きなだけ調べてもらって構わないが、うちはそのホストのことは本当に知らない。何も出ねえぞ」

そう言って矢島は身を乗り出し、次にこのように申し出た。

「お嬢ちゃん。ここは一つ、おれとタッグを組まないか。おれは別ルートからお嬢ちゃんの彼氏について調べてやる。お嬢ちゃんは彼氏のことを探る中で知り得た情報をこちらに流せ」

女がポーチから煙草を取り出し、慣れた手つきで火を点けた。

「お嬢ちゃんはこれからも奴らの周辺を嗅ぎ回るつもりなんだろう? だったら事のついでじゃないか」

女は紫煙をゆっくりと燻らせたあと、「けっしてあなたたちへの疑いが晴れたわけじゃないけど」と前置きし、「わかったわ。これからは愛と呼んで」と、矢島の申し出を承諾した。

そこから愛は積極的に動いた。彼女は誠心会に急接近し、若頭の宇佐美に認められ、さらには事の流れで浜口とも繋がった。これにより、矢島と愛の関係を浜口に知られることは避けねばならなくなった。そのため、矢島は彼を介さずにユタカの行方を独自に調査してみたのだが、期待していた結果――矢島としても誠心会の所業であることを望んでいた――は得られなかった。当初考えていた通り、ユタカはただ単に飛んだだけなのだろう。

それからほどなくして、浜口が敵側になびきかけているという噂を愛が摑んできた。矢島は引き続きその動向を追うように指示を出した。

はたして、浜口はとうとう誠心会に取り込まれたようだった。矢島はその真偽をたしかめるべく、彼を呼び出すことにした。

だがその直後、浜口は忽然《こつぜん》と、煙のごとく姿を消してしまった――。

「親父。どうしてあの女をそこまで信用するんですか」

シゲが眉をひそめて訊いてきた。

「信用なんざしてねえさ。所詮は小娘、多くの見返りを期待してるわけじゃない。だが、棚はいくつあったって損はしねえだろう」

「棚とは？」

「ぼた餅が落ちてくる棚さ。もしかしたらあの小娘がとっておきの情報を持ち帰ってくるかもしれないぜ」

そう答えると、シゲは何か意見を返そうとしたものの、言い淀んでいた。

「どうした？　言いたいことがあるならはっきり言え」

それでもなお、逡巡《しゅんじゅん》している様子のシゲであったが、ようやく重い口を開いた。

「親父。五年前の、あの少女を覚えてますか」

矢島は子分をきつく睨み据えた。

「自分には愛って女が——すみません。やめます。つまらないことを言いました」

「おまえには二人がダブって見えるのか」

「そこまでは言いませんが、どこか似たような匂いがするなと」

「ああ、おれもそう感じたからこそ、手駒にすることにしたんだ」

姿形こそ違えど、愛はたしかに似ていた。矢島が命令を下し、シゲがその手で生き埋めにした少女、七瀬に——。

やや沈黙が流れたあと、

「愛という女のこと、ちょっと調べてもいいでしょうか」

シゲが神妙な顔で言った。

「そんなくだらねえことに労力を割いてる余裕はない」

「親父の手は煩わせませんし、下の者も使いません。自分がやります」

矢島は鼻を鳴らした。

「勝手にしろ」

二〇二四年八月九日

暑さがますます際立ってきた。気温は日に日に上がっており、先日は熱中症で死者が出たという報道もあった。日本の夏は外出禁止となる日もそう遠くない気がする。

盆が迫った金曜日の早朝、藤原から矢島のスマホに電話が掛かってきた。応答するや否や、〈いい加減にしてちょうだい〉と、鼻息荒い第一声が飛び込んできた。

〈歌舞伎町は外国人観光客がもっとも訪れる街なのよ。こっちが世界に向けて歌舞伎町の魅力をアピールしている中、こんな物騒な事件を起こされちゃたまったものじゃないわ。だいたいあなたたち、令和のこの時代に暴力に訴えて覇権争いをするだなんて――〉

昨夜、抗争事件があったのだ。矢島のところの若い衆が誠心会に寝返ったオーナーのキャバクラ店を訪れ、営業妨害を行っていたところ、そこに駆けつけた敵陣営と揉み合いになり、激しい乱闘へと発展したのである。

これまで何度も街中で衝突してきた両陣営だが、今回はその規模がちがった。双方ともに次々と仲間が応援に駆けつけ、最終的に乱闘に加わった人数はこちらは八人、敵は二十人以上となった。これによって店内は修羅場と化し、多くの血が流れた。

誠心会も相応の痛手を受けただろうが、内藤組はその比ではなかった。こちらの若い衆は全員が病院送りにさせられたからだ。その中で組の盃を持っている者は三人、あとの者は準構成員の立場であったが、大幅な戦力ダウンにはちがいなかった。

さすがの矢島も意気消沈し、途方に暮れた。もはや内藤組は絶体絶命、万事休すだった。

〈この事件はすでに副総理の耳にも入ってるのよ。わたしは朝っぱらから嫌味を言われたわ。『相変わらず都庁のお膝元が騒がしいようですが』ってね。あなたたちの抗争はそれほど問題視されてるの。なぜかわかる？　そこが東洋一の歓楽街だからよ。これで外国人を巻き添えにでもしてみなさい。大変な国際問題になるわよ。それでなくとも物騒な街だってことで外国人観光客が減ったら、経済に甚大な影響が――〉

藤原のキンキンした声が鼓膜を刺すたびに頭に血が上っていった。

〈どうせわたしが早いところ警察を動かさないからこうなるんだって言いたいんでしょう。あなた二言目にはそれを持ち出すものね。今あの手この手を使って根回ししてるわよ。だからそれまでは大人しくしてて。いいわね？　わかったわね？〉

まるで教師が理解力の乏しい生徒に言い諭すかのごとく説教され、怒りがますます募った。

「あんた知ってるか」

〈何をよ〉

「ここの住人がマナーの悪い外人共にうんざりしてるってことをだ。奴ら、よその国ででかい顔して歩いて、むちゃくちゃしやがるだろう。だったらここらで一つ、歌舞伎町にジャパニーズマフィアありってことを刷り込んでおくのも――」

〈笑わせないで。言っとくけど今や東京は、いえ、日本全体がインバウンドの恩恵なくしては立

ち行かないのよ〉

「それはテメェら政治家の責任だろうが。自分たちの無能さを棚に上げてほざくな」

〈なんですって？　こっちの苦労もわからないくせして知ったような口を利かないでちょうだい〉

「そっちこそ、税金を納めてる都民様に対して、ずいぶんな物言いじゃねえか。おれは毎年きっちり確定申告もしてんだぞ」

〈表の端金だけでしょう。黒い金も納めてから吠えなさいよ〉

もう我慢ならなかった。くだらない口喧嘩であることはわかっているが、なんとしてもこの女を言い負かしてやりたくなった。

「豊洲市場じゃ二重価格なんてのが横行してるんだってな。あんたもこっそり推奨してるそうじゃないか。日本も下賤《げせん》な国に成り下がったものだ」

〈そんなのはどこの国もやってることなの。狭い世界に生きているあなたは知らないでしょうけどね〉

「よそがやってるからうちもやりますってか。見上げた大和魂だこって」

〈あら、金持ちの外国人からぼったくって何が悪いのかしら？　あなた、憲法14条1項はご存じ？　そこには『国民は、法の下に平等』って書いてあるの。つまり外国人には平等権は保障されないし、平等に取り扱わなくてもいいってことなの〉

「その拡大解釈をメディアを通して訴えてみろや」

その後もしばらく、生産性のない口論はつづいた。

〈もういい。こっちはあなたと言い合いをしている暇なんてないの〉

「ああ、同感だ。だが、約束は守ってもらわなきゃ困る。あっちの件はどうなってんだ?」

〈だから今動いてるところだって言ったでしょう。物事には順序ってものがあるの〉

「三日だ。あと三日以内に警察を動かせ」

〈馬鹿なことを言わないで。無理に決まってるじゃない〉

「じゃあ、いつだ? この場で期限を決めろ」

〈今月中にはなんとかするわよ〉

矢島は声高に笑ってしまった。

「藤原、おれをナメるのも大概にしろよ」

一転して低い声で凄むと、藤原が黙り込んだ。

「どうやらまだわかっていねえようだな。改めて言うぞ。おれが倒れたらテメェの知られたくない過去も公になると思え」

〈いい加減そういう脅しはやめてちょうだい〉

「だったら誠意を見せろ。いつだ?」

〈……二週間〉

「一週間だ。そこまでは譲歩してやる。だが、それまでに警察が動かなければ、おれはテメェの過去をメディアに売る。本気だぞ」

〈……〉

「地獄までテメェを道連れにしてやるからな。覚えとけ」

捨て台詞を吐き、そのまま電話を切ろうとすると、それを察した藤原が〈ねえ待ってよ〉と止めてきた。

〈あなたが少し前に話してた浜口竜也の件だけど、そっちは何か進展ないの？〉

「残念ながら、何も」

先週から愛に誠心会の周辺を探らせているが、いい報告は聞けていなかった。むしろ連中も浜口の失踪を不可解に思い、その行方を調べているのだという。ただし、それは奴らのパフォーマンスの可能性もある。

〈もし本当に誠心会の仕業なんだとしたら、なんとかしてその証拠を摑んでちょうだい。それさえあればこっちだって動きやすくなるんだから。つまり大義名分が欲しいの〉

「ああ、わかった。浜口の件は引き続き探る。だが、それがないから警察を動かせませんでしたは通用しねえからな」

改めて念を押し、電話を切った。そしてすぐに愛に電話を掛けた。ここ数日、彼女からの連絡がないということは何の進捗《しんちょく》もないのだろうが、直近の状況を把握しておきたい。

だが、愛は応答しなかった。おそらくまだ寝ているのだろう。あの種の女はきまって夜行性なのだ。矢島はどんなに夜更かしをしても、朝にはきっちり起床する。朝日を浴びてこそ、一日の活動に精が出るというものだ。

スマホを耳から離し、デスクの上に雑に放った。すると、スマホは卓上を滑り、フローリングの床に落ちた。

そのとき、ある疑問がぽんと頭をもたげた。それは、あの女はいったいどこに住んでいるのだろう、というものだ。

思えば愛について認識しているのはその名前と、二十一歳という年齢、そして惚れ込んだホストの行方を追っているということだけだ。

もっとも、これは彼女に限ったことではなく、そのほかの情報屋もみなそうであった。彼らの個人情報やプライベートなど興味がないし、そんなものを知ったところで得もないからだ。欲しているのは彼らが持ってくるネタだけである。

矢島は指先でトン、トン、トンとデスクを叩いた。

――ゾッとしたんです。

ふいに耳の奥でシゲの声が再生され、次に愛の微笑が脳裡に浮かび上がった。

矢島はスマホを拾い上げ、若頭のシゲに電話を掛けた。彼は今、歌舞伎町にある大久保病院に詰めている。昨夜の乱闘で負傷した怪我人が運ばれている病院がそこなのだ。

「そっちはどうだ?」

ワンコール目で応答したシゲに状況を訊ねた。彼には内藤組の責任者代行として、病院及び警察の対応を任せている。

〈どいつも命に別状はありませんが、当分は使い物にならないでしょう〉

「そうか。刑事は？」

〈数名来ています。ただ、加害者、被害者共に堅気がいないので、大事《おおごと》にする気はなさそうです。それと、自分はこのあと事情聴取で新宿署に行くことになってしまったので、おそらく昼過ぎまで身動きが取れません〉

「任同だろう。断ればいいじゃないか」

〈小松崎から首根っこを摑んでも引っ張ると言われてしまいましたから〉

「奴《やっこ》さんも来てるのか」

〈ええ。いの一番に病院に駆けつけてきましたよ。今もすぐそこのベンチに〉

すると電話の向こうから、〈相手は矢島か。だったら代われ〉と小松崎の声が漏れ聞こえた。

〈おい矢島、あれほど忠告しただろう。意地を張るのもいい加減にしろ。おまえが降伏しないせいで下の者が泣いてるじゃねえか。いつまで歌舞伎町に血の雨を降らせる気だ〉

「こっちは被害者ですよ。文句なら加害者側に言うのが筋じゃないんですか」

〈吐《ぬ》かせ。もとはおまえんとこの若いのが吹っかけて始めた喧嘩なんだぞ〉

「だとしても限度があるでしょう。見ての通り、うちは全員が半殺しの目に遭ってるんですよ」

〈気に食わないなら被害届でも出したらどうだ〉

「ふん。受理する気もないくせに——うちのに代わってください」

数秒後、再びシゲが電話口に出た。

〈ではこれで。警察署を出たらまた連絡を入れます〉

「待て。最後に一つ訊きたいことがある」

〈なんでしょう〉

「おまえ、ちょっと前に愛について調べると言ってただろう。実際に動いてみたのか?」

〈ええ、一応。ですが、まったく素性が浮かび上がってきません。あの女、謎だらけです〉

「それは片手間に調べたからじゃないのか。だいいち愛は歌舞伎町に来て、まだ日が浅いらしいぞ」

〈だとしても、あまりに過去が不透明です。唯一知れたことといえば……失礼。ちょっと移動します〉

少し間を置いて、

〈唯一知れたのは、あの女が『Divinus』の会長と繋がっているという話だけです〉

「『Divinus』って、あのホテルのか」

〈ええ。そうです〉

Divinus Pacific Hotel——都内の高級シティホテルから地方のリゾートホテルまで手掛ける国内の大企業だ。歌舞伎町タワーの上層階に入っているホテルも、たしか『Divinus』だったのではないだろうか。

矢島は『Divinus』の会長と面識はないが、メディアを通してその顔は知っている。名前は村重十蔵、歳はゆうに八十を超えているはずだ。

「そんな超大物とホス狂いの小娘がどこでどう繋がったんだ?」

〈さあ、そこまでは。ただ、噂では会長があの女をえらく可愛がっているということでした。ただし、これは噂の域を出ない話なので、そこだけご留意を〉

矢島は虚空を見つめた。少々気になる話だ。

「おまえ、なぜそれをもっと早くおれに報告しない」

〈昨夜、入手した話なんです。親父の耳に入れようとしたところ、こういう事件が起きてしまったもので〉

「なるほど。よし、この件はおれが直接愛に訊ねてみる。おまえは引き続き後処理を頼む」

電話を切り、デスクを離れて窓辺に寄った。指でカーテンを開き、眼下に広がる新宿の街並みを見下ろした。真夏の日差しが降り注ぐ中、交差点をたくさんの人が往来している。ちょうど出勤の時間帯だからか、その多くは勤め人だった。

なぜ自分は彼らのような人生を歩むことができなかったのだろう——矢島は一瞬、つまらぬ感傷に触れ、それを打ち消すようにカーテンを閉じた。

「ああ、村重のおじいちゃんね。うん、とっても仲良しよ」

矢島の質問に対し、愛は屈託ない笑顔で答え、キングサイズのウォーターベッドに大の字に寝そべった。その拍子にずり上がったスカートから細い内腿が覗く。そこには美しい脚に似合わない刃物の傷が刻まれていたのを矢島はなんとはなしに眺めた。

彼女から折り返しの電話があったのは昼を過ぎてからだった。その電話で用件を伝えることはできたが、直接会って話したかったので、しぶる彼女を強引に呼び出した。

「これって何がいいのかまったくわからないわ。逆に身体が疲れそう」

愛がウォーターベッドの表面を手で叩いて言った。

ここは稲荷《いなり》鬼王神社の真裏にあるラブホテルの一室だった。この場所を会合の場に指定したのは愛だった。矢島は新宿ではないところを希望したのだが、彼女が移動が面倒だというので、仕方なくここになった。たしかにここなら人目につかず、時間をずらして別々に入れば誰にも怪しまれない。矢島は愛に先に部屋に入らせ、自身はそれを確認してからホテルへ向かった。一応、ホテルの出入り口の前には若い衆を二人、見張りに立たせている。

「村重会長とはどこで知り合ったんだ？」

矢島がベッドの端に腰掛けて訊ねると、愛は天井を見たまま一言、「介護」と答えた。

「わたし、前にそっち系の仕事をしていたから」

「おまえが人の介護？」

「意外かしら？　こう見えて根は真面目なのよ」

「まあいい。つづけろ」

「つづけろも何もそれだけよ。あの人、糖尿病で足を悪くしちゃって、自力歩行ができないの。で、車椅子で公園とかをお散歩するんだけど、付き人たちに押してほしくないってわがままを言うもんだから、その役割を一時期わたしがやってたってわけ」

「もうやってないのか」

「今もたまに呼び出されて、時間があれば付き合ってあげてるけど。まあ、一種のボランティアね」

矢島は疑いの目を愛に向けた。

「そりゃあ多少のお小遣いはもらってるわよ。だってあの人、すぐにお尻とか触ってくるんだもの。こっちはあなたの孫娘より若い女だっていうのに――」

愛の話に相槌を打ちながら、矢島は計算を働かせていた。この小娘は思っていた以上に利用価値があるかもしれない。人脈は生きていく上で何より大切なものだ。

「念のため確認するが、そのスケベじいさんが『Divinus Pacific Hotel』という大企業の会長で、とんでもない資産家だってことは知ってるんだよな?」

「もちろん。そのせいで、わたしあの一族から毛嫌いされてるし。わたしが村重のおじいちゃんの資産を狙って近づいたって、ふざけた言いがかりをつけられてるの」

「ちがうのか?」

「ちがうに決まってるじゃない。他人の財産を当てにするほど、落ちぶれちゃいないわ」

愛は少し腹を立てたように言って、上半身を起こした。

「ねえ、まさかあなた、わたしのことを調べてるの?」

「いや、そんな噂を小耳に挟んだから訊ねただけで、本題は例の件だ。まだ証拠は上がらないか?」

ダメもとで訊ねたところ、「証拠ってわけじゃないけど、一つだけおもしろい話を聞けたわよ」という返答があった。

バッと身を乗り出した矢島に対し、愛が手の平を突きつける。

「待って。その前に、わたしもあなたに訊きたいことがある」

「なんだ?」

「ユタカのこと、ちゃんと調べてくれてるの? どうもわたしばかりいいように使われてる気がしてならないんだけど」

「やってるさ。だが、本当に何も出ないんだ」

現在進行形ではないが、実際にユタカの消息は下の者を使って徹底的に調べさせた。だが、その足取りは一向に掴めなかった。ユタカはホストの仕事は順調で、店にも街金にも借金はなかった。だからこそ不可解な失踪ではあるものの、若者ゆえに些細なきっかけで飛ぶことも十分考えられる。

矢島がこれを諭すように伝えると、

「そっか。もしかしたら、わたしがうざかったのかな。彼はわたしから逃げたかったのかも」

「そんなことないさ」

「ううん。きっとそうよ」

愛は目を伏せて言い、再びベッドに寝そべった。口を真一文字に結び、薄目で天井を見つめている。

矢島ははやる気持ちを抑えて、愛の感傷に付き合うことにした。

だが、いくら待てども愛は口を開かないので、さすがに痺れを切らした。

「それで、さっきのおもしろい話ってのはなんなんだ？」

すると愛は「ちょっと待って」と断わり、寝たまま煙草を咥えた。そして、いつものクロムハーツのジッポーで火を点けた。矢島は以前、「そんなゴツいジッポーはおまえに似合わねえぞ」と告げたことがある。そのとき愛はこう答えていた。「いいの。これは大切な人からもらったものだから」と。愛は煙を天井に向かって吹き上げたあと、「あなた、藤原って女の人知ってる？」と、質問をしてきた。

思わぬ名前が出て、一瞬心臓が跳ねたが、矢島は平静を装い、「その苗字を持つ女は何人か知り合いにいるが、誰のことかわからんな」と答えた。

「その藤原って女がどうかしたのか」

「昨日の夜、例のごとく宇佐美に呼び出されて夕飯に付き合わされたの。もちろん二人きりでじゃなくて、ほかにも舎弟の人がたくさんいたんだけどね。それで、いい具合に酔いが回ってきた頃に、浜口さんの話題になったのよ。ほら、彼らもまた浜口さんの行方を調べてるって前に話したでしょう。でね——」

その際に連中の口から「藤原」というワードが出たのだという。

「具体的にどういう発言だったか、イチから詳しく、教えてくれ。正確にだ」

矢島が鼻息荒く迫ると、愛は体勢を横向きに変え、ベッドに片肘をついて、手の平に頭を預けた。

「最初は誰かが冗談めかしてこう言ったわ。『浜口の野郎はほんまにあの女に殺《や》られたんとちゃうか』って。つづいて別の人がこう言った。『そんなわけあるか。だいたい藤原が浜口を殺る理由がどこにあるって言うんや』って。そうしたら宇佐美がその発言をした男を叱りつけたの。たぶん、その場にわたしがいたからだと思う」

体温が急上昇しているのを感じた。矢島は呼吸をするのも忘れ、話に耳を傾けている。

「で、最後に誰かがボソッとこう言った。『まあ、あるとしたら何かしらの口封じやろうなあ』って」

ここでようやく息苦しさを覚え、呼吸を再開した。意識的に息を深く吸い込み、ゆっくりと吐き出していく。その間、痛いほどに心臓の鼓動を感じていた。

浜口を消したのは藤原悦子――なぜおれは、今の今までその可能性を考えなかったのか。

「わたしが思うに、たぶん誠心会は浜口さんの行方を調べる中で、彼の周辺に藤原って女の影があることを摑んだんだと思うの」

藤原悦子は今回の歌舞伎町の動乱に乗じて、己の暗い過去を清算しようと目論んでいる――。

今思えば、矢島の要求をのらりくらりとかわしているのも、このまま事を長引かせておけば、そのうち誠心会が、自分の過去を知る邪魔者を消してくれると期待していたからなのかもしれない。

少なくとも、あの女が矢島の死を望んでいることはまちがいないはずだ。

――なんとかしてその証拠を摑んでちょうだい。それさえあればこっちだって動きやすくなるんだから。

あれはたぬきババアの三文芝居だったのだろうか。

「ねえ、どうしたの。大丈夫？」

愛が訝しむように言った。

「ああ、平気だ」

「全然平気そうに見えないけど」

「なんともないさ」

「そう。で、やっぱりその藤原って女に心当たりはないわけ？」

「さっぱり見当がつかんな」

「じゃあ、たいした話じゃなかったのかも。まあ、お酒の席での発言だったしね」

「かもしれんな。ただ、もう少しその件を探ってみてくれ」

「そう言われたって、これ以上わたしにできることなんかないわよ」

「いくらでもあるさ。おまえはそこらの情報屋よりよっぽど使える」

「持ち上げられたって困るわ」

「いいから頼む。どうにも気になるんだ」

愛がため息をつき、肩をすくめた。

「わかった。ただ、そっちもちゃんと動いてよね。あなたから交換条件を持ちかけてきたんだから、それを忘れないで」

彼女はそう念を押してから、反動をつけて起き上がった。

「わたしから部屋を出てもいいかしら?」

「ああ、もちろん。女が残っている方が不自然だろう」

「それもそうね。じゃあまた」

愛が鞄を手にして、出入り口へ向かっていく。矢島はその背中に「なあ、おい」と声を掛けた。

「こんな密室で会って、おれに襲われるリスクは考えなかったのか。おれがおまえに欲情しちまったらどうするつもりだったんだ?」

そう訊くと、愛は口元に意味深な笑みを浮かべ、何も言わずに部屋を出て行った。

一人残された矢島はベッドに仰向けで寝そべった。鏡張りの天井を見上げ、そこに映し出されている自分と目を合わせる。

そういえば、愛の住処《すみか》を訊きそびれた。

二〇二四年八月十五日

終戦記念日を迎えたこの日、関東甲信地方には異例の大雨警報が発令されていた。予報では夕刻を過ぎたあたりから降るとされていたが、日没を待たずして夏の日差しが消え、ぽつり、ぽつりと雨がぱらついてきた。

穏やかな幕開けであったものの、時間の経過と共に雨は勢いを増し、夜が訪れた頃には天が裂けたかのごとく、滝のような水が降り注いだ。ついには街の排水口が用をなさなくなり、雨水が小川のように流れ始めた道には人影が消えた。ふだんはネオンで賑わう通りもわずかな灯りがちらつくだけだった。

歌舞伎町の夜とは思えない異様な光景が広がる中、矢島は事務所の一室に籠り、卓上に置かれたノートパソコンを睨んでいた。青白いディスプレイには自身が作成した短いメールの文面が映し出されている。

『浜口竜也さんを殺害したのは藤原悦子都知事、あなたですね。当方、その証拠を持っています。ご連絡をお待ちしております。』

これを藤原のプライベートメールアドレスに送るか否か、悩んでいるのだ。それも数日前から、ずっと。

もちろんこんなブラフを送りつけたからといって返信などないだろう。だが、動揺を誘うことはできる。それによって彼女は尻尾を出すかもしれない。

むろん、藤原が本当に浜口殺害の下手人――彼女は直接その手を汚してはいないだろうが――だった場合においてだが。

矢島は椅子の背に身を預け、瞼を閉じた。そして、もう何十回目になろうかという思惟《しい》に沈んだ。

五年前、あの女は一人の少女を葬るように矢島に命じた。今回もそのときと同様に、何者かに浜口暗殺の指示を出した。

だが、今や藤原悦子は東京都知事という立場にある。それゆえ、はたしてそんなリスキーな行動を取るだろうか。ふつうは考えられない——が、疑いは拭えなかった。なぜならあの女は常人ではないからだ。彼女の持つ、強大な野心と果てなき功名心は、他者の命を奪うことすら厭《いと》わないのだから。

ひょっとすると、浜口は矢島の与り知らぬところで、藤原を強請《ゆす》っていたのかもしれない。小心者の浜口に限ってそんな大それたことをするとは思えないが、これも絶対ではない。

藤原は過去の暴露を仄《ほの》めかして、何かしらの要求を迫ってきた浜口を脅威に感じた。そこで二つの任侠団体が覇権争いで衝突を繰り広げる中、漁夫の利を得たりとばかりに邪魔者を消し去った。

だが、彼女はまだ安泰ではないだろう。なぜなら一番厄介な矢島が生きているからだ。

もしこれらの考えが行きすぎた妄想でなければ、次に藤原が狙っているのは確実にこの首だ。

そのときドアがノックされ、矢島は目を開けた。

「親父、よろしいですか」

ドア越しにシゲの声が聞こえ、「ああ」と応じる。

「どうやら『Lush』と『Dulcet』が正式に解散を決めたようです」

入ってくるなり、シゲが言った。

『Lush』と『Dulcet』は新宿を拠点に活動をしていたスカウトグループで、今回の抗争により『Butterfly』と、その背後にいる誠心会に怯えて活動を自粛していたのだ。

「また、両団体に所属していた従業員はすべて『Butterfly』が吸収するとのこと」

「要するにスカウトグループを一本化するってわけか」

「ええ。この先、歌舞伎町でスカウト活動ができるのは『Butterfly』のバッジを持っている者だけになるのでしょう」

なんとも馬鹿げた話だった。

「看板を掲げて自由競争をしていたからこそ、ギリギリのところで秩序が保たれてたんだぞ。それがなくなりゃモグリのスカウトが湧き始めるだけだ。そういう奴らはルールを無視して、強引に女を引き抜き始める。結果、質のいい女たちほどほかの夜の街へ流れていき、歌舞伎町は衰退する。奴らそんなこともわからないで――」

矢島は言葉を切り、舌打ちをした。語った言葉は本心だが、どこか負け惜しみのように響いたからだ。

「では、報告まで。失礼します」

シゲが一礼をして去ろうとする。その背中に「なあシゲ」と声を掛けた。彼が半身で振り返る。

「いや、なんでもない」

シゲが再び頭を下げ、ドアノブに手を掛けた。そこで彼は動きを止め、また振り返った。

「自分は足掻きますよ。最後の最後まで」

「ああ」

「ユキナリの放免、派手にやりましょう」

「ああ」

シゲが部屋を出て行った。

一人になった矢島は深いため息をつき、改めてパソコンの画面に目を移した。そして指先を動かし、サッとメールを送信した。いったいこれまでの熟考はなんだったのかと、己を滑稽《こっけい》に思った。

ほとほと疲れているのだ。頭も、心も。

さあ、鬼が出るか、蛇《じゃ》が出るか——。

デスクに置いているスマホがバイブレーションする。手に取って見ると、相手は愛だった。

応答すると、〈今どこ？〉と愛が訊いてきた。

「事務所だ」

〈一人？〉

「ああ」

〈周りに誰もいない？〉

「ああ」

〈本当に？〉

訝った。

「なぜそんなことを確認する」

愛はしばし黙り込んだ。

「おい、どうしたって言うんだ」

せっつくと、愛は声を落としてこう言った。〈前に話していた藤原って女の正体がわかったの〉

矢島のスマホを握る手に力がこもる。

「本当か？」

〈ええ。あなたも知ったら驚くと思うわ〉

「どいつだ？　教えてくれ」

〈電話じゃとても言えない。それだけ大物ってことよ〉

「まさか、東京都知事の藤原悦子だなんて言うんじゃないだろうな」

愛が黙った。

「おい。聞いてるのか」

〈ええ、そのまさかよ〉

「冗談だろう」

〈確証はないけど、おそらくまちがっていないと思う〉

矢島は絶句しているフリをした。

やはりこの女の情報収集能力は並外れている。情報屋を生業《なりわい》にしている連中にも、ここまでの成果を出す者はそういないだろう。

「にわかには信じられんな」

〈そう？　なんだかそんな感じもしないけど。あなた、本当は見当がついてたんじゃないの？〉

この洞察力もまた、油断ならない。

矢島は一つ咳をし、

「そんなことないさ。わかったのはそれだけか」

〈いいえ、なぜ誠心会が藤原の存在を掴んだのかもわかったわ。これはさらに信じられないだろうと思うけど——情報源はあなたのとこの人間よ〉

今度はフリではなく、本当に絶句した。矢島は無意識に立ち上がっていた。

〈だから周りに人がいないか、念入りに確認したの〉

額に手をやる。一瞬で汗ばんでいた。

〈ここから先は本当に電話じゃ言えない。今日はこんな天気だから、また明日にでも時間を作って落ち合いましょ〉

「いや、今からで構わん。嵐だろうがなんだろうがどこへでも出て行くさ」

〈あなたはよくてもわたしは身動きが取れないもの。こんな土砂降りの中、移動なんてできないわ〉

「おまえは今どこにいるんだ」

〈『星座館』だけど〉

愛は夕方前に『星座館』に入っているまつエク店を訪れ、施術を終えて帰ろうとしたところ、この大雨で足止めを食らったのだという。今は別階にあるバーで雨が落ち着くのを待っているらしい。

「天気予報を見なかったのか」

〈見たわよ。でも夜から降るって話だったじゃない。本当に天気予報って当てにならないわ。おかげでこんな無駄な時間を過ごすハメになっちゃった。そういうわけだから、会うのは明日ね〉

「おれは今すぐに話を聞きたいんだ」

〈でも、さすがにこんなところで会えないでしょう〉

「ああ、だからなんとか移動してくれ」

〈なんとかって……ここから近くのいい場所を知らないの？　人目につかず、安全に話せるところ〉

矢島は数秒ほど考え、「ないな」と答えた。『星座館』は区役所通りに面しており、近場はどこも危険だ。

〈じゃあ、やっぱり無理よ……あ、待って。ゴールデン街ならいいかも〉

「ゴールデン街？」

〈ええ。いいスナックを知ってるの。そこなら目と鼻の先だし、サッと移動できると思う。あなたの事務所からもすぐでしょう。どうかしら？〉

壁掛けの時計に目をやった。二十二時に差し掛かっている。

「ほかに客がいるんじゃないのか」

〈この雨だし、いないと思うけど。いたとしてもママに言えば追っ払ってもらえるわ〉

「そんなに融通の利く店なのか」

〈そうなの。じゃあ近くまで来たらまた電話して〉

「わかった。これから向かう」

矢島は電話を切り、部屋を出た。

廊下を渡り、玄関へ行くと、若い衆が慌てて近寄ってきて「お出掛けですか」と声を掛けてきた。

「ああ」

「ではすぐに車を回します」

「いい。一人で出掛ける」

「え？　お一人、ですか」

そこに眉を八の字にしたシゲがやってきた。

「親父、どこへ行かれるおつもりで？」

「いいだろう。どこだって」

「教えてもらわなきゃ困ります」

「サウナだ」

「こんな悪天候の中ですか」

「ああ、酔狂だろう。そういう気分なんだ」

矢島はそう嘯《うそぶ》いて、長い付き合いの子分を見つめた。つい先ほど頼もしい台詞を吐いてくれた男と同じ人物には思えなかった。

我が組の構成員の中に内通者がいるのだとしたら、それはいったい誰なのか。考えたくはないが、十中八九、目の前のこいつだろう。なぜなら矢島と藤原の関係を知る者はシゲしかいないのだから——。

「若いのを何人か連れて行ってください。おもてで待たせておいて構いませんから」

「いや、今夜は一人がいいんだ」矢島はそう言うなり、手の平をシゲに突き出した。「わかってるさ。危険だって言いたいんだろ。大丈夫だ。奴らだってこんな雨の中、出歩いちゃいないだろ」

シゲがため息をついた。

「どこのサウナへ？」

「これから考える。決めたらちゃんと知らせる」

そう言い残し、玄関を出た。

おもてに出て、傘を広げ、周囲に目を配って文化センター通りを歩いた。尾行者などいないだろうが、警戒を怠ってはならない。

わかっていたことだが、暴力的なまでに雨が降りしきっていた。風がないのがせめてもの救いか。だが足元はすでにぐっしょり濡れていた。歩くたびに靴の中でグシャグシャと水を含んだ音が立つ。

不快な気分で足を繰り出しながらも、頭の中はシゲのことでいっぱいだった。あの男がおれを裏切るようなことがあるだろうか。シゲは浜口とはちがい、自分に忠実な僕《しもべ》であったはずなのに。

ただ、まあ、ありえなくもないかと、どこか乾いた気持ちで思った。人間、最後は我が身が一番可愛いのだ。共倒れはごめんとばかりに、矢島に見切りをつけ、敵に寝返った。おそらくその手土産として藤原悦子の悍《おぞ》ましい過去を暴露したのだろう。

そのときふいに、後ろから来た男が矢島を追い抜いていった。男はこの土砂降りではどのみち同じだと考えているのか、手にしている傘を差すことなく、足早に歩いている。

男のその背中にどことなく見覚えがあり、矢島は足を止めた。

あれはもしかしたら——平岡颯太かもしれない。

平岡颯太はその昔、内藤組で短期間だけ、行儀見習いをしていた男だ。そして、彼こそが七瀬を殺害し、遺体処理を行った実行役だった。

颯太はまだ右も左もわからない小僧だったので、矢島としては彼を巻き込むつもりはなかった。だがあの日、七瀬の身柄を『Ranunculus』で拉致し、事務所に連れてきた際、都合の悪いことに、颯太がそこに顔を出してしまったのだ。

こうして仕方なく、矢島は颯太にも仲間に加わるように命じた。その手を汚させてしまった方が、秘密を守る上で安全だと判断したのだ。

後に彼は、七瀬の殺害と遺体処理について、自ら進んでやったと言った。シゲやユキナリも、そのように報告してきた。だが、本当のところは、兄貴分たちから嫌な仕事を押しつけられたのかもしれない。

いずれにしても、彼はその手を血で染めた。

だが、それからいくらもしないうちに、彼は突然、詰めた小指を持参し、足を洗いたいと申し出てきた。

その理由は、殺人の悔恨の情に苛まれてではなく、厳しい行儀見習いの生活に耐えられなくなったという、ありきたりなものだった。

真の心の内はわからぬが、いずれにしても、矢島はこれを認めることにした。一度辞めたいと口にした者を翻意させるのはむずかしいうえ、脅しや追い込みを掛けて、警察に駆け込まれてはたまったものではないからだ。

そういう意味では、彼が歌舞伎町でラーメン屋を始めてくれたことは好都合だった。目の届くところにいてくれた方が安心だからである。

それからごくたまに、こうして街で颯太を見かけることがあった。その際、矢島は気づかないフリをした。彼もまた、矢島に気づくと慌てて方向転換をしていた。

矢島は一つ洟をすすり、再び歩き出した。

やがてゴールデン街へとつづく交差点まで来た。傘の下から濡れそぼった街並みを眺める。人影がまるでなかった。営業している店も少なく、電光看板の多くは灯りが落ちている。この街に長くいるが、こんな寒々しい光景を目にしたことはない。まるで街全体が病に冒されたようだ。

ほどなくしてゴールデン街『あかるい花園一番街』に到着し、そこで愛に電話を掛けた。すぐに応答した彼女の案内で迷路のような道を進んだ。

広げた傘がガッ、ガッと何度も壁につっかえた。満足に傘も差せないほど道が狭いのだ。そのせいで頭や肩口まで濡れてしまった。

〈そうそう。そこの角を左に曲がったら黄色い暖簾が出てる店が見えるでしょう。そこを今度は右に――〉

矢島ですら勝手がわからないというのに、愛はずいぶんとこの区域の地理に詳しいようだ。

「ゴールデン街にはよく来るのか」

〈うん。この昭和っぽさが好きなの。ノスタルジーに浸れるじゃない〉

「ふん。昭和なんか知らねえくせに」

〈知らなくたって感じるのよ――あ、いたいた〉

傘の下から前方に目を凝らす。廃れた外観のスナックの扉から半身を出し、こちらに手招きをする愛の姿を捉えた。

矢島はそこまで歩を進め、傘を閉じながら軒《のき》をくぐり、中に入った。

すると、「あらあら。おにいさん、濡れ鼠《ねずみ》じゃないの。これ使って」と、カウンターの向こうにいる老婆がしゃがれた声で言い、タオルを差し出してきた。

矢島は伸ばした手を途中で止めた。老婆の見た目に気圧《けお》されたからだった。

年齢はどれほどだろうか。彫刻のごとく顔全体に刻まれた深い皺、青白い肌は古びた紙のように乾燥してひび割れていた。今にも朽ち果てそうな枯れ木のようなのに、白内障で濁った瞳だけが異様な光を放っていた。

「ほら、早く拭きなさい。風邪を引くわよ」

それでも手が出せずにいた矢島の代わりに、愛がタオルを受け取り、寄越してきた。

躊躇しながらもタオルで顔を拭う。そのとき、グルマン系のほんのりと甘い、それでいてどこか独特な香りが鼻腔をくすぐった。この老婆は変わった柔軟剤を使っているようだ。

スツールを引いて座り、狭苦しい店内を改めて見回した。壁、床、調度品、目に映るすべて老朽化がひどかった。剝き出しになっている梁《はり》は完全に腐っている。

「おまえ、こんな店に通ってるのか」

横にいる愛に声を落として訊ねた。

「ええ。そうだけど」

「物好きなんだな」

「まあね。飲み物は？」

「水を一杯」老婆に向けて言った。

「そんな、失礼じゃない。何か頼んでよ」

「飲む気分じゃないんだ——代わりにこいつを場代として納めてくれ」

長財布から一万円札を抜き取り、スッとカウンターに置いた。「あら、お気遣いどうも」と、老婆が骨と皮だけになった手を伸ばす。

「で、さっそく、電話のつづきを聞かせてくれ」

愛の方に身体を開いて要求した。すると彼女は目の前に置かれた小皿の中の塩をひとつまみして、赤い液体の入ったグラスにさらさらと振り掛けた。そして、ゆったりとした所作でトマトジュースを口に含んだ。

「電話でも伝えたけど、大前提としてすべて確証のある話じゃないの。宇佐美たちの会話の端々から、わたしが想像を働かせたものだから、それだけは念頭に置いといてね」

「ああ」

老婆が無言で水の入ったコップを差し出してきた。やたら氷の量が多い。

「まず藤原という女のことだけど、どうしてその正体がわかったのかというと――」

誠心会の連中の会話の中で、藤原を暗喩《あんゆ》して「東京の実権を握る女」という台詞が出たらしい。

「だとすると、都知事の藤原悦子しかいないじゃない」

矢島はチラッと老婆の方を見た。その視線に気づいた愛が、「大丈夫。耳が遠いし、たとえ聞こえてもなんの話かちんぷんかんぷんだろうから」と耳元でささやいた。

本当だろうか。この老婆はことのほか矍鑠《かくしゃく》としているような気がしてならない。

矢島の心配をよそに愛が話を進める。

「その藤原と浜口さんとの繋がりだけども、どうも二人はやましい過去を持っていたみたいなのよ」

「やましい過去とは？」

「それはわからないけど、たとえば……」

愛が顔を覗き込んできた。

「二人が結託して誰かを手に掛けた——とかね」

心臓を小突かれた気がした。

矢島はコップに手を伸ばし、唇を湿らせた。

直後、舌の上で違和感を覚えた。若干、変な味がする。

「どうしたの？」

「いや、なんでもない」

もう口をつけるのはよそう。どうせ錆びた水道管を通った不衛生な水なのだろう。

「で、中身はわからないにせよ、そのやましい過去とやらに、おまえはどうやって辿り着いたんだ？　それも会話の中でそれらしい話があったのか？」

「ええ。彼らがこう言ったの。『その話が過去に本当にあったんやとしたら、これをネタにあの女の懐に入り込めるかもしれんぞ』って」

「つまり、その過去こそが藤原にとって爆弾ってことか」

「そういうこと。とはいえ、彼らも半信半疑なんだと思うわ。なぜなら『敵陣営の男が持ってきた情報を素直に信用してええもんか』って言ってたから。彼らにとって敵陣営ってことは、つまりはそういうことでしょ」

「なるほど。それでうちに内通者がいると考えたわけか」

「ええ。さらにはね、彼らこうも言ったの。『そもそもあいつは矢島の側近を務めていた男だぞ』って」

一瞬身体が強張り、そして脱力した。まちがいない。シゲだ。

「思い当たる人物がいるんだ」

「ああ」

ここで胸ポケットに入れているスマホが震えた。手に取ってみると、画面には『F』と表示されていた。藤原悦子からの着信だ。

愛と目を合わせる。「ちょっとすまん」と断り、矢島はスツールを一つ横にずれて、応答した。

〈あなた、あれはいったいどういうつもり〉藤原の怒気を含んだ声が飛び込んできた。

「あれとは？」

〈あなたでしょう。あのおかしなメールを送ってきたのは〉

「はて、なんのことでしょう」

〈しらばっくれないで。あのアドレスを知っているのはあなただけなのよ。言わなかったけど、あのアドレスはあなた専用にしてるの〉

「おやおや、そうだったんですね」

藤原の荒い鼻息が漏れ聞こえた。

〈なんのつもりよ。いきなりあんなわけのわからないメールを送りつけて〉

「身に覚えがないんですか」

〈あるわけないでしょう。浜口を消すだなんて、そんな愚かなことをするわけないじゃない。考えてみなさい。今のわたしの立場を〉

「ですよね。ただ、あなたならありうるかと思いまして」

〈ありえないわ。あなた、追い詰められすぎて頭おかしくなっちゃったんじゃないの。ひどい妄想に駆られちゃって、みっともない〉

「言ってくれますねえ。そんな台詞をおれに吐いていいんですか」

〈そっちこそ、わたしにそんな強気な態度でいていいのかしら？　せっかく段取りが整ったのに、取りやめちゃうわよ〉

矢島はピタッと身動きを止めた。

「本当か」

〈ええ。近日中に警察が一斉に動くことが決まったわ。それも二十年前の歌舞伎町浄化作戦なみに盛大にね。だからそのつもりであなたは身辺を綺麗にして、準備を整えておきなさい。そうすれば――〉

藤原の声が突然消えた。矢島の手からスマホが滑り落ちたからだ。

拾い上げる前に、その手に目を落とした。指先が痺れている。

床にあるスマホからは音声がうっすら聞こえていた。藤原がまだしゃべっているのだ。

矢島は拾い上げるべく、スツールから離れ、腰を屈めた。するとバランスを崩し、膝を床についてしまった。

いったいなんだ。上手いこと身体に力が入らない。

「大丈夫？」

愛がやってきて、手を差し伸べてきた。その手を摑んでなんとか立ち上がる。

だが、そのまま彼女に抱きつくようにもたれ掛かってしまった。そのとき、彼女の衣服からふわっと香りが漂った。先ほど、老婆から受け取ったタオルと同じ匂いだった。

同じ柔軟剤を使っている——？

いや、一緒に洗濯をしている——？

「おまえ、まさかここで寝泊まりしてるのか」

矢島が身を離してそう訊ねると、「あら、よくわかったわね」と愛はあっさり認めた。

次に彼女は、矢島のスマホを拾い上げ、勝手に通話を切った。

その瞬間、最悪な想像が矢島の頭を駆け巡った。

それは現在、歌舞伎町に渦巻く暗黒の潮流の深奥に、眼前の女が潜んでいるというものだ。

そんなことがあるわけがない。おかしな妄想に囚われるな。

だが、いくら頭で否定しても、矢島の本能がこう叫んでいた。

この女が黒幕だ、と。

「愛、おまえ……」

最後まで言葉が出なかった。口の周りの筋肉が麻痺していたからだ。いや、体全体が麻痺を起こし始めている。

そんな矢島を、愛は冷たい微笑を浮かべて、観察するように眺めている。

その微笑がおかしな妄想を、たしかな真実へと昇華させた。

矢島は余力を振り絞り、出口へ向かった。スツールやカウンターや壁にぶつかりながら、よろよろと歩を進める。

ドアノブに手を伸ばした。すると力も入れず、すんなりと開いた。逆側からの力が掛かったからだった。

開いたドアの先に、黒い雨合羽を来た人間が立っていた。

矢島はゆっくり視線を上げていった。相手は自分よりも頭一つ大きいのだ。

その者は、黒い肌を持つ大男だった。彼はギョロッとした目で、矢島を見下ろしている。

男の腕が矢島に向かって、ぬっと伸びた。

ここで矢島の意識はぷつりと途絶えた。

矢島の意識を呼び覚ましたのは、ザク、ザク、ザクという音だった。

ザク、ザク、ザク。

その音が聞こえるたびに、矢島は身体の重みが増していくように感じた。

ザク、ザク、ザク。

重い瞼を持ち上げ、薄目を開いた。だが、すぐには視界が定まってくれなかった。

ザク、ザク、ザク。

顔面にいくつもの水滴が落ちてきている。どうやら今、雨が降っているようだ。自分は仰向けの状態で外に寝かされているらしい。

ザク、ザク、ザク。

視界はまだ霞《かすみ》がかっている。そこからかろうじて読み取れるのは、今の時間帯が夜で、ここが山林の中だということ。周囲を取り囲む、黒々とした樹木が夜空に向かって伸びている。

やがて、ぼやけた視界の中に、小柄な女の姿が浮かび上がった。

女の正体は愛だった。彼女はその身体のサイズに見合わぬ、大きなスコップを手にしていた。

そして、その脇にこんもりと盛り上がった土の山が認められた。ザク、ザク、ザクという音は、その山に愛がスコップを突き刺して立っていたものであった。

そうしてスコップですくった土を、愛はこちら目掛けて、せっせと振り掛けている。

「……してるんだ」

矢島は言った。だが、声が掠れ、彼女に届くことはなかった。

「……何を、してるんだ」

もう一度言った。今度はもう少しまともな声が出た。

だが、愛はその手を止めようとしない。

むろん、答えを聞かなくても、すでに自分が置かれている状況を、矢島は十分に理解していた。

「……なぜ、こんなことをする……おまえは、いったい、何者なんだ」

それでもなお、愛は動きを止めなかった。雨に濡れるのもお構いなく、機械のように一定のリズムで、ひたすら矢島に土を振り掛けている。

この女はいったい、何者なのか。

なぜ、こいつがおれを葬ろうとしているのか。
疑問が脳を駆け巡った結果、やがてある解答が導き出された。
その解答に矢島は戦慄した。
脳が混乱をきたす。
まさか、そんな、あいつが生きているはずがない――。
そんなはずはないのに、矢島はその考えを打ち消すことができなかった。
「おまえは……七瀬なのか」
歯を鳴らして言った。
だがやはり、愛は反応することはなかった。
彼女は静かな表情で、ただただ、矢島の肉体を地中に埋めつづけていた。

平岡颯太

二〇二四年九月二日

残暑というにはまだ早く、夏は未だ盛りのさなかにあった。道行く人々は、うちわや扇子でせめてもの涼を取りながら、ネオンが点々と灯り始めた歌舞伎町を行き交っていた。

歌舞伎町二丁目の路地裏にある、小さなラーメン屋の店主は、客のいないカウンター席に座り、隅に置かれた小さなテレビをぼんやり眺めていた。

今週の日曜日に歌舞伎町で納涼祭が開催されるので、ニュースでその特集が組まれているのだ。納涼祭当日は飲食店をはじめ、キャバクラ、ホスト、風俗といった水商売の店もここぞとばかりに商魂を発揮するため、歌舞伎町はいつも以上の賑わいを見せる。

この行事は毎年八月下旬に行われていたのだが、去年、一昨年と立てつづけに熱中症で倒れる者が出たことから、今年は例年より日程を後ろに倒した——というのは建前で、本当の理由はまったくちがうことを歌舞伎町の住人たちはよく知っていた。

本当の理由、それはここ数ヶ月、街中がひどく物騒だったからだ。地回りのヤクザと、関西から進出してきた任俠団体が抗争中だったのである。これに一般客が巻き込まれる危険があるということで、行政から商店街振興組合へ指導が入ったというのが実情であった。

ただ、その心配はすでになくなった。

春先から長らく覇権争いを繰り広げていた内藤組と誠心会の抗争に終止符が打たれたのは先月の中頃のことだった。負け戦と睨んだのであろう内藤組組長・矢島國彦の失踪に加え、東京都知事である藤原悦子の指揮のもと、警察による大規模な浄化作戦が行われたことで、残りのヤクザも一掃され、歌舞伎町は安寧の日々を取り戻したのである。

もっとも、これも束の間の休息としか思えない。いくら駆除しようとも、街からネズミが姿を消すことがないように、ヤクザもまた完全には排除できないものだ。

颯太が大口を開けてあくびをしたとき、背中の方でドアがガラガラと音を立てた。暖簾をくぐってきた客は顔見知りの女だった。

「お、愛ちゃん。いらっしゃい」

「相変わらずこの時間帯はお客さんがいないのね」

愛が相好を崩して中に入ってきた。そしていつもの角の席に座り、「ビールちょうだい」と慣れた口調で注文をする。

彼女はすでに店の一番の常連客だった。春に初めてやってきて、それから週に二、三回のペースで顔を出してくれている。

颯太は冷蔵庫から冷えた瓶ビールを取り出し、栓を開けて、彼女の持つグラスに中身を注いでやった。

「颯太も飲みなよ」

こちらは「愛ちゃん」なのに、あっちは呼び捨てにしてくる。年下のくせに生意気この上ないが、どういうわけか不快ではない。

「じゃあ、お言葉に甘えて」

コップをもう一つ用意し、手酌で注ぐ。

「乾杯」

グラスをこつんとぶつけ、互いに口をつけた。

「あー美味しい。最高」愛が嘆息混じりに言った。

「おもてはまだまだ暑いもんな。ラーメン、作り始めちゃっていいか」

「うん」

「餃子は？」

「どうしよ。今日はいいかな」

「オーケー」

「あ、やっぱもらう」

「優柔不断だなあ」

「微妙なお腹の空き具合なの。あるでしょ、そういうこと」

「まあな」

鉄板に火を点けた。それと同時に愛も百円ライターで煙草に火を点ける。

「ねえ、この店では納涼祭の日に、何か特別なことやるの？」

「もちろん」

納涼祭の日は毎年、臨時のアルバイトを売り子として雇い、パックに詰めた炒飯や餃子を店先で販売している。これが飛ぶように売れるので、颯太にとって納涼祭はある意味ボーナス日なのであった。

「ふうん。その売り子はもう決まってるの？」

「まだだけど」

「のんびりしてるのね。もう一週間切ってるっていうのに」

「街中にいる若い連中に声を掛ければすぐに捉まるさ。それこそトー横界隈をうろついてるキッズたちとかさ」

颯太が手を動かしながら応えると、ビールをくいっと飲み干した愛が、「あたし、やってあげようか。売り子」と言った。

「冗談だろ」颯太は肩を揺すって笑った。

「ううん。ほんとにやってもいいよ」

「言っとくけど、日給一万円しか出せないぜ」

「お金はいいよ。颯太にはいつもお世話になってるし」

「お世話って。愛ちゃんはお客さんじゃんか。それに、自分の仕事はどうするんだよ。その日は絶対に店からも出勤を求められるぜ」

「あ、言ってなかったっけ？　あたし、ちょっと前に夜やめたんだよね」

「え、そうなの？　じゃあ今は何してんの？　ニート？」

「失礼ね。ちゃんと働いてるわよ」

「へえ。どこで？」

「すぐそこの――」

そんなやりとりを交わしていたところに、新たな客がやってきた。白髪頭の男性客だったが、颯太はその顔を見てギョッとし、菜箸《さいばし》を持つ手を止めた。

「おー小坊主、久しぶりだなあ。繁盛しとるか」

新宿署の刑事の小松崎が乱杭歯《らんぐいば》を覗かせ、大声で言った。

「見ての通りですよ。それといい加減、小坊主はやめてください」

小松崎はガハハと品なく笑い、愛のとなりの椅子を引いて腰掛けた。ふつう離れて座るだろうと思ったが、注意するのも変なのでやめておいた。

「さあ、この店ご自慢のラーメンを作ってくれ。おれが忖度ない批評をしてやる」

「前にも一度、食べたことあるでしょう」

何年か前、それこそ颯太がここを引き継いで間もなく、小松崎はふらっと店にやってきたのだ。その帰り際、「第二の人生、がんばれよ。負けんじゃねえぞ」と背中を痛いくらいに叩かれた覚えがある。

「にしても、よくまあ矢島が許したもんだよな。いくら子分が足を洗って堅気になったからって、ふつうは歌舞伎町に置いとかねえもんだけどなあ」

小松崎が唐突にそんなことを口にし、颯太はチラッと愛を一瞥した。

「小松崎さん、昔の話は勘弁してください」

「ただの独り言だろうが」

「だったら声デカすぎっスよ」

自分が街を追い出されずに済んだ理由を颯太も聞かされていない。一度、小松崎同様、矢島も店に顔を出したことがあり、颯太は凍りついたのだが、その際に彼は一言もしゃべらず、注文したラーメンを二、三口食べて帰っていった。ほとんど中身が残された器の横には茶封筒が添えられていた。中には百万円もの札束が入っていた。

ただの行儀見習いの小僧に、そんな大金を出すはずがないので、これはきっと祝金ではなく、口止め料だろうと颯太は判断した。

ちなみに、その金は今も手をつけずに、自宅アパートに眠らせてある。いつの日か、七瀬と再会したときに、彼女に手渡すためだ。

「おそらくは盃も交わしてない小僧だったから、放っておいてくれたんだろうな。もしくはその落とした小指に免じて――」

「小松崎さん、本当に頼みます。ほかのお客さんもいるんで」

「いいじゃねえか。それこそ昔の話なんだからよ」

「迷惑になるでしょう」

「おねえさん、おれがしゃべってたら迷惑かい？」

小松崎が愛に訊ねた。

「いいえ。どうぞわたしにお構いなく」愛がにこやかな笑顔で答える。

「ほれ見ろ。しっかりお許しをいただいたぞ」

「それでも、おれは昔話に花を咲かせるつもりはないんで」

「じゃあ今の話をしよう。まさかあの矢島が抗争の真っ只中に、ケツをまくってトンズラこくとはなあ。おまえ、ヤツの元子分としてこれをどう見てる？」

颯太は舌打ちをした。

「どうもこうもないっスよ。何とも思わないです」

「おれは信じられねえんだよ。というより、まったく信じてねえんだ。あの男が組と歌舞伎町を捨てるはずがねえ」

颯太は出来上がったラーメンと餃子を愛に差し出した。彼女が割り箸をパチンと割る。

「となると、矢島はいったいどこへ消えちまったのか。誠心会の連中に消されたのか？　いいや、ちがう。宇佐美をはじめ幹部連中を締め上げてみたが、奴らはいっさい知らないと言っていた。これは長年この仕事をしてきたロートルの勘だが、おそらく嘘じゃねえ。つまり奴らの仕業じゃねえんだ——あ、おねえさん、おれはこう見えて刑事《デカ》なのよ」

「あら、そうだったんですね」愛が箸を止めて応えた。

「ああ。といっても来年には定年を迎えるんだがな」

「それはそれは、ご苦労様でした」

小松崎は満足そうに頷き、再び颯太の方を見る。

「ここだけの話なんだけどな、実はここ数ヶ月、この街で矢島以外にも不可解な失踪を遂げてる奴らが出てるんだ——おい、ちゃんと聞いてるのか、小坊主。おまえに話してるんだぞ」

颯太はうんざりとした態度で、「ここは歌舞伎町っスよ。何もめずらしいことじゃないでしょう」と応じた。

「いいや、そこいらの失踪とはちょっと筋がちがうんだな。どいつも身辺整理をせず、飛ぶ理由なくして、消えちまってんだ。まるで神隠しにあったかのようにな」

「そうですか。でも、自分には関係ないんで」

「おまえが関係してるなんて一言も言ってねえだろう。でだ、その謎の失踪をした奴らには一つ、共通点があることがわかったんだ」

颯太は大きく息を吸い込んだ。

「女だ。失踪した連中のそばには必ず同じ女の影が——」

「小松崎さんっ」大声を張り上げた。「おれマジで興味ないっスから。いい加減、やめてください」

小松崎が肩をすくめる。

「そうか。悪かった。ところでラーメンはまだか」

「今作ってるでしょうが」

颯太は乱暴に湯切りをして、麺を器に落とした。

「ちぇ。機嫌を損ねちまったよ」小松崎が頭の後ろで指を組んだ。「そんな怒らなくたっていいのに——なあ」

水を向けられた愛が愛想笑いを浮かべる。

「なあ、おねえさんはどう思う？」

「何がですか」

「だから数々の奇妙な失踪事件、その女が関与してると思わないか」

「さあ、どうでしょう」

「おれは何かしら関係があると睨んでんだ——って、そんな話をされても困っちまうか」

「ええ。素人なもので」

「だよな。けど、もしその女の仕業だとしたら、目的は何だと思う？」

「さあ」

愛の反応が薄いのが気に入らないのか、小松崎が鼻息を漏らし、コップに手を伸ばした。

だが、「ちなみにおれは金じゃない気がしてんだ。これは利害目的の犯行じゃねえと思う」と、なおも話をつづけた。

「それも刑事の勘ってやつですか」

「ああ。そうだ」

「へえ、でも、だとしたら何なんでしょうね」

「個人的な復讐。おれはどうもそんな気がして――」

「おい小松崎っ」颯太は怒声を店中に響かせた。「いい加減にしろよ。うちの客に迷惑掛けるんじゃねえ」

「仲良く話してるだけじゃねえか」

「何が仲良くだこの野郎。愛ちゃんの箸がずっと止まってるだろう」

「この野郎だと。貴様、誰に向かってナメた口を利いてやがるんだ」

「二人とも、喧嘩はよしましょ」

愛が場を取りなすように言った。

颯太と小松崎は互いに視線を逸らし、矛を収めた。

だが、今度は愛の方から、「刑事さん」と小松崎に声を掛け、「もしもその女の人の仕業なんだとしたら――」と話を再開させた。

なんだよ、と颯太は鼻白んだ。せっかく助け船を出してやったのに、これでは本当におれが要らぬ気遣いをしたみたいじゃないか。

「わたしは復讐とは少しちがう気がするなあ」

「ほう。だとしたらなんだ」

「駆除」

小松崎が首を傾げる。

「そう。つまり、街を掃除してるんじゃないのかなって。悪者を一掃する、みたいな」

「なぜその女がそんなことをする」

再び小松崎が訊ねると、愛は薄目で虚空を見つめ、乾いた口調でこう言った。

「たぶん、愛してるから。この街を」

数秒ほど沈黙が流れた。

「要するに、これらの失踪事件は、その女の個人的な歌舞伎町浄化作戦、ってことか」

「そう。そんな感じ。もちろん復讐とか、そういう思いもあったかもしれないけど、どこかで少しずつ、目的が変わっていったんじゃないかしら」

「ほう。それはまた斬新な視点だな。おねえさん、中々おもしろい考察をするじゃないか」

「それはどうも――ごちそうさま」

愛が急に立ち上がった。

颯太はカウンターから首を伸ばして愛の器に目をやった。まだ麺がかなり残っていた。餃子も一つしか食べていない。

「ごめんな。食欲失せちゃったよな」

「ううん。お腹いっぱいになっちゃったの。また来るね」

「うん。また来て」

愛が出入り口へ向かった。

その背中を小松崎はジッと見送っている。

愛が出て行ったあと、「絶対にあんたのせいだぞ」と、颯太は小松崎に文句を言った。

どうせ悪びれもしないだろうと思ったが、小松崎は意外なことに、「ああ、そうだろうな。さっきはすまなかった。許してくれ」と素直に詫びてきた。

颯太が不思議な気分でいると、「愛って言ったか。彼女、とびっきりの上玉だな。もしかして、おまえのこれか」と小指を立てて見せてきた。

「なわけないでしょう」

「でも、あの感じだと、親しいんだろ？」

「まあ、それなりに」

「素性は？」

「知らないっスよ。親しいって言っても、あくまで店と客の間柄なんで」

「常連なのか？」

「そうですね。よく来てくれます」

「昔からか」

「いえ、今年の春くらいからっスかね。なんスか、彼女のことばかり」

「そりゃあ、いい女だからだ」

颯太は鼻を鳴らした。

「老いぼれの貧乏刑事なんか相手にされないっスよ」

「言ってくれるじゃねえか」

「さっきの仕返しです——さ、どうぞ」

完成したラーメンを差し出した。

小松崎が割り箸を指に挟んで手を合わせる。そしてそこからは打って変わり、黙々と麺を啜りつづけた。

彼はものの数分でスープまで飲み干して平らげ、コップの水を一気に呷った。

そして、コップをドンと卓に置き、「ごちそうさま」と口にした。

「おまえ、腕を上げたな。素直に美味かったよ」

「そいつはどうも」

「正直、何年か前に食ったときはひどかったもんな」

「あのときも美味いって言ってくれたような気がするけど」

「お世辞だよ。人の門出に水を差すもんじゃないだろう」

小松崎がカウンターにお代を置いて立ち上がった。

「また来る」

「次も営業妨害をするつもりなら出禁にしますから。これ、マジっスよ」

「ああ、わかった。肝に銘じとく」

小松崎は殊勝な言葉を残して店を出て行った。

颯太はカウンターに置かれた器を流しに持っていき、スポンジを泡立てて洗い物を始めた。

久しぶりに小松崎の顔を見たからか、颯太は手を動かしながら昔のことを思い返していた。

少年時代、地元でやんちゃを繰り返し、十八歳でこの歓楽街にやってきた。それからは内藤組の行儀見習いとして、兄貴衆たちにドヤされながら、目まぐるしい毎日を過ごしていた。そんな中、一人の少女に恋をした。

七瀬――。

ふと手を止め、欠けた小指に目を落とした。

藤原悦子

二〇二四年九月七日

「まあ、なんという……」

扉の先には夕日に赤く染められた大都会が広がっていた。その圧巻の眺めに、藤原悦子は驚嘆を漏らさずにはいられなかった。

この部屋の壁という壁は、まるでそこに何も存在しないかのような透明なガラス張りになっていて、東京の街並みから緩やかな曲線を描く地平線までも一望できるのだ。

ここは歌舞伎町タワーの高層階に入っているホテルの最上級ペントハウスだった。その高さは地上から約二百メートル、部屋は四十八階と四十九階を跨《また》ぐメゾネットタイプの吹き抜けになっており、中央に上下階を繋ぐ階段が設けられている。

「実に壮観ですなあ。お、都知事、あそこにスカイツリーが見えますよ」

第一秘書が遠くを指さした。その先に目をやると、燃えた空に向かって毅然と聳《そび》えるスカイツリーがあった。宝石を鏤《ちりば》めたように、塔のてっぺんが色とりどりの光を放っている。

「おや、あちらには東京タワーが」

今度は第二秘書が声を上げた。こちらはお馴染みのオレンジに発色していて、まるで都市の海《うな》原《ばら》に立つ灯台のようだった。

「もう、あっぱれ。わたくし、深く感激いたしました」

悦子が後方にいる支配人に向けて告げると、「お気に召していただけたなら何よりでございます」と、彼は恭《うやうや》しく腰を折った。

「今夜は本当にここに泊まらせていただいてよろしいのかしら？」

「もちろんでございます。どうぞご自由にお使いください。御用命の際はこちらの者になんなりと」

支配人の紹介で、彼の斜め後ろにいたホテリエの女が一歩前に出て、胸に手を当てた。化粧の薄い、清楚な美人だった。若い女はイケ好かないが、さすがに世話係を変えてくれとも言えない。

「では遠慮なくそうさせていただくわ――ああ、よかった。わたし都知事になって」

悦子の軽口にみなが盛大に笑った。

「ちなみに、この部屋はふつうに宿泊するとなると、一泊おいくらになるのかしら？」

そう訊ねると、支配人は満面の笑みを保ったまま、「三百二十万円になります」と、平然と答えた。

悦子は嘆息し、かぶりを振った。

「もうやんなっちゃうわね。わたしの住んでいるマンションの家賃よりも高いじゃないの」

もっとも、この目に映るものすべて、わたしのものなのだけど――。

足元に広がるこの世界は、藤原悦子の権力と支配力の証。

すべてがわたしの統治下にあり、わたしの意のままに動かせる。蟻のように小さく見える人々、彼らの一挙手一投足もまた、この指先一つでいかようにも操れる。

そう思ったら、名状し難い感情が心の奥底から湧いてきた。

「都知事、いくつかお写真を撮らせていただいてもよろしいでしょうか」

そう伺いを立ててきたのは専属のオフィシャルカメラマンで、この男は常に悦子に同行している。

「ええ、よくってよ。ただ、先に化粧直しをさせてちょうだい」

向かった先のドレッシングルームは、洗練されたデザインとシンプルな機能美が融合したモダンな空間だった。足元には高級感溢れるグレーのラグが敷かれ、歩くたびに柔らかな感触が足裏に伝わってきた。壁一面には、マットブラックのクローゼットが厳然と並んでいる。

悦子が中央の鏡台の前で、ヘアメイクに化粧を直させていると、秘書の二人が並んでやってきた。

「都知事。明日のスケジュールをお伝えしてもよろしいでしょうか」

第一秘書が伺いを立ててきて、「どうぞ」と答えた。

「明日は早朝の五時にお迎えに上がりますので、まずはこちらでヘアメイクとお着替えを済ませていただき――」

「ちょっと待って。五時って、そんな早くから始動しなきゃならないわけ？」

明日は歌舞伎町の納涼祭——それにかこつけて以前から関心のあったこのホテルに宿泊することにした——の日だった。納涼祭における悦子の役割はＴＯＨＯシネマズの広場、通称トー横広場に設けられた特設ステージに登壇し、そこに集まった人々に向けて祝辞を述べるというものだ。そして、その時間はたしか十時だったはずである。

「スピーチの内容確認、また動線のチェックなど、諸々の段取りのお時間を考慮しますと、それくらいから準備を始めていただくのがよろしいかと……」

「せめて五時半。あなた知ってるでしょう？　最近わたしが不眠に悩まされていることを」

「では、五時半にお迎えに上がります——きみ、すべての予定を三十分後ろ倒しにするように、各所に連絡を」

第一秘書が第二秘書に指示を出し、第二秘書はノートパソコンを開いて、カタカタとキーボードを叩き始めた。

「つづけて」

「こちらでヘアメイクとお着替えを済ませていただいたあと、下の階のラウンジにて朝食となります。それから別室に移動していただき、式典の段取りの打ち合わせに入ります」

「さっきから段取り、段取りって言うけど、登壇して十分程度しゃべるだけでしょう」

「ええ、まあ」

「ちなみにその打ち合わせの時間はどれくらいで見てるの？」

「一時間確保してます」

「スピーチの原稿は？」

「すでにご用意しております」

「だったら打ち合わせの時間は半分でいい。ということで、お迎えは六時」

悦子が鏡越しに決定事項のように告げると、第一秘書はこめかみを指でポリポリと掻いたあと、

「かしこまりました――おい、そういうことだ」と、再び第二秘書に予定変更の指示を与えた。

「それでその原稿、今ちょうだい」

悦子が手を差し出すと、第一秘書が鞄から書類を取り出し、手渡してきた。

ざっくりと目を通し、「てんでダメ。やり直し」と突き返した。

「再選後、わたしが大勢の都民の前に立つのが初めてだってこと、あなたわかってるわよね？」

「もちろんでございます」

「だとしたら、東京に藤原悦子あり、ってことをもっともっと聴衆にアピールしないと。明日はキー局のカメラも入るんだし、この機を逃す手はないでしょう」

「では、具体的にどの辺りを、どのように修正いたしましょう？」

「総理暗殺のところ。この原稿ではさらっと触れている程度でしょう。まずはあの暗殺がいかに卑怯な蛮行であったかを改めて聴衆に訴える。そうすれば自ずと、わたしがその場に立っている勇気を感じ取ってくれるはず。それでこそ、悪に屈しない東京都知事をアピールできるってものじゃない」

池村大蔵内閣総理大臣が暗殺されたのは今から約五ヶ月前だ。池村はここから目と鼻の先の都庁前で演説を行っていた際、スナイパーライフルで頭を撃ち抜かれ、即死したのである。

つまり、明日の悦子はそのときと似た状況下に置かれるということだ。

「おっしゃることはごもっともでございます。しかしながら、納涼祭という祭典の中でのスピーチということで、あまりそういった凄惨な事件を掘り起こしてしまいますと――」

「お祭りムードに水を差すって？　関係ない。明日は一にも二にも都民にこう思わせなきゃダメ。ああ、藤原都知事は自らの危険を顧みずに登壇してくれたのか、自分たちの投票はまちがっていなかったんだな、この人になら東京を任せても平気だ――とね」

いったい誰が、どんな目的のために、池村大蔵を狙い、そして殺害したのか。敵対する党の策略であるとか、外国人テロリストの仕業であるとか、はたまた後援についていた宗教団体の関与など、今もなお数々の憶測が飛び交っている。しかし、その真相は未だに闇の中だった。

悦子は一刻も早く犯人の身柄を捕らえるよう、警視総監に幾度となく発破を掛けていた。

総理を暗殺され、さらには犯人を逮捕できぬなど言語道断、国家の恥だ。当然、日本警察の威信は地に堕ちる。だからこそ彼らも血眼になって捜査しているにちがいないだろうが、事件から半年が経とうかという今になっても、目ぼしい容疑者すら捜査線上に浮かび上がってこないというのだから、悦子は怒りも呆れも通り越して、もはや奇妙な気分でいる。

とはいえ、何がどうあっても、この事件を迷宮入りになどしてもらっては困る。

そうでないと、わたしは永遠に枕を高くして寝られないのだから――。

「改めて訊くけど、登壇中、わたしの身の安全は保障されてるのよね」

「はい。厳重な警備態勢を敷いております。ＳＰを至る場所に配置しており、死角はどこにもございません」

「それはステージ周辺のことでしょう。専門家の話じゃスナイパーライフルというのは、数キロ離れた場所からでもターゲットを狙撃できるそうじゃないの。そんな遠くから狙われたら防ぎようがないんじゃなくて？」

「その心配にも及びません。ご存じの通り、トー横広場はぐるりとビルが立ち並んでいるため、遠方射撃はまず不可能です。当然、周囲のビルの中にも警備を配置しておりますから、不審者は侵入することができません」

「じゃあここは？」

「ここと申しますと？」

「だから今いる歌舞伎町タワー。たとえばこの部屋からなら、足元のトー横広場が真上から見下ろせるでしょう。ちょっとベランダにでも出たら、変な話、撃ちたい放題じゃないの」

　すると、第一秘書がきょとんとした顔つきになった。

「ええと、このお部屋にベランダはないかと思われますが」

「あら、そうなの」

「ええ、さすがにこの高さですから、開閉できる窓やベランダは備えられておりませんよ」

　第一秘書が口元を緩めて言った。小馬鹿にされたようで気分が悪かった。

「だとしても、ほかにも部屋はたくさんあるわけでしょう。そこもすべて調べたの？」

「いえ、調べてはおりませんが、おそらくはどこにもないかと」

「おそらくなんて、いい加減なことを言わないでちょうだい」

悦子がぴしゃりと言いつけると、場の空気が凍りついた。

「これで明日、わたしが死んだらどうするの？　あなたたち責任を取れるわけ？　この命の重みをそこらの人間と同じにしないで」

第一秘書が第二秘書に向けて顎をしゃくった。第二秘書がサッと席を外す。

そしてすぐに戻ってきた第二秘書がこう報告した。

「ただいま支配人に確認したところ、すべての部屋に開閉できる窓、及びベランダはないとのことです」

「あらそう。でも警戒は怠らないで。いつも言ってるけど、細部まで抜かりなく」

「はい。かしこまりました」

「返事が小さい」

「かしこまりましたっ」

第一秘書と第二秘書の大声が合わさって、ドレッシングルームにこだました。

悦子は鼻息を漏らし、「ねえ、まだかかるの？」と、傍らに立つヘアメイクに訊ねた。

「あ、いえ、すでに終えています」

「だったら早く言いなさいよ」

舌打ちして、席を離れた。

リビングへ向かうと、窓際に立つようにカメラマンから指示を受けた。日はすでに沈み切っていて、夜景がこれまた絶景だったが、先ほどのような感動は覚えなかった。

今になってまた、不安がむくむくと膨らんできたせいである。

明日は本当に大丈夫だろうか――。

わたしの命は一〇〇%保障されているのだろうか――。

実のところ、これこそが悦子が抱えている不眠の原因だった。

「では都知事、まずは正面からこちらを見てください」

撮影が始まり、カシャ、カシャというシャッター音が広々とした空間に響く。その間、悦子は心ここに在らずの状態でポージングを取っていた。カメラは好物だが、いかんせん気分が乗らない。

悦子の穏やかならざる日々が始まったきっかけは、歌舞伎町を牛耳っていた内藤組組長・矢島國彦の失踪である。

その報告を耳にした当初、悦子は手放しでよろこんだ。この上ない吉報であると思った。

矢島が消えたのは十中八九、内藤組が敵対していた誠心会の仕業であろう。連中があの厄介者を葬ってくれたにちがいない。安直にそう考えたのだ。

だが時間を置いて、まったく別の考えが湧いてきた。

矢島は本当に誠心会に殺《や》られたのだろうか――。

次に狙われるのは、もしやこのわたしではなかろうか――。

悦子がその考えに至るには、小さな根拠があった。

それは、ここ数ヶ月の間に、五年前のあの事件に関わった者ばかりが不幸な目に遭っているということだ。

確実に殺害されたとわかっているのは池村大蔵だけだが、おそらくは浜口竜也も、矢島國彦もすでにこの世にいないだろう。これだけは悦子の中で、不思議と確信に近い思いがあった。

だからこそ、不安で不安でたまらないのだ。

「あのう、都知事、撮影は終わりましたが……」

あの三人の男がこの短い期間に亡くなったのははたして偶然なのか。程度はちがえど、三者三様にキナ臭い人間だったので、その可能性もなくはない――が、限りなく低い。

その一方、必然である可能性もまた、否定できなかった。

万が一、あの事件の復讐なのだとしたら、誰がそんなことをしているのか。あの少女の遺族か、恋人か。だが、あれは五年も前のことだ。今さらそんなことをする執念深い人間がいるだろうか。

「都知事、都知事」

第一秘書の声で悦子は我に返り、周りを見回した。みな、怪訝な目でこちらを見つめている。

「あ、なに？　もう終わったの？」

「ええ。大丈夫ですか。もしかして気分でも優れませんか」

「ううん。そんなことない。ちょっと考えごと」

「そうですか。では、このあとは下のラウンジにてディナーとなりますので、移動の準備をお願いします」

「了解」

と応えたものの、悦子は少し間を置いて、「やっぱりわたし、食事は遠慮しておくわ」と断った。

第一秘書が眉をひそめる。

「都知事、やはり体調がよろしくないのでは？」

「そういうことじゃないの。今日はちょっと疲れたから休みたいだけよ。だからディナーはあなたたちだけで楽しんで」

おそらく超高級ディナーが用意されているのだろうが、もったいないとは思わなかった。イイ物などこれまで散々食べてきているのだ。

「それでは、お部屋に軽食をお持ちいたしましょうか？」

これは秘書の後方にいるホテリエが言った。

「そうね。そうしていただけると助かるわ。ということで、みなさんまた明日」

悦子がそう告げると、全員が一礼して、部屋を出て行こうとした。

「あ、ちょっと待って」と呼び止める。「この部屋の外にSPはいるのよね？」

振り返った秘書たちの顔は曇っていた。

「まさかいないの？　都知事が外泊するっていうのに？」

「いや、あの、もちろん明日は終日つくのですが、今夜はこういった格式高いホテルの中ですから……」

「格式なんて関係ない。今から手配してちょうだい。そして朝まで部屋の外に立たせておいて」

悦子が鼻息荒くそう言い渡すと、「藤原都知事。そうしたご心配には及びません」と、支配人が口を開いた。

「当ホテルの宿泊者様であっても、このペントハウスのある階には足を踏み入れられません。なぜならエレベーターが止まらないのです。つまり、この階を行き来できるのは従業員のみ。ですから、どうぞご安心を」

だとしても、胸をなで下ろすことはできなかった。しかし、こう言われてしまっては引くほかない。悦子は「ならいい」と、力なく告げた。

わかっているのだ、自分でも過敏になっていることを。だが、どうしても不安が拭えない。

やがて全員が部屋から去り、悦子はがらんとした空間に一人きりとなった。

ソファーに腰掛け、改めて室内を見回す。あまりに広かった。メゾネットタイプなので、天井など十メートル以上も高いところにあるのだ。

解放感というより、むしろ空虚を覚えた。そして、無人島に一人取り残されたような孤独に襲われた。

それからの悦子は、長い間、微動だにせず、呆けたように虚空を眺めていた。

「大丈夫よ」

ふいに唇が動き、掠《かす》れた声が漏れた。

「ええ、絶対に大丈夫」

今度は意識して、己に言い聞かせるようにしゃべった。

「いい、悦子。いったい何を恐れることがあるというの。あの三人が死んだのは偶然でしかないのよ。長年の悩みの種が消え去ってくれたのだから、あなたにとって歓迎すべきことじゃないの。これでもう、あなたを脅かす存在はいなくなったのよ」

己を鼓舞する言葉を吐き出すたびに、悦子の一人芝居に熱が帯びてくる。

「いい加減、臆病な自分とは決別なさい。起こりもしない事を想像して、不安に駆られるなんて愚か者のすることよ。ねえ、そうじゃなくて？」

悦子はソファーから腰を上げ、部屋の中を舞うように動き回った。

「ほら、ご覧なさい。この贅《ぜい》を尽くした部屋、そしてこの壮観な眺めを。すべてあなたが勝ち取ったものよ。あなたはこの街の支配者、この世界の女王なの」

両手を広げ、部屋中に声を響かせた。

だが、その体勢を保つこと数秒後、再び不安の波が押し寄せた。それも、とてつもない大波だった。

やっぱり、あの事件を知る者が存在するのだわ――。

その者が復讐をしているのだわ――。

そして最後に、このわたしの命を狙っているのだわ――。

一転して、正反対の考えに囚われた。

指先が悴《かじか》んだように震えた。その震えは瞬く間に全身に伝染し、視界までも波打つように揺らした。やがて悦子は支柱を失ったかのごとく、その場に膝をついてへたり込んだ。

そのとき、軽やかなベルの音が鳴り響いた。おそらく軽食が持ち運ばれてきたのだろう。

悦子は数回、深呼吸をしてから立ち上がり、ドアへ向かった。

ドアを開けた先には、先ほどと同じホテリエの女が、サービスワゴンを伴って立っていた。

「失礼いたします」

中に通したホテリエがサービスワゴンを押して食卓へ向かう。ワゴンの上には丸い銀色のクローシュと、一本の赤ワインのボトルが置かれていた。クローシュの中身はおそらくサンドウィッチなどだろうが、ワインなど頼んでいない。

「どうしてワインを?」

悦子は食卓の椅子を引きながら訊ねた。

「よろしければいかがかなと。必要でなければお下げいたします」

「あらまあ、気が利くのね。それもわたしが一番好きなやつじゃないの」

ワインの銘柄はシャトー・ラフィット・ロートシルト'04だった。濃密な果実味がありながら、口当たりは実に滑らかな、フランスはボルドー産の高級ワインである。

「先ほど、都知事のお付きの方からお好みを伺っておいたんです」

「そういうことね。せっかくだからいただこうかしら」

「かしこまりました。わたくしが開栓してもよろしいでしょうか」

「ええ、よろしく」

今夜は酔ってさっさと寝てしまおう。もっとも酒に頼ってしまうと、翌日の顔のむくみが心配なのだが。

ホテリエがワインのコルクシールをナイフで切り取っている。その手つきは、まるでソムリエのように堂に入っていた。

「あなた、ここは長いの?」悦子が訊ねた。

「いえ、まだ入ったばかりです」

「それにしてはずいぶん慣れてるのね」

「研修で習いましたので――」コルクがポンと気持ちのいい音を立てて抜かれた。「では、注がせていただきます」

とくとくと音を立てて、ワイングラスに真っ赤な液体が注がれていく。

悦子はワイングラスを手に取り、視線の高さまで上げた。そしてためつすがめつ眺め、「美しい色。惚れ惚れしちゃう」と、感想を口にした。

「ええ、とても鮮やかなガーネット色をしてますね」

「あなたもワインがお好きなの?」

「いいえ、実はワインはあまり。恥ずかしながら、味や香りのちがいも今ひとつわからなくて」

「あら、そう」

「ええ。わたしにとって赤い液体をした飲み物は、トマトジュースだけなんです」

何をつまらぬことを——悦子は一笑に付した。もっとも、小娘の分際でワインの良し悪しを語られても鼻につくだけだが。

それにしても、あの支配人はなぜこんな新人をわたしの世話係にあてがったのか。見てくれがいいから要人のもてなしにおあつらえむきと考えたのかもしれないが、だとしたら大きなまちがいである。悦子は若く美しい女がこの世で一番嫌いなのだ。

「何かございましたら、そちらにある電話で御用命ください。では、ごゆるりとお過ごしくださいませ」

ホテリエが一礼し、部屋から出て行った。

再び一人になった悦子はワイングラスを片手に立ち上がり、窓辺に寄った。

大小あるビル群が無数の光の粒を放っていた。その中でもひときわ高く聳《そび》えるスカイツリーと東京タワーが夜空を纏って雄々しく浮かび上がっている。高速道路を走る車のライトは、川面をたゆたう落ち葉のように絶え間なく流れ、都市の夜に生命の脈動を描いていた。

人生とは不思議なものだなと思った。あれほど惨めな少女時代を過ごした自分が、今では天上人のようにして、この摩天楼を見下ろしているのだから。

こうしていると、はからずも遠い過去が想起された。

悦子の少女時代は孤独との戦いだった。けっして虐められていたわけではないが、友達は一人もいなかった。おそらくは人見知りで口下手だったこと、勉強や運動ができなかったこと、なによりブスだったからだろう。

シングルマザーであった母親はそんな娘をひどく恥じていた。人一倍プライドが高く、世間体を重んじていた女に、隣近所に自慢できない娘を愛することは困難なようだった。「あんたを産んだのは失敗。後悔しているわ」と、はっきりと言われたこともある。

そんな母がこの世を去ったのは、悦子が中学二年生の冬だった。そしてこの出来事こそが悦子の人生の転機となった。

ある日、母が突然自宅で倒れ、痙攣《けいれん》を起こしたのだ。だが、悦子は救急車を呼ばなかった。逆に、クッションを手に取り、母の顔に押しつけ、その呼吸を奪った。そしてそのまま、人形となった女と一晩を過ごした。

どうして母の生を終わらせたのか。その理由は今もって判然としない。あの瞬間の悦子は理屈ではなく、本能で行動していたのだ。もしかしたら、母が死ねば自分の人生が変わるかもしれないと、子どもながらに考えたのかもしれない。

はたして警察は微塵も悦子を疑わなかった。目覚めたらお母さんが冷たくなって床に倒れていた、自分は部屋でぐっすり寝ていたと証言したら、そのまま信じてもらえた。周囲の者も誰一人として、悦子に疑いの目を向けなかった。

世間というものはこうも簡単に欺《あざむ》けるのだということを悦子は身を以て知った。そして、自分の生きていく道はこれだと悟った——。

グラスの中のワインを揺らし、鼻先を近づけた。相変わらず芳醇な香りだった。

唇を添え、グラスを傾ける。そして舌に馴染ませるように液体を転がした。そのとき、小さな違和感を覚えた。雑味というほどでもないが、ふだんよりもやや酸味が強い気がしたのだ。

悦子はグラスに目を落とし、首を傾げた。疲れているからだろうか。きっとそうだろう。ワインは飲む側のコンディションによって、味が変化するものだ。

悦子は視線を夜景に戻し、再び遠い記憶に入っていった。

母の死後、親戚宅に身を寄せ、高校へと進学した悦子は、これまでと別人のように振る舞った。けっして明るくなったわけではないが、自ら進んで、他者へ近づくようになったのだ。

もちろん相手の人間性は慎重に見定めた。その基準はただ一つ、その者を操れるか、否かだ。ターゲットを見誤ることは、ほとんどなかったように思う。人間の中にはその知能レベルに拘わらず、先天的に操られやすい者が存在していて、悦子はそうした弱者を見出す能力に長けていた。そしてこれこそが悦子のもっとも秀でた才能であった。

高校三年間で、悦子が支配した者の数は両手に収まらない。同時に複数人もの人間を支配下に置き、意のままに操った。それは生徒だけに留まらず、教師を奴隷のように従わせたこともあった。

社会に出てからはその行為がさらにエスカレートした。本格的に弱者を囲い、徹底的にオルグし、悦子を神のように崇めさせる。宗教法人として登記していたわけではないが、実態は怪しげな宗教団体そのものであった。

このようにして世間を渡り歩いていた悦子に、K党の連中が接触してきたのは、今から六年前だ。彼らは党の政治策略のために、悦子の持つ類《たぐ》い稀な能力を利用したがっていた。

悦子は彼らと手を組むことを決め、そして一般社団法人PYPを立ち上げた。そして歌舞伎町に棲息し出した新人類、トー横キッズと呼ばれる少年少女に手を差し伸べるボランティア活動を始めた。K党の後押しもあり、PYPの活動は瞬く間に世間の注目を集め、代表である悦子は一躍有名人となった。

そんな中、一人の少女と出会った。彼女は自分もPYPでボランティアをしたいと希望してきた。

悦子は少女を入れることに一抹の不安を覚えた。彼女の瞳の中に、得体の知れない色が潜んでいることに気がついたのだ。だがしかし、自身がトー横キッズである少女に利用価値があるだろうと考え、その申し出を受け入れてしまった。

これが唯一の他者への見誤りであり、人生最大の過ちであった。

少女は敵陣営から送り込まれた刺客だったのだ。結果、彼女の巧妙な罠に嵌まり、PYP及びK党は弱みを握られてしまうこととなった。

悦子は迅速な対応を迫られた。裏でK党と繋がり、多額の援助を受けていた当時の東京都知事・池村大蔵からは、少女を物理的に消すように示唆された。それは、「トー横キッズが一人いなくなろうと世間は関心を示さないと思うがね」という台詞であった。

損得勘定の結果、悦子は動いた。敵陣営から引き抜いた矢島國彦に対し、少女を消すように命令を下した。彼は配下に置いていた浜口竜也の手を借り、少女を捕らえ、そして何処その山に生き埋めにして殺害した。

悦子の中で、罪悪感は湧かなかった。むしろ少女の死を直接見届けられなかったことが残念だった。それほど少女に対し、悦子は憎しみを覚えていたのだ。

——いつかあんたの喉を掻っ切ってやる。

ふいに、少女に吐かれた台詞が耳の奥で再生された。そして、脳裡のスクリーンにその顔が浮かび上がった。

悦子は少女が向けてくる、不屈の眼差しが嫌いだった。

おそらくは彼女も暗い過去を持っていたであろう。恵まれぬ生い立ちであったことだろう。であるのにその瞳には、何事にも屈しない、何者にも平伏しない、そんな強固な意志が宿っていた。

その少女の名は——。

ふう、と細いため息をついたとき、ふいに焦点がぼけた。

それで却って、地上にある無数の光が満天の星のように見え、悦子は美を感じた。

だが、うっとりしたのも束の間、すぐに焦りの感情へと変わった。

意識しても焦点を戻せなかったからだ。

指で両の瞼を揉み込む。その指先に痺れを感じた。上手く動かせない。

それは指だけではなかった。すべての四肢の感覚がうっすらと麻痺している。

そのとき、背後に人の気配を感じた。

悦子は目の前の窓ガラスを見た。そこに反射して映る自分の姿、その真後ろに人のシルエットが滲んでいた。

驚きのあまり、石化されたように全身が硬直を起こした。悲鳴を上げることすら叶わなかった。

誰——?

何者——?

ぼやけた視界の中でわかるのは、背後に立つ者が女であるということだけだ。

「お待たせ」

そっと耳元で囁かれた。

この声はさっきのホテリエ——?

いや、ちがう。この声は——。

エピローグ

平岡颯太

二〇二四年九月八日

この日の歌舞伎町は見事なまでの快晴だった。太陽が燦々《さんさん》と輝き、目に痛いくらいに街を照らしている。

きっとお天道様も、今日の納涼祭を祝福してくれているのだろう。

午前七時半過ぎ、颯太は店先に出て、両手を空へ突き出した。伸びと共に大あくびが出た。昨夜から一睡もせずに、餃子を大量に仕込んでいたのだ。

「颯ちゃん、おはよう」

と、声を掛けてきたのは、店のとなりにある不動産屋のデブオヤジ、山本《やまもと》だった。もっとも、ふつうの不動産屋ではなく、水商売の人間や曰く付きの連中が客相手の、グレーな商売人だ。

当人もまたろくでなしで、ギャンブルに狂っていて、借金まみれの身だった。裏カジノに行く際には、闇金の取り立て人が必ず同行するらしい。

颯太はそんな山本から妙に好かれていた。こちらは邪険にしているのだが、彼はいつも人懐っこい顔ですり寄ってくる。この店にもよくやって来ていて、だがラーメン代すらないことも多く、大抵はツケを頼まれる。

「いやいやいや、これまたぶったまげた事件が起きたね」

山本がこちらに歩み寄って来ながら言い、颯太が「ぶったまげた事件？」と、おうむ返しすると、「え、颯ちゃん、知らないの？」と、彼は驚いていた。

「朝からテレビで報道されてたじゃない。どのチャンネルもそれ一色だよ」

「こっちは夜通しで餃子を仕込んでたんだよ」

「ああ、今日は稼ぎどきだもんね」

「おっさんも出店でも出せや。そんでもってツケを払え。言っとくけど、今月は待ってやらねえからな」

そう言いつけると、山本は一本指を立て、「そんなことより都知事だよ、都知事」と、前のめりになった。

「都知事がどうしたんだよ」

「殺されたのさ」

「はい？」

「だから殺されたの」

一瞬、思考がショートする。

「どうして都知事が殺されるんだよ」

「知らないよ、そんなの」

「誰に?」

「だから知らないって。犯人、捕まってないもの」

「どこで?」

訊くと、山本はある方向を指さした。その指の先には、青空に向かって伸びる歌舞伎町タワーがある。

「あそこに入ってるホテルの一室が殺害現場だってさ。どうやら都知事は昨日からあそこに宿泊して――」

聞き終える前に、颯太は店の中に駆け込んだ。カウンターに置かれたリモコンを手に取り、テレビを点《つ》け、立ったまま視聴を始めた。

はたして山本の話は本当だった。都知事が殺害されたと、ニュースで報道されているのである。中継に映っている場所はここから目と鼻の先だ。朝なのに野次馬の数がすごかった。

「マジでヤバい事件だよね」

背中の方で山本が言った。どうやら勝手に店内に入ってきたようだ。

「っていうかさ、総理は殺されるわ、都知事も殺されるわ、いったいこの国はどうなっちゃってんだろうね。いよいよ日本も――」

「うるせえな。音が聞こえねえだろう」

テレビの音量を上げた。

報道によると、藤原悦子都知事が殺害されたのは昨夜のことのようだ。だが、死体が発見されたのは明け方になってのことらしい。秘書が都知事が宿泊している部屋を訪ねたところ、応答がなかったという。そこで秘書は支配人を伴って部屋の中に入った。そして、床に倒れている都知事を発見した。肝心の死因は、刃物で切られたことによる失血死とのことだ。

『警察は現場から立ち去ったホテルの従業員である女性が、事件と何らかの関わりがあるとみて、現在女性の足取りを追っているとのことです』

アナウンサーが神妙な顔で口早に述べると、「えっ、犯人はまさかの従業員だったの？」と、山本がまた声を上げた。

「それも女って。これまたたまげたねえ。いったいどんな女が何の目的で――」

「うっせえんだって。黙ってられねえんだったら出てけよ」

颯太はさらに音量を上げた。

だが、ここから新たな情報は得られなかった。チャンネルを回して、ほかの局のニュースもチェックしたが、みな一様に同じことしかしゃべっていない。おそらく報道規制がかけられているのだろう。

ほどなくして、テレビを消した。だが、颯太はしばらくその場から動けなかった。

都知事に思い入れなどないが、ショックだった。それは、怒りや悲しみといった感情ではなく、ただただとんでもないことが起きたのだという事実を消化しきれないのだ。

正直、颯太の中では、池村大蔵総理が亡くなったときよりも衝撃がでかかった。

その理由を考えてみたところ、おそらく、より身近な存在だったからだろうと思った。藤原悦子がＰＹＰで活動をしていたとき、歌舞伎町で頻繁にその姿を見かけていたのだ。

何はともあれ、今日の納涼祭はどうなるのか。都知事が亡くなったから中止なんてことにされたら困る。こちらはすでに準備してしまっているのだから。

「なあ、おっさん。納涼祭、ちゃんと行われるよな？」

山本に訊ねてみたが無視された。彼は勝手にカウンター席に座り、熱心にスマホをいじっている。

「おい、おっさん。聞こえねえのか」

「黙ってろって言われたから、黙ってる」

「死ね」

そう言いつけると、山本が「ねえ、ねえ」と声を発した。

「さっきのニュースで都知事は刺殺されたって言ってたじゃない。どうやら、ナイフで頸動脈を切られちゃったみたいよ」

「それ、どこの情報だよ」

「ネット。関係者を親に持つガキがＳＮＳで暴露してる」

「そんなの眉唾《まゆつば》だろう」颯太は鼻を鳴らした。「ってか、おっさんもＳＮＳなんかやってんのかよ」

「やってるよ。ギャンブル仲間と情報交換するのはＳＮＳが一番手っ取り早いもん。あ、颯ちゃんのアカウントを教えてよ。フォローするから」

「おれは持ってねえよ。そういうもんは嫌いなんだ」

「ふうん。若いのにめずらしいね」

「あんなもんをやってるから人はバカになるんだ」

「颯ちゃんが頭いいとは思えないけど」

「うるせえ」

「で、話の続き。現場は血の海だったんだってさ。部屋の壁がガラス張りになってたそうなんだけど、そこに血飛沫《しぶき》がべっとりと付着してたって」

頸動脈を掻っ切られたのならそうだろうなと思った。もっとも、そんな場面を目撃したことはないが。

「必殺仕事人みたいだよね」

「なんだそれ。知らねえよ」

「颯ちゃん、何も知らないじゃん」

「黙れブタ野郎」

するとと山本は、「おれは悲しいよ」と、ため息混じりに言った。

「事実を言ったまでだろう」

「そうじゃなくて、藤原都知事のこと」

「なんでだよ」

「応援してたから」

「どうして」

「だってあの人、カジノ推進派だったじゃない。法案自体は前々から通っていて、何年か先に、大阪に日本初のカジノ施設ができるんだけどね、東京にも作りましょうって藤原都知事は訴えてたんだよ」

颯太はそれも知らなかった。政治にもギャンブルにも興味がないのだ。

「ふうん。けど、それならおれは反対だな」

「なんで?」

「カジノなんかが公営になっちまったら、おっさんみたいなダメ人間が増えるだけだろう」

するど、山本は膝を叩いて笑った。

「でも颯ちゃん、すでに日本は世界一のギャンブル大国なんだよ」

「そうなのか」

「そうだよ。それも二位に大差をつけてのダントツ。毎年、ギャンブルの売上が年間二十兆円近くもあるんだけど、そんな国って日本しかないんだよね。だから世界一のギャンブル大国」

「ふうん。なんかみっともねえ称号だな」

「おれは立派だと思うけどねえ。ちなみにその中で一番売上を占めてるのはパチンコ」

「へえ」

「なぜならパチンコはどこの街にも——」

「あーもう、その話はもういい。そろそろ準備を始めるから出てってくれ」

「じゃあ、そんなパチンコ屋が一番儲かる日っていつだと思う?」

「おっさん耳が遠いのか。もういいって言ってんだろう」

「答えは生活保護の受給日。あははは」

まったく。ろくでもねえ国だ。

颯太が呆れてかぶりを振ったとき、店のドアが勢いよく開いた。

入ってきたのは刑事の小松崎だった。その表情にいつもの余裕がなかった。軽く息を切らせている。

「平岡。女は?」

「女?」

「愛だ」

「愛ちゃん?」

「ああ。どこにいる」

小松崎が怖いくらい、真剣な眼差しで颯太を睨みつけてきた。

「どこって、知らないっスよ。おれが知るわけないでしょう。連絡先すら知らないんだから」

咄嗟に嘘をついた。現在の居場所と連絡先を知らないのは事実だが、本当はこのあと彼女は店にやって来ることになっている。店先に立つ売り子を、愛が務めることになっているのだ。

「愛ちゃんがどうしたんスか。何かあったんですか」

そう訊ねると、小松崎は苦虫を嚙み潰したような顔になった。

「悪いが詳しいことは言えない」

「そりゃないっスよ。訊くだけ訊いといて、こっちの質問――」

「とある事件の容疑が掛かっている」

小松崎は遮って言い、颯太はごくりと唾を飲んだ。

「話せるのはここまでだ。万が一、愛と会ったら、もしくはその居場所がわかったら、おれに連絡をくれ」

小松崎が名刺をカウンターに滑らせてきた。そして、「必ずだぞ、平岡」と念を押して店を出て行った。

山本と顔を見合わせる。

「颯ちゃん。今の人、刑事？」

「ああ」

「愛っていうのは？」

「客だ。うちの」

「事件の容疑って言ってたよね」

「ああ」

「もしかして、都知事のやつじゃないよね」

「まさか」

「だよね。まさかね」

山本の顔は引き攣っていた。きっと自分はもっとだろう。

店内で一人、気を揉みながら待つこと一時間、時刻は午前九時を迎えた。

愛は現れなかった。

おそらく遅刻ではないだろう。

売り子不在の問題もあるが、それ以上に彼女の身が心配だった。店と客、それも知り合って数ヶ月の間柄だが、颯太はいても立ってもいられなかった。

いったい、彼女は何を仕出かしたというのか。

「考えても仕方ない。切り替えて仕事だ、仕事」

颯太は口に出して言い、両頰を叩いた。

とにかく今は愛の代わりを務めてくれる売り子を確保しなければならない。これこそが目下、自分が行うべきことだ。

そうと決まればまずはトー横へ向かってみよう。あの広場には若い連中がわんさかいるので、片っ端から声を掛けて交渉すれば働き手が見つかるはずだ。難航するようなら、バイト代を増やすこともやぶさかではない。

そうして颯太が出掛けようと、店のドアを開けたところ、その先に人が立っていた。

Tシャツにハーフパンツ、キティちゃんのサンダルを履いた少女だった。化粧をしているが年齢は中学生くらいだろう。

「あ、ごめん。まだ準備中なんだ」

颯太が詫びると、少女は「バイトしにきた」と、ぶっきらぼうな口調で言った。

「バイト？　うちで？」

少女が頷く。

「ええと、どういうこと？」

「店の前で餃子とか売るんでしょ。そのバイト」

聞けば、少女は深夜の歌舞伎町で女から声を掛けられ、ラーメン屋で一日バイトをしないかと話を持ち掛けられたという。

「その女の人の名前は？」

「聞いてない」

「特徴は？」

「特徴……綺麗なおねえさんって感じ」

まちがいない。愛だ。

「で、働いたらいくらくれるの？」

「いくらくれるって……雇えねえよ。だっておまえ、まだ中学生だろ？」

「小学生だけど」

思わず「えっ」と声が出た。

「マジかよ。何年生？」

「六年。学校は行ってないけど」

どうしてまた愛はこんなガキに代理を頼んだのか。意味がわからない。

「なあ、その女の人にはどこで声を掛けられたんだ？」

「大久保公園のとこ」

「もしかしておまえ、立ちんぼしてたのか？」

「そうだけど」

颯太は脱力した。最近のパパ活女子はどんどん低年齢化が進んでいるという。そして若ければ若いほど客取りに困らないらしい。つくづく世も末だ。

「ねえ、いくらくれるの？　おっさんとヤるより稼げるって言うから来たんだけど」

愛のヤツ、勝手なことを——。

「稼げるわけねえだろ。日給一万だ、一万」

「あーあ、やっぱり騙された」少女が舌打ちした。「無理。うち、帰る」

「おう、帰れ。帰れ」

颯太は手をひらひらさせて追い払う仕草をした。

「マジで大人って嘘ばっか」

背を向けた少女が捨て台詞のように言った。

「おい」と、咄嗟にその背中を呼び止める。「おまえ、親は？」

「さあ」

「いるのか、いないのか」

「いるけどいない。どっちもクソだから」

「でも家はあんだろ？　なら帰った方がいいぞ」

「やだ。地獄なんかに戻りたくない」

地獄──。

「なあ、歌舞伎町は楽しいか」

「楽しくはないけど、楽《らく》」

「楽？」

「うん。うちの居場所はここしかないと思う」

なぜだろう、その台詞が七瀬を思わせた。

颯太は天井を見上げて、ふーっと息を吐いた。

「おまえ、腹減ってるか？」

「減ってるけど」

「じゃあラーメン食ってけ」

少女が怪訝な目で見てきた。

「うち、そんなので働かないよ」

「バカ野郎。こっちだって頼むつもりねえよ」

「じゃあ、ぼったくろうとしてる？　あ、代わりにヤラせろって言うつもりでしょ」

腹の底からため息が出た。この子はよほど変な大人とばかり関わってきたのだろう。

「そんなこと言わねえし、金もいらねえよ。いいからそこ座って待っとけ」

颯太は厨房に入り、サクッとラーメンを作った。チューシューを一枚、通常より多く載せてやった。

差し出されたラーメンを少女は無我夢中で食べている。ただし、箸の握り方はグーだ。

「どうだ、美味えだろ?」

少女が箸を動かしたまま頷く。

やがて少女はラーメンを平らげ、席を立った。そのまま何事もなく、出入り口へ向かおうとしたので、「おいコラ待て」と呼び止めた。

「ご馳走さまだろ」

「ご馳走さま」

「腹減ったらまたうちに来い」

「また無料にしてくれる?」

つい笑ってしまった。

「ああ、いいよ。その代わり、皿洗いくらいさせるけどな」

「わかった」

少女がドアを開け、店を出て行った。

だがその十数秒後、再びドアが開き、また少女が姿を見せた。

「なんだよ、忘れ物か?」

颯太が訊ねると、少女は気恥ずかしそうにして、「働いてあげてもいいよ」と、ボソボソと言った。

「だからガキは雇えねえんだって」

「……そっか。わかった」

そう言って踵を返した少女を「あー待て待て」と、颯太は呼び止めた。

「やっぱり働け。ただし、日給は一万だからな」

そう言い渡すと、少女ははにかんで頷いた。

なんだよ、可愛い顔できるじゃねえか。颯太も頬を緩めた。

「あ、そういえば」

少女が思い出したように手を叩いた。

「あの女の人から伝言を頼まれてたんだ」

「おれに?」

「うん」

「なんて?」

「またね、だって」

「それだけ?」

「それだけ」

肩透かしを食らった。

まあ、愛らしいか。

たぶん、きっと、愛とはまた会える。いつになるかわからないけれど、彼女は野良猫のように、ふらっと店にやって来る。

なぜか、そんな気がした。

やがて、おもてが騒々しくなってきて、颯太は店先に出た。

驚いた。すでに物凄い人熱《ひといきれ》だったのだ。様々な国籍の老若男女が行軍のようにして通りを歩いている。この数は例年以上かもしれない。

みんな、今朝の事件などどこ吹く風、そんなふうに見えた。

これぞ我が街、歌舞伎町――。

颯太は《準備中》だった木製の看板を裏返し、《真心込めて営業中》にした。

本書はフィクションであり、作中に登場する人物、
団体名等はすべて架空のものです。

初出
「小説推理」二〇二三年十二月号～二〇二四年十月号
書籍化にあたり、加筆・修正をしました。

染井為人●そめい　ためひと

1983年千葉県生まれ。芸能マネージャー、演劇プロデューサーなどを経て、2017年「悪い夏」で横溝正史ミステリ大賞優秀賞を受賞。同名作で小説家デビューする。4作目となる『正体』は亀梨和也主演で連続テレビドラマ化、横浜流星主演で映画化された。そのほかの著書に『海神』『鎮魂』『滅茶苦茶』『黒い糸』『芸能界』などがある。

歌舞伎町《かぶきちょう》ララバイ

2025年3月22日　第1刷発行

著　者―― 染井為人《そめいためひと》

発行者―― 箕浦克史

発行所―― 株式会社双葉社
東京都新宿区東五軒町3-28　郵便番号162-8540
電話03(5261)4818〔営業部〕
03(5261)4831〔編集部〕
http://www.futabasha.co.jp/
(双葉社の書籍・コミック・ムックが買えます)

DTP製版―株式会社ビーワークス

印刷所―― 大日本印刷株式会社

製本所―― 株式会社若林製本工場

カバー印刷 ―― 株式会社大熊整美堂

落丁・乱丁の場合は送料双葉社負担でお取り替えいたします。
「製作部」あてにお送りください。
ただし、古書店で購入したものについてはお取り替えできません。
［電話］03-5261-4822（製作部）

定価はカバーに表示してあります。

ISBN978-4-575-24806-7 C0093

好評既刊

鎮魂

染井為人

半グレ組織「凶徒聯合」のメンバーが殺された。抗争か、それとも内部分裂か――。疑心暗鬼になっていくメンバーを尻目に、さらなる事件が起きる。社会派サスペンスの新鋭が描く「都会の闇」。

双葉文庫

好評既刊

晩秋行

大沢在昌

バブル崩壊とともに消えた二十億円のクラシックカー。その目撃情報とともに蠢き出すバブルの亡霊たち。三十年のときを経て、名車とともに消えた恋人を捜し出すため男は動き出す。大沢在昌がたどり着いた「男と女の真実」を描くハードボイルド長編。

FUTABA NOVELS